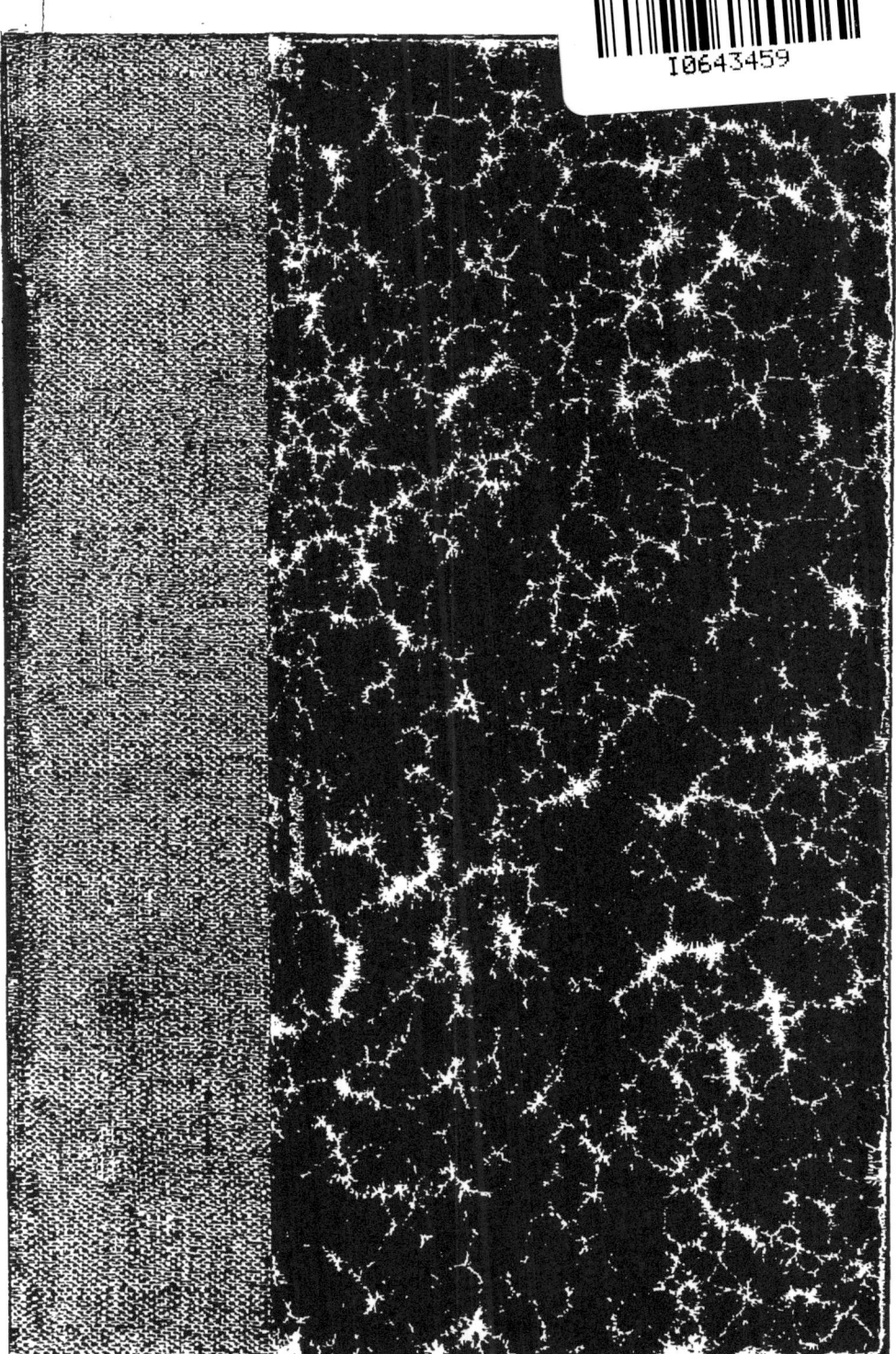

AU PAYS

DES GÉNÉRAUX

— HAÏTI —

PAR

C. TEXIER

PARIS

CALMANN LÉVY, ÉDITEUR

RUE AUBER, 3, ET BOULEVARD DES ITALIENS, 15

A LA LIBRAIRIE NOUVELLE

1891

A U

PAYS DES GÉNÉRAUX

7181-90. — CORBEIL. Imprimerie CRÉTÉ.

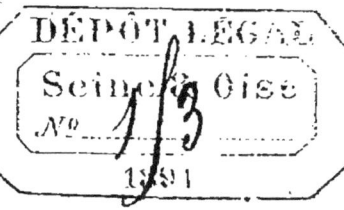
AU

PAYS DES GÉNÉRAUX

— HAÏTI —

PAR

C. TEXIER

C · L

PARIS

CALMANN LÉVY, ÉDITEUR

ANCIENNE MAISON MICHEL LÉVY FRÈRES

3, RUE AUBER, 3

—

1891

AU

PAYS DES GÉNÉRAUX

HAÏTI

INTRODUCTION

Les diverses parties de la terre sont aussi
distinctes entre elles, au point de vue politique, que
sous le rapport physique. Il semble qu'un courant
moral, gulf-stream intellectuel non moins vivi-
fiant que celui qui sort du golfe du Mexique, un
puissant souffle de liberté s'avance de l'est à l'ouest,
augmentant toujours d'intensité, à mesure qu'il
s'éloigne de son point de départ : l'amas asiatique
de gouvernements absolus et exclusifs de toute ingé-
rence nationale, confine, par la Russie et la Turquie,
États autocratiques, à l'Europe, dont les divers
gouvernements, tant monarchiques que démo-

cratiques, sont pour la plupart modérés; et l'océan
Atlantique, le vaste lac, la route universelle, sépare
l'Europe de l'Amérique, fille sociale du xviiie siècle,
gamme de toutes les nuances du gouvernement
populaire, saturée de démocratie, et parfois de
démagogie.

Partagée pendant trois cents ans entre les grandes puissances coloniales de l'Europe, l'Amérique
devait, en raison de son étendue, de ses richesses,
de l'immense distance qui la sépare de l'ancien
monde, et de l'exploitation aveugle de ses maîtres,
secouer fatalement, tôt ou tard, leur domination.
Les Européens n'avaient pas su donner à leurs
possessions occidentales une direction régulière
et stable. L'avidité des colons, l'insouciance des
gouvernements avaient entravé, pendant trois siè-
cles, l'essor que ces merveilleux pays tendaient à
prendre.

L'Amérique anglaise, la première, acquit son
indépendance au prix d'une lutte opiniâtre et glorieuse; le branle était donné, et, quarante ans plus
tard, l'Européen n'était plus dans le nouveau monde
qu'un hôte un peu dédaigné, et, quelquefois, franchement exécré. Quelques parcelles des immenses
domaines qui avaient appartenu à l'Europe échap-
pèrent au naufrage colonial; mais, si l'on considère leur infime superficie, on peut dire que du
Saint-Laurent au cap Horn, les peuples étaient
devenus libres.

Depuis trois quarts de siècle qu'elle a recouvré son indépendance, qu'est devenue l'Amérique ? Morcelée en vingt nations, malgré les affinités ethniques de ses habitants, elle a été jusqu'ici, sauf dans deux ou trois États, les plus vastes d'ailleurs, en proie à la plus effroyable anarchie. Quelques-unes de ses républiques paraissent entrer enfin dans une phase de pacification et de prospérité relatives ; mais, dans un grand nombres d'autres, la civilisation n'a réussi à faire pénétrer que quelques germes, les pires, qui, démesurément accrus, n'ont plus laissé de place aux meilleurs ; et les plus policés même des peuples américains sont encore, pour l'Européen, un sujet continuel de curiosité et de stupéfaction.

Les États-Unis font exception, dans une large mesure, à cette règle générale ; la grande république étoilée, de même que sa sœur la France, a les avantages et les inconvénients de la liberté. Ses deux grands partis politiques, les *républicains* et les *démocrates*, s'entendent, à quelques coups de revolver près, pour occuper alternativement le pouvoir et les fonctions publiques : un clignement d'œil de l'un à l'autre, et ils se sont compris ; pour la forme, ils prennent un prétexte quelconque, le nombre de harengs pêchés dans l'année, par exemple, et le républicain cède la place au démocrate. La fortune publique n'en souffre nullement, et le mot *milliardaire* est à l'usage particulier des

États-Unis. Quand les coffres-forts et les tiroirs
sont bourrés d'or et de pierreries, ne sachant plus
où en mettre, les femmes se font incruster des
diamants dans les dents. — La plus louable concurrence existe entre la justice et maître Lynch,
par la grâce duquel on pend un homme sans jugement, sous le prétexte qu'il s'est fait justice lui-
même; on évite ainsi un grand nombre de procès;
il est vrai que les juges se rattrapent en causes
homériques : l'année dernière, on a gravement cité
devant un tribunal, et jugé... une chèvre qui
avait causé la mort d'un homme. Moins heureuse
que le chien de Dandin, l'inculpée, malgré ses bêle-
ments indignés, s'est vue bel et bien condamnée. —
La pudibonderie de Jonathan ne l'empêche point
de se marier autant de fois qu'il lui plait, et de di-
vorcer avec une telle désinvolture, qu'à certaines
stations de chemin de fer, on n'annonce pas :
« Vingt minutes d'arrêt, buffet! » mais bien :
« Vingt minutes d'arrêt, divorces. » Pour racheter
ses excentricités, le Yankee a de belles vertus :
une armée de vingt-quatre mille hommes suffit à sa
population de soixante millions d'habitants qui, il
est vrai, sont pour la plupart colonels. Son président peut mettre le pot-au-feu chaque dimanche
avec un traitement six fois moindre que celui de
M. Carnot; ses cochers sont polis et même muets
à sept francs cinquante la course, et il a tellement
établi de voies de communication qu'il faut at-

teindre un âge avancé, pour savoir à peu près quelle voie l'on doit prendre pour aller de New-York à Chicago.

Descendons au Mexique; hélas! ce n'est pas une descente, c'est une dégringolade; avant-garde des quinze républiques espagnoles de l'Amérique, l'antique patrie des Aztèques, Chichimèques, Zapotèques et autres sujets de Montézuma est, depuis qu'elle a secoué le joug de l'Espagne, le théâtre de révolutions incessantes, de guerres civiles permanentes. Tous ses présidents, aventuriers sanguinaires, ont été égorgés de 1824 à 1853. Le Texas, une des plus belles provinces mexicaines, trouvant que ce mode de gouvernement était quelque peu dépourvu de charmes, a lâché le Mexique et s'est annexé aux États-Unis; les spoliations, les violences commises contre les Français avec l'assentiment du président Juarez, ont amené la guerre de 1861, terminée par le drame de Queretaro ; et, depuis cette époque, l'anarchie ravage ce pays, les partis forcenés ne désarment pas un seul jour, ce qui n'a pas empêché Coquelin et Hading d'y récolter une agréable moisson de piastres. J'ai assisté à une scène qui m'a donné une haute idée de la courtoisie mexicaine. Dans une conversation entre Mexicains, un orateur, interrompu par un auditeur qui ne partageait pas son opinion, et dédaignant les stériles argumentations, s'avança vers lui, le sourire au lèvres, lui dit gracieusement : « Señor, veuillez remarquer que vous me contrariez! » et lui brûla la cervelle. Le moyen me paraît... infaillible pour éviter les discussions oiseuses.

Si nous descendons encore vers l'équateur, nous arrivons aux rivages de ce golfe du Mexique, dans cet isthme torride, où la mer, les monts, les cerveaux, tout est en ébullition. En premier lieu, se présentent les cinq républiques qui, de 1824 à 1847, formèrent la *grrrande* confédération du Guatémala : 1° le Guatémala, jadis assez florissant pour avoir une certaine prépondérance dans l'Amérique centrale, mais aujourd'hui bien déchu de cette prospérité éphémère ; 2° le Honduras, terre classique des Indiens Mosquitos ; ce pays, malgré sa prodigieuse fertilité, n'a longtemps produit... que des Mosquitos ; les émigrants qui s'y sont établis depuis quelques années, ont introduit des cultures et des industries qui s'y propagent rapidement et promettent un brillant avenir à cette petite république ; 3° le minuscule San Salvador, qui, ne s'étant jamais donné la peine de compter ce qu'il dépensait — charmante insouciance — vient enfin d'établir le chiffre de sa dette, oh! pas pour la payer, mais pour l'*unifier*, c'est-à-dire la niveler, l'aplatir, et la classer dans ses archives ; 4° le Nicaragua et 5° le Costa-Rica continuellement en but aux ardentes convoitises de leur voisine la Colombie.

La Colombie, longtemps pauvre et misérable, ne l'est plus : le canal de Panama... passons.

Le Vénézuéla, jusqu'à ces derniers temps, semblait être le pays privilégié des guet-apens politiques, des luttes honteuses, des guerres atroces entre les prétendants à la présidence, c'est-à-dire à la caisse publique. Ses derniers dictateurs, tyrans fantasques et avides, agiotaient, pillaient, tripotaient sans mesure, et se débarrassaient des gêneurs par le fer et le poison. Pendant ce temps, la population, misérable, corrompue, vivait de désordres, le commerce et l'industrie étaient anéantis, et l'on n'osait pas plus s'aventurer dans une transaction financière que dans les rues de Caracas. Ce pays, sous la direction ferme et intègre de son nouveau président, paraît appelé à se relever très rapidement, et sa régénération lui sera d'autant plus aisée à accomplir que les Vénézuéliens sont fort intelligents, et leur territoire très fertile.

La Bolivie, indépendante depuis 1825, conserve depuis cette époque, à l'ombre du chapeau de Bolivar, une aisance enviable que son sol merveilleusement fécond, et ses mines d'or, rendent facile à entretenir. Le Bolivien est un gai compagnon, et pousse la passion de l'hospitalité jusqu'à permettre à l'Européen de défricher les parties abandonnées de son territoire.

L'Équateur est une des plus florissantes républiques de l'Amérique, un des États les plus prospères et les plus policés du nouveau monde. Le Pérou, malgré la dépréciation considérable qu'ont subie ses « tranches », offre les apparences d'un État assez puissant et bien organisé. Le Chili prospère de jour en jour; l'Araucanie ne peut se consoler du départ de son monarque Orélie Ier, qui avait daigné échanger les paperasses de son étude d'avoué péri-gourdin contre le sceptre d'un royaume dont il était le fondateur.

L'avenir du Brésil, pour le moment, est un gros point d'interrogation. Son dictateur, le chef de la révolution qui a renversé l'empereur dom Pedro, a bien les allures de certain général turbulent et ambitieux, que chacun connaît; il est à craindre que la chute de dom Pedro ait ouvert pour la Répu-blique brésilienne une ère de révolutions désas-treuses, et que l'immense empire de l'Amérique méridionale soit, d'ici à peu d'années, scindé en plusieurs États rivaux et sans cesse affaiblis par des discordes. Néanmoins, formons les vœux les plus ardents pour que l'union et la paix fassent de la nouvelle république la grande et respectable nation qu'elle peut être.

Lorsque l'on étudie les républiques américaines, il ne faut pas perdre de vue trois éléments: 1° la majeure partie de la population est composée de descendants des colons ou des émigrants euro-péens ; 2° le nombre des habitants est infime, en proportion de la superficie des États : le Brésil, presque aussi étendu que l'Europe, ne renferme

que huit millions d'habitants ; le Mexique, quatre
fois grand comme la France, est quatre fois moins
peuplé qu'elle ; 3° dans la presque totalité des nations américaines, il n'existe pas de parti monar-
chique, de prétendants à la royauté ou à l'empire.
Les guerres civiles n'ont lieu qu'entre concurrents
républicains.

À l'entrée du golfe du Mexique, et près de la côte
septentrionale de l'Amérique du Sud, sont une multitude d'îles qui ont été presque toutes atteintes par
l'anarchie endémique et les bouleversements politiques du continent.

Cuba, la reine des Antilles, seul débris, avec
Porto-Rico, des immenses possessions de l'Espagne en Amérique, est le théâtre de révolutions
incessantes, de dissensions terribles. Sa capitale,
la Havane, avec ses vieux palais de marbre, ses
monuments spendides, son théâtre Tacon, un
des plus beaux du monde, son luxe inouï, n'est
plus qu'une ville aux abois, qui, pour payer l'intérêt de sa dette publique, émet chaque semaine
des loteries à prix réduits. L'Espagne, qui ne peut
solder le déficit de sa colonie, ni la maintenir sous
sa domination ferme, retarde en vain le jour prochain où elle sera obligée de l'abandonner pour
la voir tomber aussitôt dans les mains des États-
Unis.

La Martinique et la Guadeloupe, sans cesse occu-
pées de querelles ridicules et scandaleuses, et ha-

1.

bitées par trois classes d'individus : nègres noirs,
nègres mulâtres et blancs ou créoles, qui se portent
mutuellement une haine inextinguible, sont ballot-
tées de gouverneur en gouverneur, l'un s'érigeant
en rajah, l'autre s'entourant de sympathies afin
d'échanger ses fonctions contre un siège parlementaire.

Et la Jamaïque, et la Barbade, et Trinidad ?
A Curaçao, les négociants, pour la plupart juifs
espagnols ou hollandais, ont adopté un moyen fort
ingénieux pour étendre leurs relations commerciales : ils épousent, en payant eux-mêmes des dots,
les filles des Indiens de la côte voisine, dite *Côte
Ferme* ; ils achètent ces jeunes Indiennes moyennant une dot de soixante à deux cents dollars, selon
l'influence de leurs familles et leurs relations parmi
les Peaux-Rouges. Ces honorables négociants se
montent ainsi des harems de cinq, dix et même vingt
Indiennes, et plus ils ont de femmes, plus ils voient
leurs affaires commerciales prospérer, et aussi, plus
ils ont de facilités pour gruger ces pauvres diables
de Mosquitos, assez doux, trop sales, pour lesquels
tout *blanc* est Espagnol, et qui, à certaines fêtes,
célèbrent encore, avec de vieilles armures, des
sortes de *mystères*, où l'on voit figurer ensemble
les rois maures, Charles-Quint, les Sarrasins, saint
Louis et les caciques.

Lecteur, vous vous frottez les yeux, et vous demandez si des pays et des hommes aussi invrai-

semblables peuvent être réels. Je ne vous dirai
pas : allez y voir, car le voyage n'est pas toujours
agréable, et le retour est rien moins que certain.
Cependant, si vous désirez, dans votre tendresse
envers l'humanité, rendre votre estime à ces populations, et, les comparant à d'autres, les juger
douces, honnêtes, sociables, je puis aisément vous
satisfaire : tournez la page; mais si vous craignez
le diable, faites auparavant un signe de croix.

I

NOTIONS GÉOGRAPHIQUES ET HISTORIQUES
SUR HAÏT

Deux archipels sont situés à l'entrée du golfe du Mexique : 1° au nord, les Lucayes, groupe de quinze iles d'une faible étendue, et parmi lesquelles se trouve San Salvador, la première terre américaine aperçue par Colomb; 2° au centre et au sud, l'archipel des Antilles, qui, comme une longue comète, s'allonge du golfe du Mexique à l'embouchure de l'Orénoque, décrivant une courbe qui, jadis, a peut-être délimité les rivages du continent américain.

La première de ces îles, Cuba, a une grande étendue ; celle qui la suit, Haïti ou Saint-Domingue, est beaucoup moins vaste ; la troisième, Porto-Rico est huit fois moindre qu'Haïti, et la superficie de ces vingt-cinq ou trente îles décroît ainsi progressivement jusqu'à Tabago, qui n'est plus qu'un point dans l'Océan.

Haïti, la seconde des Antilles, occupe une superficie d'environ vingt et un mille kilomètres carrés, la vingt-cinquième partie de la France. A l'est, elle s'avance dans l'Atlantique comme un coin dirigé contre l'ancien monde; à l'ouest, du côté de l'Amérique, elle est au contraire affligée d'une concavité qui s'étend du nord au sud, et dont les deux bords, inégaux en longueur, semblent deux moignons de jambes amputées, l'une à la cheville et l'autre au-dessus du genou.

Les habitants, jugeant qu'un si vaste territoire ne pourrait contenir un seul État, l'ont divisé en deux parties : l'angle aigu, le coin, se nomme la *République dominicaine*; les moignons renferment la *République d'Haïti*.

L'extrémité orientale de l'île est le cap Engagno; des moignons, le méridional, le plus long, se termine au cap des Irois, près de l'anse à la Vache, et l'autre, au cap à Fous, nom judicieusement choisi : ce cap est également situé près d'une anse, au fond de laquelle sont installées une centaine d'*ajoupas*, chalets haïtiens composés de quatre piquets fichés en terre, et au sommet desquels on établit un grossier toit de feuilles de bananier. Il paraît que ce chef-lieu d'arrondissement (on n'est pas très exigeant à ce sujet, là-bas) nommé *Môle-Saint-Nicolas*, est le Gibraltar du nouveau monde; du moins, ce sont les naturels qui l'affirment à l'unisson. La pointe de la Floride, Cuba, le Yucatan disparaissent; l'Amérique entière dépend de ce môle, et les capitaines qui n'y font point passer leurs navires ne se doutent pas qu'ils transgressent l'ordre des choses. Il est bon de les éclairer à ce sujet, et nous espérons que devant les légitimes et très modestes assertions des Haïtiens, on va introduire dans les manuels des capitaines au long cours cette addition : « Il y a deux Gibraltars : 1° le Môle Saint-Nicolas ; 2° Gibraltar. »

La République d'Haïti occupe environ huit mille kilomètres carrés, un peu plus du tiers de l'île. Arrosée par un grand nombre de petits cours d'eau, dont un, l'Artibonite, a une certaine importance (200 kilomètres), elle est, comme l'île entière, couverte de montagnes que les habitants nomment *mornes*, et dont la principale chaîne, le Cibao, se trouve dans la partie dominicaine. Les points culminants sont à 2600 mètres d'altitude. Quelques plaines assez vastes, luxuriantes, et dont les moins étendues se nomment *savanes*, séparent ces mornes. Quatre étangs saumâtres représentent l'article « lacs », un seul est dans la partie haïtienne. Les côtes, très découpées, forment de nombreuses anses et baies, dont les deux plus importantes sont celles de Samana, à Saint-Domingue, et de Port-au-Prince, la capitale d'Haïti.

La République est divisée, administrativement, en cinq départements, comprenant vingt-trois arrondissements et soixante-quinze communes qui se subdivisent en sections rurales au nombre d'environ quatre cent cinquante. En outre, on a créé une cinquantaine de postes militaires ; pourquoi? on ne peut le deviner, car il est généralement impossible d'y rencontrer un soldat.

L'Haïtien est essentiellement poétique, et ses instincts se manifestent jusque dans les noms qu'il donne à ses villes. C'est ainsi que nous relevons avec une respectueuse admiration les noms de localités qui suivent, et que nous recommandons aux amants du pur idéal : *Morne-Pelé ; Bonnet-à-l'Évêque ; Grand-Boucan ; Cul-des-Pins ; Bois-des-Poux ; Grand-Gille ; Gambade ; Matador ; La Quille ; Dondon ; Bras-Gauche ; Ilet-à-Cornes ; Bayonnette ; Pilate ; Moustiques ; Les Vases ; Pot-Pourri* (quelle suavité !) ; *Fonds-d'Oies ; Chandelle ; Le Pendu ; Bombardopolis* (Boum ! Boum!); *Ça-Ira ; Jamais-Vu ; Le Pot ; Mardi-Gras ; Plaine-Céleste ; Torbec ; Étron-de-Porc ; La Seringue ; Canaille ; Carcasse* (non, on se pâme !); *Cul-de-Savane ; Baliverne ; Roche-Télée*, etc., etc... Ces rêveurs affectionnent les trous : ils ont les villes de *Trou ; Trou-d'Enfer ; Joli-Trou ; Trou-Coucou ; Trou-Canari ; Trou-Chouchou; Sale-Trou ; Trou-Bonbon*, et *Joli-Trou.* Êtes-vous gourmand? si oui, oyez! allez d'abord à *Grand-Gosier*, puis entrez à *Cabaret* et à *Belle Hôtesse.* Parcourez ensuite les localités suivantes : *Melon ; Écrevisse ; Côtelette ; Boudin ; Cochon-Gras ; Fond-de-Cochon ; Piment ; Les Cailles*, et *Lièvre ;* comme dessert, visitez *Marmelade ; Pruniers ; Abricots*, et *Bonbon ;* arrosez cela à *Cham pagne*, puis vous trouverez *Moka-Neuf*, et pour vous rafraîchir allez à *Limonade*.

Les cinq chefs-lieux de départements sont aussi les cinq villes renfermant la plus nombreuse population :

Port-au-Prince (25 000 hab.), capitale et chef-lieu du département de l'Ouest.

Le Cap-Haïtien (10 000 hab.), chef-lieu du département du Nord ;

Les Cayes (5 000 hab.) chef-lieu du département du Sud ;

Les Gonaïves (3 000 hab.), chef-lieu du département de l'Artibonite ;

Port-de-Paix (3 000 hab.), chef-lieu du département du Nord-Ouest.

La plus grande partie de la population est établie sur les côtes maritimes ; à l'intérieur, on ne trouve que de rares ajoupas disséminées dans les mornes, au milieu des caféiers, et à proximité des cours d'eau.

La population totale de la République d'Haïti est au maximum, de quatre cent mille corps (nous parlerons plus loin des âmes). Modestes à l'excès, les savants haïtiens élèvent ce chiffre à sept cent mille, huit cent mille, et même un million ; l'un d'eux a bravement avancé le nombre de deux millions ! Depuis quatre-vingts ans, les gouvernements qui ont tour à tour présidé aux nobles destinées de ce pays n'ont pu établir, une seule fois, le chiffre de la population ; l'état civil n'enregistre pas la moitié des naissances et des décès, et, seuls, les registres de paroisses, tenus par les prêtres français qui évangélisent Haïti, peuvent fournir quelques renseignements approximatifs sur cette question.

Haïti, l'ancienne *Perle des Antilles*, jouit de la végétation merveilleuse de la zone torride : l'acajou, les mimosas, le gaïac, l'ébène, le campêche, l'oranger, le palmier, le bambou, le manglier, le palétuvier, le gommier y croissent en forêts épaisses et sans culture ; le flamboyant montre partout son dôme éclatant de fleurs écarlates, qui font estimer que cet arbre est le légendaire buisson d'Abraham ; le mancenillier étend, au sommet des mornes, ses rameaux à fleurs jaunâtres, dont les émanations occasionnent des maladies de peau incurables ; le caféier y occupe d'immenses espaces, le cacao se récolte en grandes quantités, principalement dans le Sud, le coton croît de toutes parts, la canne à sucre, autrefois l'objet de la principale culture de la colonie a été détournée de son ancienne destination et ne sert plus qu'à fabriquer du tafia et du rhum, et le bananier y produit en abondance ses fruits, les uns savoureux, les autres légumineux, que les naturels font bouillir ou griller (*boucaner*), et mangent en guise de pain. Une quantité innombrable d'autres espèces végétales couvrent ce sol généreux jusqu'à la prodigalité, et font d'Haïti un Éden incomparable où sont entassées toutes les merveilles de la flore tropicale.

Mais, ce qui distingue cette contrée de la plupart des autres pays intertropicaux, c'est qu'avec l'ananas, la banane, l'orange, la sapotille et autres fruits ordinaires de ces pays, on y peut récolter le plus grand nombre des fruits de l'Europe : pommiers, poiriers, pruniers, pêchers, abricotiers, etc., y croissent admirablement, et les rares amateurs qui en cultivent n'ont jamais à regretter leur peine.

Nous devons mentionner ici les nombreuses plantes aux sucs terribles, dont les propriétés, connues seulement de certaines familles indigènes, sont absolument ignorées des Européens, et se transmettent en secret, comme un précieux héritage. Citons, entre autres, le papayer, dont l'action sur la chair morte et vivante est extraordinaire, et le manioc, qui nous fournit l'excellent tapioca, mais dont la racine contient un suc foudroyant.

Dans la mer les requins, dans les rivières les caïmans, sont, à Haïti, les seuls animaux malfaisants. A part quelques scorpions et myriapodes dont la morsure cause une légère migraine, le règne animal est représenté par de grands lézards inoffensifs, des couleuvres paresseuses, des crabes, des tourterelles, ortolans, ramiers, canards, poules d'eau, et une multitude d'autres oiseaux parmi lesquels l'oiseau-mouche et le musicien, rossignol antiléen qui siffle de gracieux triolets. N'oublions pas les moustiques, qui abondent partout et sont un véritable danger dans quelques lieux heureusement fort rares. Les rivières sont d'autant plus poissonneuses qui les Haïtiens, professant une prédilection marquée pour les poissons de mer, se livrent très peu à la pêche fluviale.

La partie dominicaine de l'île contient d'immenses richesses minérales : l'or, l'argent, le mercure, le cuivre y abondent; les sources thermales y sont nombreuses et on y trouve beaucoup de pierres précieuses.

La partie haïtienne, moins favorisée au point de vue métallurgique, renferme cependant de riches gisements. Les principales sources thermales sont situées près de Port-au-Prince, et aux environs des communes de Mirebalais et Jean-Rabel. L'albâtre, le marbre, l'ardoise se rencontrent assez fréquemment; on pourrait y recueillir aisément des diamants et des émeraudes et, près de l'Anse-à-Veau, on trouve des pierres brillantes qui coupent le verre comme le diamant. La houille existe, non loin des Cayes, à fleur de terre et sur une vaste étendue; près des Gonaïves se trouve également une mine de charbon de terre. Le fer se rencontre dans les communes des Cayes, de l'Anse-à-Veau, Port-de-Paix, Grande-Rivière et Plaisance. L'existence de légers filons d'argent a été constatée à Port-de-Paix et à Grande-Rivière. Le cuivre est très abondant : ses principaux minerais sont aux environs de Port-de-Paix, Marmelade, Plaisance,

Grande-Rivière et Limonade. Une mine de zinc
existe à Port-de-Paix. Il serait facile de recueillir
du soufre à Marmelade et au Dondon, sous le lit
de la rivière Dorée, dont les eaux sont arsenicales.
Le plus précieux des métaux, l'or, se trouve enfin
dans de riches minerais aux environs de Grande-
Rivière et de Plaisance.

Toutes ces mines sont inexploitées; on rencontre
de nombreux vestiges d'anciennes exploitations,
et, lorsque le lecteur saura que depuis plus d'un
siècle on les a complètement abandonnées, il aura
certainement l'eau à la bouche en apprenant qu'en
1502, un ouragan détruisit vingt et un *navires
chargés d'or*, et sortis des ports haïtiens.

De nombreuses îles sont adjacentes à Haïti, et
font partie de son territoire; à l'entrée de la baie
de Port-au-Prince, est la *Gonave*, d'une superficie
égale à celle de la Martinique, riche en essences
végétales, très fertile, dont les bords renferment
de nombreuses salines, et qui sert de refuge aux
naturels qui ont maille à partir avec la police. Au
nord, l'île de la *Tortue*, beaucoup moins étendue,
renferme de magnifiques forêts d'acajou. L'*île à
Vaches*, n'ayant qu'une étendue de quelques kilomètres carrés, est au sud, vis-à-vis de la ville des
Cayes. Par un contrat signé avec le gouvernement
haïtien, un des habitants a loué cette île entière,
et est parvenu à y attirer quelques indigènes qui,
sous sa direction, ont établi des plantations de

bananiers et des *hattes* ou parcs de bestiaux.
Quant aux deux îles précédentes, elles sont désertes,
sans culture, et ne sont visitées que par quelques
pêcheurs qui viennent y chercher des crabes et des
mollusques, et par des Dominicains qui y recueil-
lent des tortues *carets*, les grands chéloniens dont
la carapace fournit l'écaille la plus appréciée. Les
autres îles haïtiennes ont une étendue insignifiante,
et sont également délaissées. Nous aurons lieu, plus
loin, de nous occuper de l'une d'elles, la *Navaze*.

La plupart de ces îles sont entourées de roches
madréporiques et corallines, dont les variétés
sont extrêmement curieuses; les habitants en tirent
de la chaux.

La mer est peuplée de toutes les espèces de
poissons et de mollusques qui fréquentent spécialement cette partie de l'Océan. Les astéries, cra-
pauds de mer, oursins de grande taille, les coquil-
lages aux formes élégantes, aux couleurs délicates,
volutes, cérites, porcelaines, pourpres, troques, etc ;
s'y trouvent en grand nombre; les polypes,
plantes marines au feuillage délicat, tapissent littéralement le fond des baies et des côtes.

Les ports et les rades d'Haïti sont généralement d'une sécurité très douteuse et d'un abord
difficile, et les nombreuses carcasses de bâtiments
de mer qui sont échouées sur le rivage ou émer-
gent à marée basse, sont des avertissements signi-
ficatifs pour les navires qui fréquentent ces parages.

De terribles ouragans ont ravagé certaines parties de l'ile, renversant les villes, déracinant les arbres et rasant le sol; ils sont heureusement très rares. Les tremblements de terre sont, au contraire, assez fréquents, mais d'une innocuité relative, et n'ont pas tous l'effroyable violence de celui de 1842, qui anéantit le Cap-Haïtien, la plus belle et plus florissante des villes haïtiennes, et qui ne s'est jamais relevée de ce désastre.

La température est relativement douce; le thermomètre centigrade s'élève rarement au-dessus de 35 degrés, et ne descend pas, dans les plus fraiches nuits d'hiver, au-dessous de 18 degrés. L'air est sain, et la malpropreté repoussante des indigènes, les immondices et ordures de tous genres qui encombrent les villes ne parviennent pas à produire d'épidémies.

Certaines maladies n'attaquent que les nègres et ménagent les Européens : telles sont le scorbut, l'hémophilie et la petite vérole ou vérette qui a plusieurs fois décimé la population, et sculpté les glorieuses faces des habitants. Pour l'instruction du lecteur, voici le traitement que les Haïtiens emploient contre cette terrible maladie : infusion de maïs torréfié, incision des pustules, diète, et arrosage de tafia sur le corps du patient. Grâce à ce traitement, ils sauvent la moitié des malades. L'éléphantiasis et la lèpre sont assez fréquents dans la population, mais le choléra, la peste et les épizooties n'ont jamais pénétré à Haïti.

La fièvre jaune, qui a toujours été importée en ce pays et n'y a jamais pris naissance, y fait de rares apparitions; de juillet 1888 à mars 1889, le *vomito* a fait de nombreuses victimes. Un moyen très simple d'éviter, autant qu'il est possible, l'introduction de ce terrible fléau, consisterait à établir des mesures sanitaires pour empêcher l'entrée des navires infestés, et de créer des lazarets; les Haïtiens se gardent bien de prendre ces précautions élémentaires : la fièvre jaune n'atteint que les *blancs*, et les indigènes en sont absolument indemnes. Il semble même que leur voisinage la fait disparaître. Il n'en est pas moins triste de constater que le service sanitaire néglige les plus simples règles de la prophylaxie, et que, dans certains ports ouverts à la navigation étrangère, il n'y a même pas de médecin.

Pour l'intelligence de l'étude qui fait l'objet de ce livre, il est nécessaire de tracer ici, sommairement, les grands traits de l'histoire d'Haïti.

Parti de Palos le 2 août 1492, Christophe Colomb après deux mois de pénible navigation, atteignit le 12 octobre, l'une des Lucayes, Cat-Island, qu'il nomma San Salvador. Après quelques semaines de séjour, il remit à la voile et vint aborder à Cuba; de là, il franchit un détroit sur la rive opposée duquel il découvrit une île que les insulaires nommaient *Haïti* ou *Quisqueya* (*terre monta-*

gneuse), et sur laquelle il mit le pied le 6 décembre. Il en fit le tour, lui donna le nom d'*Hispaniola* (*petite Espagne*) et créa, à la Nativité, près du Cap-Haïtien, le premier établissement européen en Amérique.

Cette île était alors habitée par une race autochtone, qui se distinguait des Caraïbes, ses voisins des autres Antilles, par la beauté des formes, la sobriété, la douceur des mœurs et l'horreur de l'anthropophagie. La religion de ces premiers Haïtiens était un fétichisme simple et naïf; ils adoraient la nature et la symbolisaient dans la couleuvre; à certains jours, ils dansaient au son d'un tambour primitif, et portaient, en une procession triomphale, leurs chefs dont le visage tatoué était couvert d'un masque orné de paillettes d'or.

L'île était alors divisée en cinq caciquats, à la tête desquels étaient les caciques Guarionex, Guacanagary, Caonabo, et les caciquesses Anacoana et Yguanama. La population s'élevait, dit-on, à deux millions d'âmes, et on prétend également que Guacanagary commandait à deux cent mille guerriers. Ces assertions semblent quelque peu risquées, si l'on considère que quinze ans seulement après la découverte de l'île, en 1507, la population aborigène était réduite à soixante mille personnes, par suite de travaux meurtriers, et d'un système d'extermination cruellement pratiqué par les colons espagnols.

2

Gouvernés d'abord par Barthélemy, frère de Christophe Colomb et fondateur de la ville de Santo Domingo à laquelle il donna le nom de leur père Dominique, puis par divers gouverneurs parmi lesquels se distingua Diégo Colomb, fils du grand Christophe, les Espagnols soutinrent de rudes guerres contre les Haïtiens aborigènes qu'ils ne parvinrent à déposséder et anéantir complètement qu'en 1533. Cette lutte entravait tout progrès, les mines dont ils avaient entrepris l'exploitation étaient abandonnées, et les Espagnols, dédaignant l'agriculture, avaient fait de leur colonie un repaire d'où ils se lançaient à travers l'archipel, qu'ils terrorisaient par leurs pirateries. Les indigènes étant devenus rares, ils les remplacèrent par des nègres arrachés de l'Afrique, et dont la traite prit, à partir de ce moment, une importance qui ne fit que s'accroître. Malgré cette continuelle importation de travailleurs, la colonie dépérissait, lorsque de nouveaux visiteurs vinrent partager les trésors d'Hispaniola.

En 1530, des *flibustiers* français, expulsés de Saint-Christophe, île voisine d'Haïti, par l'amiral Frédéric de Tolède, vinrent, sous la conduite d'Enambuc, s'établir à l'île de la Tortue. Les Espagnols tentèrent de les en déloger, mais ils eurent le dessous, et, franchissant le détroit qui sépare la Tortue d'Haïti, les flibustiers chassèrent devant eux les Espagnols, et finirent par occuper toute la partie occidentale de l'île, qui, à partir de cette époque, n'a cessé de comprendre deux parties bien distinctes : la partie orientale ou espagnole, aujourd'hui République dominicaine, et la partie française occidentale, qui est devenue la République d'Haïti.

Un édit royal de 1685 institua une organisation administrative pour la partie française nommée alors Saint-Dominique. Cette ordonnance, connue sous le nom de *Code noir*, réglementait la traite des esclaves, et jetait les bases de la future prospérité de notre colonie. Le traité de Ryswick, conclu en 1697, consacra le partage de l'île, et la cession définitive, faite par l'Espagne à la France, de toute la partie occidentale. En 1706, fut fondé Port-au-Prince, la future capitale d'Haïti. La culture du caféier, introduite en 1727, s'y propagea rapidement et Saint-Domingue devint progressivement la plus florissante des colonies européennes, tandis que la partie espagnole déclinait de jour en jour.

La réunion des états généraux, les lois égalitaires décrétées par la Constituante, provoquèrent la perte de ce riche domaine colonial. Soulevés contre leurs maîtres, les cinq cent mille nègres des plantations prirent les armes, et, à la suite d'une lutte dont les diverses péripéties furent signalées par d'atroces boucheries, ils parvinrent à chasser ou à exterminer tous les colons, et proclamèrent leur

indépendance le 1er *janvier* 1804. En 1825, Charles X signa une ordonnance par laquelle il concédait à notre ancienne colonie sa pleine indépendance, et, en 1838, un traité fut signé entre la
France et la République noire, qui y fut expressé-
ment reconnue comme une nation autonome et
libre, et s'engagea à payer pour les colons massacrés et dépossédés, une *indemnité* de soixante millions de francs.

Depuis 1804, Haïti a sans cesse périclité; sa population a décru, et nous développerons les causes
de cette lamentable décadence. Il suffira pour le
moment de résumer brièvement cette histoire dont
chaque page est tachée de sang. Le général en chef
des rebelles, *Dessalines*, voulant imiter Napoléon Ier
dont il entendait raconter les exploits, se proclama
empereur d'Haïti, et, exécré de ses sujets qu'il trai-
tait avec une cruauté de tigre, il fut assassiné
en 1806.

Les prétendants au pouvoir ne purent s'entendre, et, pendant quatorze ans, Haïti fut scindée
en deux États : la république d'Haïti, au sud, avec
le président *Pétion* à sa tête, et le royaume d'Haïti,
au nord, gouverné par *Henri Christophe* dit Henri Ier.
Pétion étant mort en 1818 fut remplacé par *Boyer*,
qui lorsque Christophe, traqué par ses sujets, se
fut suicidé, réunit de nouveau, en 1820, toute la
nation sous son gouvernement. En 1822, il rallia
la partie espagnole à Haïti, et fit flotter le pavillon

haïtien sur l'ile entière. Pendant vingt et un ans,
Boyer put contenir l'insubordination de ses concitoyens; mais, en 1843, débordé, il abdiqua et partit
pour l'exil. Le président *Hérard*, qui lui succéda,
vit l'ancienne partie espagnole se séparer d'Haïti,
et se constituer définitivement en République dominicaine. Déchu en 1844, il fut remplacé successivement par *Guerrier*, *Pierrot* et *Riché*, qui n'occu-
pèrent chacun le pouvoir que pendant une année,
et enfin par l'illustre *Soulouque*, qui, possédé de la
manie des grandeurs, se fit élire empereur en 1847,
sous le nom de Faustin 1er, et, durant douze années, fut la risée du monde entier, par ses exploits
grotesques, et les aventures de sa cour d'opéra-
bouffe.

Renversé en 1859, au grand désespoir des amateurs d'anecdotes, l'infortuné Faustin entraîna
dans sa chute le second empire haïtien, et la république fut de nouveau proclamée. *Geffrard* parvint
à se cramponner au siège présidentiel pendant huit
ans, et obligé de fuir en exil à son tour, en 1867,
il fut remplacé par *Salnave* qui, moins heureux,
fut sommairement fusillé après trois ans de présidence; son successeur *Nissage Saget*, peu soucieux
d'avoir le même sort, donna prudemment sa démission en 1874. Le général *Domingue*, qui le remplaça, ne fut président que nominativement, et
abandonna le pouvoir effectif, la caisse publique,
les lois et les citoyens au capricieux et sangui-

2.

naire despotisme de son neveu *Septimus Rameau*, dont il fit un vice-président, et qui fut massacré en 1876, lors de la chute de son oncle.

Haïti pouvait se relever, un citoyen intègre, ferme, intelligent, venait d'être élu président : *Boisrond-Canal*, cependant sentant son pouvoir miné de tous les côtés, et ayant à subir les aggressions continuelles de prétendants sans scrupules et sans patriotisme, abdiqua tristement, et fut vite remplacé par *Lysius-Félicité Salomon*, dont l'existence héroï-comique s'est terminée en 1889 à Paris, où il s'était réfugié, chassé par ses concitoyens que huit années de despotisme, de dilapidations et de fusillades, avaient lassés, et que sa décrépitude encourageait à la révolte. Mais il fallait le remplacer : les deux partis qui prétendaient imposer leur chef au pays ne purent se mettre d'accord, et, dans une effroyable mêlée qui dura toute la nuit du 28 septembre 1888, l'un des candidats, Séide Thélémaque, fut tué d'un biscaïen. La scission s'opéra aussitôt, et le général *Légitime*, élu président par les représentants de l'Ouest et du Sud, se vit contraint de commencer une guerre contre les trois autres départements ligués contre lui.

Doué d'une saine intelligence, d'un caractère ferme, honnête, et ardemment désireux de relever sa patrie, Légitime était nécessaire à Haïti. Malheureusement, trahi par ses généraux, exploité par

tous ceux qui l'entouraient, il n'a pu ranger la victoire sous sa bannière, et a été obligé de gagner
la terre d'exil, après huit mois d'une présidence
pénible et écœurante. *Hippolyte*, le président élu
par les nordistes vainqueurs, a pris les rênes du
gouvernement, et il ne nous reste plus, sans espoir
de voir nos souhaits se réaliser, qu'à exprimer le
vœu que cette lutte fratricide soit la dernière qui
fasse couler le sang et l'or de cette malheureuse
peuplade, tache sinistre sur la carte du monde.

II

MŒURS ET COUTUMES DES HAÏTIENS

L'observateur impartial qui étudie les diverses races humaines est fatalement amené à émettre cette conclusion : les races sont plus nettement séparées les unes des autres par les caractères psychologiques que par les caractères physiologiques. La nuance pigmentaire, l'angle facial plus ou moins aigu, et les autres éléments qui servent de lignes de démarcation, ne sont que les indices matériels et virtuels des quatre principaux degrés de l'échelle humaine. Ces degrés sont, intellectuellement, impénétrables entre eux, et les individus qui peuvent passer de l'un à l'autre, et s'assimiler les caractères d'une race à laquelle ils n'appartiennent pas, sont si rares, que leur nombre extrêmement restreint est la plus éclatante preuve de cette dissemblance morale en vertu de laquelle il n'est pas de métis intellectuels comme il en est au point de vue physique.

La race blanche occupe incontestablement le

sommet du genre humain : les puissantes facultés qui la distinguent, le génie de ses langues, les merveilleuses inventions scientifiques, la perfection artistique, et la civilisation qui rayonne jusque dans ses plus infimes ramifications, la placent à une hauteur prodigieuse au-dessus de ses trois sœurs moins privilégiées.

Parmi ces dernières, la race mongolique tient le premier rang. L'éloignement systématique et même fanatique qu'elle a jusqu'ici professé pour le progrès et pour les mœurs européennes, et dont elle avait une frontière morale qu'elle voulait matérialiser dans la gigantesque muraille de Chine, permet de reconnaître d'autant plus aisément les facultés qui la caractérisent, qu'elles n'ont été développées par aucun emprunt fait à la race blanche. Les travaux étonnants exécutés dans l'Inde comme dans la Perse, en Chine comme au Japon, les inventions merveilleuses, les penseurs remarquables qui ont vu le jour dans ces pays, assignent à la race jaune une place distinguée dans l'humanité, et font espérer que lorsque les nations qu'elle renferme auront enfin levé complètement la quarantaine qu'elles font subir à la civilisation européenne, un avenir prochain leur permettra de développer dans toute leur intensité les facultés éminemment industrieuses qui leur sont particulières.

La race américaine autochtone, ou race rouge, qui, chassée de ses prairies et décimée par les visages pâles toujours plus nombreux et plus insatiables, n'est aujourd'hui représentée que par quelques tribus errantes et incertaines du lendemain, ne peut, en raison de cette existence précaire, donner essor aux dons peu nombreux, mais très puissants, dont elle est douée. Il est cependant indiscutable que les monuments et les produits industriels qu'elle a laissés au pouvoir de ses envahisseurs accusent des notions assez élevées, et des conceptions architectoniques fort remarquables. On ne saurait donc, sous aucun prétexte, la mettre en parallèle avec la dernière des familles humaines, la race noire ou éthiopique, qui, soit à l'état de peuplade, dans l'Afrique australe, soit comme nation libre, n'a absolument rien produit, ni dans les arts, ni dans les lettres, ni dans les sciences, et semble avoir été marquée au front, pour l'éternité, d'un triple sceau de barbarie, d'impuissance et de servage. L'ethnologue le plus enclin à l'indulgence et à l'amour de l'humanité sent infailliblement, après un court espace de temps consacré à l'étude des nègres, ses dispositions négrophiles devenir négrophobes, et plus il étudie cette race disgraciée, plus il se sent éloigné d'elle, et par des instincts, et par ses facultés. Haïti est le plus frappant exemple de la stérilité incurable qui caractérise la race entière, et il suffit, pour s'en convaincre, de recueillir les documents émanés des nègres eux-mêmes.

Le nombre de quatre cent mille Haïtiens que comporte la population de notre ancienne colonie se décompose approximativement en trois cent soixante mille nègres noirs et quarante mille nègres jaunes ou mulâtres. Les nuances qui s'échelonnent du noir au blanc s'élevant à plus de soixante-dix, nous dispenserons le lecteur de leur fastidieuse énumération. Citons néanmoins les trois principales, à savoir: le mulâtre, produit de deux individus, l'un noir et l'autre blanc, et ses deux dérivés; le griffe, issu de son croisement avec le noir; et le quarteron, provenant de son union avec le blanc. Le créole, à Haïti comme ailleurs, est l'enfant de deux blancs, conçu et né dans les pays tropicaux.

La côte de Guinée fut longtemps le grand marché des esclaves; ceux qui furent transportés, pendant deux cents ans, à Saint-Domingue, appartenaient généralement aux tribus barbares connues sous le nom d'Ibos, Aradas, Mandingues et Congos. Vigoureux, supportant facilement les privations et les fatigues, ils se voyaient arrachés au féroce joug de leurs chefs africains, qui les vendaient eux-mêmes, et exportés à Haïti, qui en reçut jusqu'à trente mille par an.

A l'époque du soulèvement des esclaves, le nombre total de la population noire de l'île s'élevait à plus de six cent mille. Le décroissement énorme de ce chiffre, depuis 1804, étonnerait ceux qui ne connaissent pas la République haïtienne et

ses citoyens. La puissance prolifique extraordinaire des nègres, une contrée dans laquelle les
miasmes pathogènes sont neutralisés par un climat
d'une salubrité exceptionnelle, semblaient pro-
mettre à cette nouvelle nation un rapide accroisse-
ment numérique. Nous verrons pourquoi il n'en a
pas été ainsi.

L'Haïtien actuel est doué de la laideur qui distingue sa race : le front déprimé, les mâchoires
énormes et proéminentes, la barbe raré, le nez
écrasé et large, les yeux éteints ou injectés de
sang, tel est son visage ; le corps, comme taillé à
la hache, manque absolument de grâce ; les côtes
sont saillantes même chez les individus gras, et la
jambe n'a pas de mollet. La femme haïtienne est
beaucoup mieux conformée que l'homme ; elle
porte peu le corset, et ne le serre jamais ; son
corps est gracieux, mais sa figure est rarement
régulière ; femme à treize ans, elle a perdu sa fraî-
cheur à vingt-cinq, et, à partir de l'âge de trente ans,
elle est exclusivement très maigre ou très grasse :
il y en a fort peu qui conservent une moyenne
corpulence. Notons que, de même que les hommes,
les femmes laissent derrière elles un sillage au
parfum âcre, écœurant, et peu favorable aux rêve-
ries platoniques. Les enfants, jusqu'à l'âge de neuf
ou dix ans, sont charmants : leurs yeux naïfs et
doux, leur visage frais et un peu bouffi, leurs
façons espiègles, les font aimer d'autant plus que

leurs parents leur servent de repoussoirs ; mais,
dès que leurs dix années sont sonnées, ils deviennent... haïtiens.

Les citoyens de la république noire sont affreusement malpropres, et les douze cent mille caisses
de savon qu'ils reçoivent annuellement des États-
Unis nettoient tout excepté eux-mêmes. Leurs
doigts leur servent d'instruments de toutes sortes :
pelle, balai, cuiller, fourchette et mouchoir. Affectés, prétentieux, ils vous parlent de la supériorité
de leur élégance sur celle des Parisiens, tout en
mangeant gloutonnement un morceau de morue
pourrie. Ils s'arrosent de parfums, et les femmes se
couvrent la figure de poudre de riz : figurez-vous
une Française se poudrant avec du charbon ! Leurs
maisons ou *cayes* sont construites en bois, pour
les citadins, en treillis de bambou pour les campagnards. Peu de lits ; ils les remplacent par des
cadres, composés d'une large bande de toile sus-
pendue sur quatre pieds.

Haïti est peut-être le seul pays où l'on puisse
vivre sans argent ; la fécondité du sol permet aux
plus malheureux de trouver chaque jour une pitance
suffisante ; la nourriture consiste, en grande partie, en fruits indigènes, et principalement en bananes vertes ; peu friands de viande, les naturels
mangent énormément de poisson. Un repas suc-
culent se compose, selon eux, du pois-riz ou *ra-
pois*, plat de riz et de haricots rouges, de morue

3

avariée, et d'une demi-douzaine de bananes ; le
tout mélangé dans la même assiette, et accompagné de piment, d'ignames et de patates. Ils boi-
vent généralement de l'eau à leurs repas, et un
seul verre leur suffit : ils savent se rattraper en
ingurgitant de copieuses rasades de tafia et un
nombre incroyable de grogs. Ce genre d'alimen-
tation les soutient tant bien que mal pendant leur
jeunesse, mais ne leur procure pas une longue
existence : les individus âgés de cinquante ans ne
sont pas nombreux à Haïti, et les sexagénaires y
sont assez rares.

L'Haïtien qui veut être pris au sérieux porte une
redingote et est toujours vêtu de noir. Dans une
contrée où l'on subit sans cesse 30 et 35 degrés,
l'esprit simiesque de ces malheureux les a poussé
à se couvrir de vêtements chauds, lourds et incommodes. Délaissant le costume d'Adam qu'ils
portaient en Afrique, ils l'ont laissé aux campagnards des mornes, et n'ont pas cru devoir adopter
de légers habits de toile. Ils ont, avant tout autre
sentiment, le désir d'être extérieurement semblables aux *blancs*, et croiraient leur être inférieurs en
faisant preuve d'intelligence dans le choix de leurs
vêtements. Les négociants leur revendent des
complets usés et retapés, à des prix exorbitants ; la
malpropreté, la négligence transforment rapidement ces habits en oripeaux, et si leur possesseur
n'a pas de quoi les remplacer, il continue à les

porter avec la morgue d'un César de Bazan. La question de la chaussure est la plus ardue ; ils se croiraient déshonorés s'ils étaient chaussés simplement, et portent des souliers vernis et des bottines claquées, de fabrication défectueuse, et usés en quelques jours. Que de fonctionnaires et de dandies s'enferment hermétiquement chez eux, délaissent le bureau, les cafés, les vérandas où ils ont coutume de faire des effets de torse, parce qu'ils n'ont plus de souliers ! L'empereur Soulouque, qui, avant de monter sur le trône, avait subi cet inconvénient, et s'était confiné maintes fois dans la boutique où son auguste moitié vendait de la morue et du tabac à chiquer, décida magnanimement que les généraux, de son état-major, et les dames d'honneur de sa cour, recevraient périodiquement une paire de bottines.

Lorsque l'on entre dans les magasins d'Haïti, on aperçoit souvent, accroché à un clou, bien en évidence, un chiffon d'une propreté équivoque. Voici quelle est sa destination : les Haïtiens portent peu de bas ou de chaussettes ; ils les remplacent par un linge quelconque, un vieux mouchoir, un pan de chemise dont ils s'entourent les pieds ; souvent même ils ne les remplacent pas du tout. D'une façon comme de l'autre, les négociants qui leur vendent des chaussures ne pourraient consciencieusement offrir comme neuf et propre un soulier qui aurait été visité trois fois par des extrémités ainsi entretenues ; le chiffon accroché est

donc une chaussette ; le client se déchausse, fourre
son pied dans la chaussette gratuite et obligatoire,
et essaye la chaussure. Qu'il ait le pied trop grand
ou trop petit, peu importe, la même chaussette
sert à tous : l'égalité devant la chaussette ! Quelquefois on voit cinq ou six acheteurs, un pied nu,
faisant la queue devant la chaussette et se la passant tour à tour. On la remplace chaque lundi :
pauvres clients du samedi !

La femme haïtienne est uniformément vêtue d'un
long peignoir blanc, avec une traine d'un demi-
mètre qui balaye toutes les ordures amoncelées
dans les rues, les cours, les jardins et les maisons.
Cette balayeuse nationale, après quelques heures
de service, est dans un état pitoyable, et les ména-
gères aisées en changent chaque jour. Elles se
coiffent d'un *madras*, grand foulard blanc qu'elles
nouent derrière la tête et qui leur constitue une
coiffure pittoresque et assez gracieuse. Les aristo-
crates s'affublent aussi prétentieusement et avec
autant d'inconséquence que les hommes : robes
de soie noire, de velours noir, chapeaux couverts
de velours et surmontés d'un clocher de plumes,
tel est le costume de ces élégantes tropicales : leur
seule vue fait transpirer.

Nous avons cité plus haut les noms ruisselants
de poésie dont les Haïtiens ont décoré leurs villes ;
pour se nommer eux-mêmes, ils ne sont pas moins
suaves : ils empruntent leurs prénoms à l'histoire,

à la mythologie, à l'histoire naturelle, et même à la chimie; un mot baroque, rencontré par hasard dans un ouvrage, frappe-t-il leur esprit, ils l'infligent infailliblement comme prénom au premier enfant qui leur arrive, et c'est ainsi que les femmes se nomment : *Zulmida, Altima, Clairmina, Alcinaïse, Chérisemène, Hosanna, Pressia, Lodoïska, Prussiana, Thélécide, Eronise, Urania, Léodile, Maculada, Ultima, Thésulma, Ulcénie, Néiphile, Ultemphise,* etc... et les hommes, *Petit-Frère, Fabius, Télémaque, Africain, Murat, Paris, Clotaire, Bossuet, Racine, Emélidor, Marc-Aurèle, Léandor, Byron, Aristodème, Aristoclès, Théodoric, Oxygène,* et... *Philoxéra !!!*

Lorsqu'un Fabius ou un Émélidor est épris des charmes odorants d'une demoiselle Ultemphyse ou Maculada, il achète une de ces feuilles de papier à lettre, à bords dentelés, qu'emploient chez nous les enfants, pour souhaiter une « bonne et heureuse fête » à leurs parrains; ce genre de papier est spécialement affecté pas les Haïtiens à la description des transports amoureux, et se nomme *papier-demande.* Ils suivent de près leur poulet, pour se rendre chez leur belle; si les phrases sont suffisamment amphigouriques et déliquescentes, la jeune fille, émue, passe son bras sous celui de son adorateur, et... ils vont se coucher. Tel est le mariage à l'haïtienne, dissimulé par les indigènes sous le nom superbe d'union libre. Ceux qui sont

ainsi unis sont dits *placés.* On se place comme on
se marie en Europe, et cela dans les familles les
plus prudes d'Haïti. Les hauts fonctionnaires placent volontiers leurs enfants, et sont généralement
placés eux-mêmes. La plupart des directeurs des
établissements d'instruction vivent ainsi en concubinage, ayant, en cas de mutation, une femme
dans chaque grande ville, et une multitude d'enfants. Un commandant d'arrondissement, ou préfet
militaire, que l'on complimente sur les beaux
enfants que lui donne sa femme légitime, dit simplement devant elle : « Ils sont en effet assez
beaux ; mais si vous voyiez ceux que j'ai faits dans
la plaine ! » Ils nomment pompeusement ces créa-
tures leurs épouses, et le mot femme est considéré
comme une grave injure ; ils disent donc de leurs
femelles « mon épouse », et d'une digne et respectable Européenne « cette femme ». Ils prisent
d'ailleurs leurs compagnes comme des êtres utiles
seulement à la caye, et il est de fort mauvais ton
de sortir avec sa femme. L'un d'eux, vantant sa
vertu prolifique, disait : « Monsieur, j'ai quatre
enfants de la même mère. » Changez le mot mère
en celui de jument ou d'une autre femelle, et la
phrase vous semblera plus naturelle. Le journal
du *high life* haïtien, rendant compte d'un mariage
huppé raconte « qu'un orateur ardent a fait bouil-
lonner le cœur des jeunes pucelles qui assistaient
à la cérémonie ».

Ils se marient quelquefois d'une façon légitime, mais sans comprendre et sans respecter la gravité de cette union qu'ils rompent aussi facilement que l'autre. Un Haïtien du grand monde, désirant faire acte d'esprit fort, quitte sa femme le soir du mariage, et fait seul un voyage de noces de quelques semaines, se vantant, à son retour, de cette action, et prétendant qu'il avait voulu, dès le premier jour, habituer sa femme à se passer de lui : espérons qu'il a pleinement réussi.

Voici le relevé officiel des naissances transcrites à l'état civil d'une commune de la République, durant le dernier trimestre de l'année 1886 : enfants naturels trois cent quatre; enfants légitimes quatre; notons qu'un très grand nombre de naissances ne sont pas inscrites, et ont lieu dans les mornes où les *habitants* ou campagnards vivent généralement en dehors de toutes les lois civiles et naturelles.

L'honneur d'une personne est un terme incompréhensible à Haïti. Un général en chef, en tournée, arrive dans une ville, fait camper son armée sur la place publique, installe au milieu sa tente formée de deux nattes de jonc, et va s'enivrer de tafia à travers les cases, après avoir donné des ordres pour qu'on lui garnisse sa couche d'une vierge qu'il viendra trouver le soir, ivre mort.

Au reste, remarquons ici, une fois pour toutes, que l'Haïtien, qui, devant l'étranger, professe un grand enthousiasme pour la civilisation, et s'efforce

de paraître familiarisé avec les usages européens,
dépouille ce masque dès qu'il est avec ses congénères, et rougirait devant eux de paraître civilisé,
comme d'une trahison envers les antiques coutumes de sa race ; et, de même que le nègre cherche
d'autant plus à s'insinuer parmi les *blancs* qu'il est
d'une nuance plus claire, de même celui qui est
du noir le plus pur, et qui a surtout les lèvres
même noires, jouit de la plus grande estime de la
part de ses concitoyens.

L'affectation et la préciosité de l'Haïtienne sont
très curieuses ; ses paroles les plus banales, ses
moindres gestes, sont empruntés, faux ; ne comprenant pas combien ses façons sont grotesques,
elle mélange celles qui ont à Haïti la réputation
d'être distinguées, avec d'autres qu'elle ne sait pas
être dégoûtantes. A l'entendre, cependant, son
élégance est incomparablement plus raffinée que
celle de l'Européenne, et il est amusant de voir
de ces pauvres guenons, fagotées en dépit du
bon sens, refuser de s'asseoir sur un banc, à
l'église, et dire avec un précieux dédain : « Oh !
chère, m'asseoir sur un banc, moi, une dame ! une
femme blanche, oui, mais moi, *je ne saurais.* » Ce
« je ne saurais » prononcé par ces braves Haïtiennes,
vaut le voyage d'Haïti.

L'Haïtien semble persuadé qu'en conquérant son
indépendance, c'est-à-dire son asservissement sous
des chefs despotiques, soupçonneux et féroces, il

a du même coup acquis le droit de se reposer
in æternum. Le travail manuel est, selon lui, infa-
mant à ce point qu'un nègre croirait déshonorer
sa famille jusqu'à la sixième génération s'il était
vu portant un objet gros comme le poing, et qu'il
lui semble très naturel de s'offrir un commission-
naire pour transporter chez lui un paquet de ciga-
rettes qu'il vient d'acheter. Autrefois la femme seule
travaillait ; bien qu'elle se soit sensiblement affran-
chie de ce privilège, elle est encore une des bêtes
de somme de la caye. L'homme passe son temps à
colporter les cancans, potine de véranda en véranda
tout en buvant force grogs, et ne conçoit d'autres
occupations que les fonctions administratives. Les
jours ouvrables sont les cinq premiers de la
semaine : le samedi est jour de marché dans toute
la république, et jour de congé pour les élèves des
écoles ; ce jour-là, les ouvriers cessent leur travail
à midi, et les magasins ferment à trois heures de
l'après-midi. La plupart des travaux sont conduits
par des entrepreneurs martiniquais ou jamaïcains.

La négligence, la paresse invétérée des naturels
leur font perdre de nombreuses sources de bénéfice.
Les peaux des animaux morts sont abandonnées
avec la charogne. Il en est de même quant aux
vêtements : l'Haïtienne portera fièrement une robe
en loques, mais ne consentira jamais à la raccom-
moder. Les travailleurs employés aux quais ou aux
divers travaux de la ville se reposent trois heures

3.

sur quatre, au moins, et consacrent leurs loisirs
au tafia, au jeu de dés, et aux combats de coqs.
Ce dernier jeu est très populaire à Haïti, et donne
fréquemment lieu à des rixes et à des meurtres.

La répulsion que les Haïtiens manifestent pour
tout travail rend le recrutement des domestiques
très pénible. Les enfants sont placés comme servi-
teurs dès l'âge de six ou sept ans, et ces petits
bonshommes, vêtus simplement d'une chemisette
très courte, beaucoup trop courte, font la plus
grande partie du service. Les femmes qui, poussées
par l'extrême misère, s'abaissent enfin à travailler
pour vivre, sont bien les plus assommantes pécores
qu'il soit possible d'imaginer. Exigeantes, arro-
gantes envers les maîtres qu'elles traitent en vaincus, elles ne travaillent que selon leur bon plaisir, volent effrontément et sans se cacher, prennent
des allures de souveraines détrônées, et se drapent
majestueusement dans leurs guenilles pour éplu-
cher des légumes. En général, elles ne restent pas
longtemps dans la même maison, et disparaissent
dès qu'elle ont touché quelques piastres.

À l'hôtel Bellevue, tenu à Port-au-Prince par
une Française, était employé un cuisinier nègre,
natif de la Martinique; ce gaillard-là se concerta
avec deux ou trois malandrins de la police locale,
et, une fois au moins chaque semaine, il revenait
du marché escorté par un policier qui le tenait en
laisse, c'est-à-dire par la basque de son vêtement;

le serpent... non... le sergent de ville indigène annonçait à l'infortunée maîtresse de l'hôtel que son cuisinier, en vertu de la couleur de sa peau, était considéré comme Haïtien et allait être incorporé dans un régiment quelconque si elle ne donnait une, deux ou trois piastres. La pauvre femme s'exécutait régulièrement, et achetait ainsi quelques jours de tranquillité.

Les cochers ou bossmans haïtiens sont à la hauteur de leurs confrères parisiens ; leurs exigences sont même plus autocratiques ; par exemple, leur boss ou voiture contient quatre places ; si vous les prenez à la course, ils exigent que vous soyez quatre, et que vous payiez quatre fois le prix de la course. La moitié d'entre eux, d'ailleurs, sont des étrangers, et je me rappelle un jeune bossman jamaïcain, qui trouvait toujours le moyen de tirer de moi quelques pièces blanches par ses manières désopilantes, et sa façon de me dire en larmoyant : « Je suis bien regret, pas argent, je suis faim, je suis soif; vous qui êtes mon famille, donne-moi une cigarette et dix sous pour boire un grog. » Tous les cochers ne sont malheureusement pas aussi bénins, et très souvent, lorsque, exigeant le prix de six heures de voiture pour une demi-heure de course, ils voient le client se rebiffer, ils tirent leur coutelas et menacent de se payer sur la peau du récalcitrant.

Les pages qui précèdent n'ont probablement pas donné au lecteur une haute idée de la moralité des

Haïtiens. N'insistons pas sur le tableau misérable des mœurs dépravées de cette population incestueuse et gangrenée. Il suffira de dire qu'à Haïti, il est commun et semble naturel de voir, en pleine place publique, autour d'une fontaine ou d'un abreuvoir, des hommes et des enfants complètement nus, se baignant et gambadant pêle-mêle avec des porcs et des femmes à peine vêtues. Les chevaux, mulets et autres animaux qui tombent morts, pourrissent là où ils se trouvent, et l'on a vu jusqu'à des cadavres humains se décomposant en plein air, et devenant la proie des chiens et des pourceaux, sans que les nombreux passants eussent la charité de chasser ces horribles convives, et de recouvrir ces débris humains d'un peu de terre.

Le carnaval est une des grandes fêtes annuelles des Haïtiens ; un mois avant le mardi-gras, ils commencent les mascarades : couverts d'un drap, ils se réunissent en groupes nombreux, et se promènent la nuit à travers les rues, chantant, criant, et s'enivrant de tafia. Les masques apparaissent quelques jours après, et les trois derniers jours gras sont consacrés à d'épouvantables saturnales. Groupés par trentaines, par centaines, les masques sont précédés d'un orchestre composé d'un tambourin et d'un fifre ; ils s'avancent, sautillant en cadence, sans repos pendant sept ou huit heures consécutives, comme pris d'une danse de Saint-

Guy; ils entremêlent ce sautillement d'une mimique révoltante d'obscénité; les uns sont habillés en femmes, les autres fourrés dans un sac, et le plus grand nombre, nus, sont simplement ceints à la taille d'une ceinture de feuilles, ou enduits, sur tout le corps, d'ocre, de cirage ou de terre glaise, et ils vont sautillants, lubriques, et roulent, se vautrent dans d'immondes plaisirs, et, à la fin de la journée, se réunissent dans des bals d'où ils ne sortent que le matin, hébétés par une nuit entière consacrée à d'effroyables lupercales. Il est de bon goût, pour les hommes de la haute société, de ne se déguiser que le soir; mais alors ils deviennent plus dégoûtants que les autres, et courent toute la nuit, buvant partout, souillant tout, et s'ingéniant à se surpasser les uns les autres en raffinements orduriers. Des enfants sont en grand nombre associés à ces scènes diaboliques, et rivalisent avec leurs aînés. Jusqu'à ces dernières années, les masques portaient en procession des groupes de cire ou des gravures de grandeur naturelle, représentant des jeunes filles de la localité, accouplées à ceux que la voix publique leur donnait comme amants; cette coutume a fort heureusement disparu. Le mercredi des cendres, les masques promènent solennellement des mannequins de paille représentant le carnaval, et le brûlent enfin avec des lamentations plus réelles que feintes : le carnaval est terminé.

L'Haïtien est servile, effronté; lâche et rampant
devant celui qui est plus puissant que lui, il est
arrogant envers les faibles; insolent ou familier,
il n'est jamais réservé, et tutoie un inconnu dès
que celui-ci abandonne un instant l'attitude froide
et guindée qui est de mode en ce pays.

Un gros négociant de Port-au-Prince était accusé,
par l'opinion publique, d'avoir introduit des faux
billets de banque dans des boîtes de sardines importées d'Allemagne. Il n'était pas d'injures et de
railleries qu'on ne lui adressât chaque jour : le président Salomon lui fit une visite tapageuse, et tous
les bruits tombèrent, bien que l'on fût désormais
convaincu de la culpabilité du commerçant. Nous
verrons, en effet, que ce digne président avait des
procédés expéditifs pour réduire les bavards au
silence.

Exagéré dans tous ses actes extérieurs, l'Haïtien
affecte, lorsqu'il est en public, une sensibilité ridicule. S'il assiste à des obsèques, chaque parole de
l'orateur funèbre lui arrache des plaintes, et, sans
entendre un seul mot de ce qui se dit, il scande
chaque phrase d'un concert de cris et de gémisse-
ments; dès que la cérémonie est terminée, il a
oublié le défunt et son éloge, et part content,
calme, et ignorant ce qui vient de se passer. Dans
les solennités plus gaies, il montre une semblable
exagération; chaque président nouveau se voit,
partout où il va, assailli par une foule de femmes

qui se jettent à son cou, l'embrassent, le caressent amoureusement, ce qui ne les empêche pas, dès que l'idole éphémère est renversée, de poursuivre le malheureux de leurs injures forcenées, et de le massacrer si elles peuvent s'en emparer.

L'ignorance, générale à Haïti, est particulièrement remarquable chez les dépositaires de l'autorité. Anciens esclaves des Français, les Haïtiens ont adopté la langue française, officiellement du moins, car le patois créole est le vrai langage national. Le nombre des députés, sénateurs, préfets et ministres ne sachant ni lire ni écrire a diminué, mais est considérable. On sait que Soulouque apprit l'alphabet après être monté sur le trône, et l'on a vu des ministres de l'instruction publique d'Haïti complètement incapables de tracer une lettre. Par contre, ils savaient fort bien empocher des années entières d'appointements de leurs subalternes de toutes catégories, qui tiraient piteusement la langue, sans exhaler un murmure, car on doit aisément comprendre que les présidents qui choisissaient ces brutes illettrées, pour en faire des ministres, leur connaissaient des talents suffisamment compensateurs.

Ignorant et servile, l'Haïtien est en outre pauvre comme Job; s'il gagne cent piastres, il les dépense; s'il en gagne mille, il les gaspille. L'économie, la réserve pécuniaire, est absolument inconnue à Haïti, et il n'y a pas cinq indigènes possédant un capital de cinq cent mille francs. Le jour où il tombe d'une situation qui lui permettait de s'enrichir, l'Haïtien est sans ressources, et s'il a rempli ses coffres d'or, il s'empresse de gaspiller follement les sommes qu'il a bien ou mal acquises.

La vanité insensée des Haïtiens leur fait avancer les assertions les plus burlesques, et est un sujet intarissable d'anecdotes bouffonnes. De Toussaint Louverture, nègre ignare, brute féroce, ils font un « élu, inspiré par les saintes Écritures qui ont annoncé sa venue », et citent son nom avec ceux des plus grands diplomates. On les entend dire d'un ton convaincu que « le sang vierge des noirs a régénéré toute l'espèce humaine »; leurs actes publics, revêtus d'en-têtes majestueux, tels que « Liberté — ou la Mort » sont datés « an 18.. quarantième de l'indépendance, premier de la régénération », car il est convenu à Haïti que chaque révolution commence la régénération du pays. Alexandre Dumas, en qualité de mulâtre, est une des gloires haïtiennes ; ses ouvrages sont considérés comme des traités d'histoire, et une foule d'Haïtiens se nomment Dantès, Aramis, etc. Les journaux annoncèrent pompeusement, l'an dernier, que « le mulâtre Alexandre Dumas avait été promu commandant de la Légion d'honneur, et Zola chancelier ». Chancelier ou chevalier, peu leur importe. On trouve chez eux, comme en Europe les faux

Louis XVII, des soi-disant descendants de Camille Desmoulins, de Corneille, etc. Un noir de la Martinique ayant été nommé agrégé des facultés, les journaux haïtiens répétèrent à l'envi que ce fait prouvait d'une façon péremptoire que la race nègre est au moins égale à la race blanche, ne comprenant pas que cet unique agrégé, qu'ils avaient à citer, était le plus sérieux témoignage de l'infériorité de leur race.

Un jeune Haïtien, employé dans les bureaux de la légation d'Haïti à Paris, resta seul pendant dix minutes dans le cabinet du chargé d'affaires, ce dernier étant allé satisfaire un pressant besoin. Cet intérim lui suffit, et désormais, sur ses cartes de visite, et sur tout ce qui émane de lui, son nom est suivi de ce titre « Ancien chargé d'affaires d'Haïti ». Un autre, écrivain indigène, affirme modestement qu'Haïti, avec ses deux millions(!!) d'habitants, est petite, il est vrai, mais, comme jadis la Grèce, est « le théâtre d'événements qui la rendent plus illustre que les plus grandes monarchies de la terre ». Un général, poète à ses heures, écrit pudiquement en parlant de lui-même : « J'ai fait partie de l'état-major du président ; qu'un autre ait été son secrétaire, et non moi, c'est inadmissible! » Et il se lamente de ce qu'on admette ce qui lui paraît inadmissible : « Postérité ! Postérité ! Xénophon n'est-il plus le chef des Dix-Mille, et Thémistocle n'est-il plus vainqueur de Salamine ? » Mais

nous ne pouvons citer toutes les saillies de ce
genre ; contentons-nous de reproduire textuellement, en respectant scrupuleusement le style et
l'orthographe, le chef-d'œuvre de candeur et de
modestie que voici, et qui, affiché dans la grande
salle d'un lycée haïtien, est écrit et signé de son
auteur, le directeur dudit lycée.

État de services de A. P. X*** (en général).

1. — Répétiteur au lycée du Port-au-Prince
(août 1859).

2. — Professeur à l'école primaire communale
(octobre 1860).

3. — Clerc au notariat du gouvernement (août
1860); jusqu'en 1865, étudiant en droit.

4. — Soldat aux tirailleurs de la garde du Gouvernement (mars 1861 jusqu'en 1866).

5. — Membre de la commission spéciale pour la
fondation des écoles primaires supérieures dénom-
mées à tort écoles secondaires (janvier 1865 —
trois mois. J'ai été avec M. S. Duplessis, promoteur
de cette réforme).

6. — Professeur à l'école secondaire du Port-au-
Prince (février 1865. — 1re école dite secondaire
fondée, Duplessis directeur).

7. — Sous-lieutenant des tirailleurs (février 1866.
— Confirmation du grade au champ d'honneur,
six mois devant le Cap).

8. — Avocat près le tribunal civil du Port-au-Prince (février 1866. — Après sérieux examen — et thèse sur la mort civile).

9. — Licence (d'avocat) pour les Cayes (juin 1870 et novembre 1870. — Par rapport aux difficultés de renouveler le permis).

10. — Membre et président de la commission de l'instruction publique aux Cayes (septembre 1872. — Fougère, président, puis Massieu, et après, *moi* !)

11. — Membre de l'Assemblée nationale constituante (septembre 1874. — Toujours président de la commission d'instruction publique).

12. — Secrétaire de la commission mixte Domicano-haïtienne (octobre 1874. — Cinq mois de travail).

13. — Ambassadeur auprès du gouvernement dominicain (octobre 1874. — quatre mois de rude diplomatie. — Réussite).

14. — Général de brigade (janvier 1875 dès mon retour de Sainte-Domingo).

15. — Aide de camp honoraire du chef de l'État (janvier 1875).

16. — Chargé d'affaires auprès de la République dominicaine (septembre 1875).

17. — Conseiller d'État (avril 1876. — A la dernière heure. — Au moment de la Révolution).

18. — Inspecteur des écoles de la circonscription des Cayes (janvier 1879).

19. — Député du peuple (16ᵉ législature) (janvier 1879).

20. — Général de division (janvier 1879).

21. — Chef expéditionnaire devant Miragoâne (mars 1883. — Je plaidais à Aquin, comme avocat, quand j'ai été expédié!)

22. — Général en chef de la deuxième division du corps d'armée devant Miragoâne (juin 1883).

23. — Commissaire du gouvernement près le tribunal civil de Jérémie (janvier 1884. — Je n'ai pas accepté à exercer cette fonction).

24. — Inspecteur des écoles de la circonscription des Cayes (août 1884).

25. — Directeur du lycée des Cayes (février 1887).

Missionnaire du gouvernement aux Gonaïves, j'ai fait ériger la grande Saline en commune (Sous Dominique).

J'ai été le promoteur : 1° De la loi sur la propriété littéraire et artistique (sous Geffrard);

2° De la loi sur l'Assistance publique (sous Geffrard).

J'avais été aussi en 1859, secrétaire de la commission centrale de l'instruction publique à Port-au-Prince.

Il serait trop long d'énumérer ici les services que j'ai rendus à mon pays avec tant de dévouement.

J'ai bien énuméré plus haut les titres que je possède.

— Une foule d'autres ont disparu dans les flammes.

J'ai, comme on le voit des titres, sans parchemins,

bien entendu, si ce n'est mon BREVET DE PREMIÈRE COMMUNION, PRÉCIEUX SOUVENIR!...

26. — Professeur au lycée de Port-au-Prince, le général Cauvin père directeur (titres brûlés).

27. — Répétiteur à l'école nationale de Port-au-Prince. M. Ferdinand Ferrière, 1er prix du Conservatoire de Paris, Directeur (titres brûlés) voir Dubois deux ans et demi au ministère.

28. — Instructeur de la compagnie de la garde nationale de Port-au-Prince (titres brûlés).

Membre du conseil d'administration de la ville des Cayes, formé par le chef du pouvoir exécutif D. Légitime, 16 octobre 1888.

Certifié. Voir mes papiers.

A. P. X***

Avocat.

Je mets au défi le plus spirituel auteur de *charges* de composer un pareil état de services.

L'Haïtien n'est pas seulement vaniteux à l'excès, il est orgueilleux au delà de toute mesure. Dans la discussion la plus futile, il fait preuve d'une jactance et d'une emphase ridicules, et son arrogance n'a pu être entamée par les amers traitements qu'elles lui a maintes fois attirés. Il a continuellement sur les lèvres son propre éloge, son amour pour l'indépendance, sa haine envers l'étranger qui convoite Haïti, il répète à tout propos que les Haïtiens se feront tuer jusqu'au dernier pour défendre leur

autonomie. Cependant, en temps de paix, les gouvernements vendent à l'étranger les monopoles, les
concessions, les droits de douane, les revenus de
l'État, et, lorsqu'ils l'ont dépouillée, offrent de
remettre, moyennant les écus de Judas, Haïti pieds
et poings liés entre les mains crochues d'une
nation usurière; et, en temps de guerre civile,
chaque parti appelle l'étranger, lui offre tout ou
partie du territoire haïtien en échange de secours
destinés à écraser l'adversaire. Haïti est ainsi pro-
posée sans cesse au plus offrant et dernier enché-
risseur, et ces trahisons odieuses envers la patrie
n'empêchent pas un seul instant ceux qui les commettent de proclamer partout leur patriotisme et
leur inébranlable résolution de mourir pour l'indépendance haïtienne.

Les Haïtiens sont curieux à étudier en leur pays,
mais leur génie présomptueux et fourbe se déploie
principalement en France. Tel Haïtien, chassé d'un
emploi où il a volé le trésor, s'embarque à Port-au-
Prince criblé de coups de *cocomacaque* (bâton national, formé d'un tronc de cocotier nain) et débarque
au Havre, transformé et fier comme un roi en exil.
Arrivé à Paris, il se pavane aux Champs-Élysées,
et, vêtu d'un uniforme chamarré, fait son tour du
bois gravement installé dans une calèche à quatre
chevaux; les horizontales se l'arrachent, il éblouit
les bons gogos, les journaux haïtiens annoncent
qu'il est reçu familièrement à l'Élysée, qu'il fait

chaque jour des armes avec l'entourage du président, et lui sert de partenaire au billard; choyé
partout, il mène un train somptueux, et disparaît
un beau matin, laissant ses fournisseurs ébahis et...
navrés. On le retrouve souvent portefaix ou com-
missionnaire sur les quais du Havre ou de Marseille,
toujours calme, et trouvant sa nouvelle situation
aussi naturelle que la précédente, ce en quoi il se
trompe, car elle l'est beaucoup plus.

Soulouque avait créé une nombreuse noblesse,
et sa cour retentissait des titres de duc de la Marmelade, prince du Sale-Trou, marquis de la
Seringue, comte de la Limonade, etc... Un nommé
Bobo, marchand de chaussures, fut fait prince; il
vint à Paris, se para de son titre, porta une épingle
de cravate ornée d'une couronne, et fit graver sur
tout ce qui lui appartenait des armoiries superbes.
Il parvint à être introduit dans une vieille famille
noble et ruinée, et demanda bientôt la main de la
fille de la marquise de X***, lui racontant avec emphase qu'il avait à Haïti d'immenses plantations,
et des palais, et un yacht de plaisance, et un quai
particulier aménagé de telle sorte qu'il put aborder
son yacht en voiture. La marquise alla aux renseignements, et apprit que, loin de redorer le blason
des X***, ce mariage ne procurerait à sa fille que
l'honneur d'essayer des souliers aux nègres, et de
connaître l'utilité de la chaussette obligatoire dont
j'ai parlé plus haut.

L'Haïtien, en général, trouve les Français bons
à traire; parti de son pays avec mille ou quinze
cents francs, il arrive à Paris, loue appartement
somptueux, voiture au mois, achète à crédit de
tous côtés, et file sans tambour ni trompette, laissant derrière lui cinquante ou soixante mille francs
de dettes, dont il se soucie comme de sa première
culotte. Il lui suffit en outre d'être allé en France
pour que, de retour dans son pays, il soit bache-
lier, licencié en droit, docteur en médecine, etc...

Un père de famille qui gagne douze cents francs
par an à Port-au-Prince envoie son fils à Paris ; ce
jeune moricaud, sous le prétexte fallacieux d'étudier
le droit, la médecine ou les sciences politiques (!!),
mène une vie de polichinelle, dépense cinq cents
ou six cents francs par mois, trouve un large crédit
chez tous les marchands qu'il daigne honorer de sa
pratique, et, après quelques années de bon temps,
retourne tranquillement dans son pays manger la
banane et la morue avariée, vivre dans un bouge
infect, et user jusqu'à la dernière loque les vêtements de gommeux qu'il a subtilisés à Paris.
Comment, depuis le temps que ce système est à la
mode, a-t-il pu conserver intacte la bonne foi des
fournisseurs ? Mystère et exotisme ! Les nègres sont
de plus en plus en bonne odeur (moralement, s'entend) auprès des négociants aveugles. Et le Français
qui arrive à Haïti est exposé à rencontrer à chaque
instant un être déguenillé, pieds nus, repoussant,

qui lui parle de Paris, connait les bons endroits, les maisons cotées, et, vantant ses relations parisiennes, dit la vérité, *pour une fois!*

Nous avons déjà vu que les décès, ainsi que les naissances, sont très irrégulièrement inscrits à l'état civil. La mort, à Haïti, est chose peu importante, et ne donne lieu qu'à un nouveau déploiement de vanité, et à des scènes d'ivrognerie. Dès qu'un malade est en danger, on économise les remèdes et les aliments qui lui sont nécessaires, et l'on constitue la somme nécessaire à l'achat de son dernier vêtement et du tafia consolateur. Le malade meurt souvent faute de soins, et l'autorité ne s'est jamais préoccupée des morts subites, des empoisonnements, des remèdes administrés à tort et à travers, et des erreurs homicides qui ont lieu chaque jour.

Dès que le malade a cessé de vivre, on l'habille, et la *calenda*, ou veillée des morts, commence. Le personnel de cette cérémonie est spécialement recruté parmi les ivrognes; un grand nombre de misérables vivent de ces veillées, et sont, comme des corbeaux, à l'affût des cadavres. Ils se réunissent sous la véranda de la maison mortuaire, jouent aux cartes, aux dés, crient, rient, chantent et absorbent une quantité invraisemblable de gallons de tafia. Cette orgie dure deux et trois jours, et n'est interrompue que par l'enterrement qui a lieu six ou huit heures après le décès, la température activant trop rapidement la décomposition

4

pour que l'on puisse conserver plus longtemps les
défunts.

Le cercueil, en acajou, mal construit, très peu
clos, est porté à bras; lorsque le trajet de la *caye* à
la tombe est long, les porteurs mettent le cercueil
sur la tête, et le portent ainsi ballotté comme une
caisse quelconque. Il arrive parfois que, bavardant
et riant entre eux, ils laissent tomber la bière : elle
se brise, le corps roule dans la poussière ou la
boue; sans se départir de leur placidité alcoolique,
ils ramassent le tout, ficèlent ensemble le corps et
les planches, et repartent. J'en ai vu, portant ainsi
un mort sur la tête, danser au son d'un tambourin
voisin.

Dans les campagnes, un décès donne lieu à des
scènes infernales. Entre deux orgies, nommées
manger zombi ou repas des ombres, on enduit le
cadavre nu d'une couche très épaisse de terre glaise,
on forme autour de cette masse horrible et difforme
des danses effrénées apportées de l'Afrique, et on
l'enfouit enfin. Ces procédés monstrueux n'empêchent nullement d'inscrire sur les tombes des
épitaphes dans ce genre : « Ci-gît le cœur de Sa
Grâce Monseigneur de Jean-Claude-Pierre, duc des
Cayes, grand maréchal de l'Empire » ou comme
celle-ci : « Ci-gît X***, le 8 février 18.. on lui arracha
la vie en défendant l'humanité contre la sauvagerie! »

Lorsque nous étudierons la littérature haïtienne,

nous donnerons quelques échantillons d'oraisons funèbres *improvisées* par les Haïtiens. Pour clore cet aperçu sur les mœurs haïtiennes, citons quelques-unes des annonces qui émaillent les journaux indigènes :

Les maris co...mbattus informent, avec empressement, le public de leur accident : « Le soussigné déclare que son épouse *Délice* a abandonné le toit marital pour aller vivre avec un autre. Le divorce sera intenté incessamment. » — « Je donne avis au public en général que mon épouse *Flexible* a quitté le toit marital *pour cause d'infidélité sans mon consentement.* » — « Le soussigné avise au public qu'il s'est départi de son épouse pour cause d'incompatibilité d'humeur. »

La signature de ces bons moricauds a, selon eux, une grave importance. Un digne marchand de marmites de fonte déclare modestement que son paraphe a « une valeur universelle »!!! Aussi prennent-ils de cette signature et de ce paraphe un soin réellement touchant : « Le soussigné donne avis au public qu'il ne signe plus Beaubrun L***, mais L***, tout simplement, et avec le même paraphe. » — « Le juge de paix J*** déclare que pour les raisons dont il est le seul appréciateur, il a simplifié son paraphe! »

Les avocats offrent leurs services aux conditions les plus modérées, les officiers de l'état civil font appel aux bonnes gens en promettant de ne pas faire payer trop cher l'inscription des actes, et enfin, sans chercher longtemps, on trouve des perles dans le genre des deux suivantes :

« J'ai assisté à la communion de ma petite sœur, et j'avais eu la grande satisfaction de lui faire les vœux qui sortaient de mes lèvres d'une manière fraternelle. »

« J'ai été au Petit-Goâve, j'ai vu une fille; eh bien, chers lecteurs, je ne puis m'empêcher de vous raconter l'effet que cette fille a produit sur moi. Elle fait le charme de ses parents et l'objet de ses amis. Elle avait fait naître en moi des amours dont je ne puis me rendre compte. Je travaille en conséquence de faire son bonheur. »

Après celle-là, il est bon de tirer l'échelle.

III

POUVOIRS PUBLICS ET MŒURS POLITIQUES

Toutes les constitutions que les Haïtiens ont cru devoir promulguer ont été placées sous les auspices de l'être suprême. Elles furent d'abord calquées scrupuleusement sur les actes constitutionnels français de 1792 et 1793, puis entrelardées d'articles empruntés à d'autres constitutions étrangères : des députés ou sénateurs avides de réputation faisaient intercaler des articles de chartes ou de sénatus-consultes impériaux dans des constitutions républicaines, afin de montrer leur profonde érudition. Il faut reconnaître, pour leur excuse, qu'ils ne comprenaient pas un traître mot à ces articles additionnels, non plus que ceux qui les acceptaient avec un aussi édifiant éclectisme. Au reste, si l'expression « lettre morte » fut jamais justifiée, c'est assurément par ces constitutions aussi uniformément violées qu'incomprises, sauf en ce qui concerne les paragraphes relatifs aux étrangers, et dont nous parlerons plus loin.

4.

En 1805, Dessalines, aussitôt qu'il *se fût élu* président, fit rédiger par ses secrétaires une constitution (on lui avait dit que les Français en avaient une) et la fit signer par le Sénat. Ce digne homme, humilié de n'être qu'un président (on lui avait appris que les Français avaient un empereur) *s'élut* empereur, et inaugura un système d'administration auprès duquel les anciens bagnes semblent avoir été des pays de cocagne. Ce qui restait de ses sujets s'étant mis en insurrection, il s'engagea à faire marcher son cheval dans leur sang jusqu'au poitrail, mais ne put procurer cette haute distraction à son noble coursier, ayant été tué dans une échauffourrée.

1806 : « Avant tout il nous faut une constitution *régénératrice*. » Et sur cette louable pensée, les Haïtiens, débarrassés, élirent des constituants. Christophe et Pétion, également désireux de remplacer l'empereur, rédigèrent chacun un projet de constitution conforme à leurs vues personnelles. Afin d'avoir la majorité, ils augmentèrent à l'envi le nombre des représentants. Lorsque l'un d'eux, supputant les suffrages, croyait que la constitution de son adversaire serait adoptée grâce au nombre des députés du Nord, il doublait vite le nombre des députés du Sud, et réciproquement. Ce steeple chase d'un nouveau genre aboutit enfin. Pétion, l'un des candidats, fut nommé rapporteur du comité chargé d'examiner les conditions projetées,

et il s'empressa modestement de faire adopter...
la sienne.

En 1816 ce même Pétion, président d'Haïti, compose une nouvelle constitution qui lui concède la présidence à vie, la faculté de nommer son successeur, et d'autres droits non moins démocratiques.

Nouvelles constitutions en 1843, 1846, 1859, 1861, 1867, 1874, 1879 et 1888, toutes « régénératrices » et *toutes destinées à rendre à la nation le libre exercice de ses droits foulés aux pieds par le tyran déchu*. En 1849, le glorieux Soulouque, dont les caprices odieux et les inspirations fétichistes avaient seuls force de loi dans l'État, s'offrit cependant, pour se conformer à l'usage, une superbe constitution impériale.

Pour tous ces actes constitutifs, la formule a été la même. Un chef d'État tombe, celui qui a dirigé l'attaque se nomme « général en chef des volontés du peuple », se fait élire président, et fait fabriquer une constitution semblable à la précédente, et ayant la prétention traditionnelle de s'en distinguer en ce que, seule, elle rend à la nation haïtienne le libre exercice, etc., etc... Un seul point importe au chef de l'État : la durée de ses fonctions, et, selon sa volonté, la constituante inscrit quatre ou sept années de présidence ; quant à tout le reste, le président s'en moque et les constituants copient au hasard.

Les pouvoirs publics de la république haïtienne sont : le président et ses ministres, le Sénat et la Chambre des députés.

Le président de la République est élu par les deux Chambres réunies en assemblée nationale; le plus souvent, il est porté au pouvoir par les suffrages d'une constituante qu'il a fait élire lui-même. Nous avons dit comment se fait cette élection : le chef de la révolution se fait élire quand il ne se proclame pas lui-même. Un des présidents acheta les voix de la constituante entière. La bourse vidée, il obtint encore un suffrage moyennant la promesse d'un voyage à Rome.

Quelquefois plusieurs compétiteurs, également chefs de la révolution, se présentent pour le siège présidentiel; il advient alors une bonne guerre civile qui pratique une large saignée dans la population et surtout dans les finances publiques. Le cas est rare où les divers candidats se mettent d'accord; il se présenta néanmoins en 1870. Trois concurrents étaient sur les rangs : ils convinrent que chacun d'eux, à son tour, occuperait le pouvoir pendant quatre ans, et que, comme larrons en foire, ils ne se créeraient pas de mutuels embarras pendant ces douze années. Las ! le premier seul eut son lot, et se retira, nommant le second chef de l'armée pour lui faciliter l'accès de la présidence. Celui-ci, Domingue, se fit en effet élire, mais il avait un neveu, Septimus Rameau, dont les fras-

ques et les cruautés lassèrent vite la population,
qui, un beau samedi saint, balaya la famille entière ; quant au troisième compère, il ne vit jamais
le fauteuil présidentiel qu'en rêve.

Quels sont les devoirs d'un président ? (pronon-
cez *pouésident*) Un écrivain haïtien nous l'in-
dique très clairement : « Un chef d'État ne doit
être ni le jeune chien que fait reculer le bouc, ni
le taureau furieux prêt à tout briser avec ses cornes ; il doit être le coq qui du bec interroge la terre
avant de frapper un coup d'aile. » Malheureusement,
soit qu'ils n'aient qu'incomplètement saisi la pensée de cet auteur indigène, soit qu'ils aient dédaigné les avis d'un simple moricaud de lettres, les
présidents qui ont illustré le pouvoir exécutif à
Haïti, ont été généralement taureaux, quelquefois
chiens, mais jamais coqs. S'ils raffolent des combats de ces gallinacés, ils n'imitent pas les sages
mesures de précaution que leur attribue l'écrivain
cité. Tout d'abord, ils agissent avec le trésor public comme s'il était leur coffre-fort particulier.
Le président Légitime désirait qu'un président de
République ne perçût que vingt-cinq francs par
jour, « la moyenne, ajoutait-il, du salaire dû à un
ouvrier actif et intelligent ». Ce sentiment partait
d'un bon naturel, et il est utile de dire que ce digne
général Légitime formulait ce vœu avant d'avoir été
appelé à la présidence. Mais à ce prix-là, les Haïtiens seraient obligés de placer à leur tête, par la

force, un des portefaix du quai de Port-au-Prince.

Dès qu'il est élu, le président prête serment à la constitution qu'il vient de faire voter. Puis, en grande pompe, il se rend à la cathédrale où un *Te Deum* est chanté avec accompagnement de *Marseillaise*, ce qui ne semble pas être extrêmement agréable au clergé français qui officie. Le nouveau chef appelle autour de lui les plus déterminés de ses partisans, et leur distribue, selon leurs désirs, les portefeuilles ministériels. Et, de ce moment à sa chute, il emploie toute son activité à bourrer ses poches de bons dollars et de chèques sur les banques européennes. Pour inspirer à ses sujets l'admiration du sacro-saint exécutif, il donne quelques fêtes, rares, mais orgiaques; la musique du palais National, composée de six exécutants sous la direction d'un général quelconque, fait entendre les plus bruyants morceaux de son répertoire, et nègres et négresses dansent au son d'airs cruellement *exécutés*. Le président profite de l'occasion pour prononcer un speech généralement ainsi conçu : « Buvons à la paix, cette paix qui donne la tranquillité ! souhaitons la paix, mes amis, car nous serons tranquilles si la paix règne ». On applaudit, on crie, on boit.

Le chef de l'État sort rarement de la capitale. En 1888, la ville des Cayes fit de grands préparatifs pour recevoir le président Salomon, qui devait s'y arrêter. L'ornementation, assez semblable à celles

dont les villageois décorent la place publique le
jour de l'*assemblée*, consistait en deux ou trois
arcs de triomphe couverts de feuillage, et supportant des écussons célébrant la paix, le pacificateur,.
le régénérateur. Et en vérité, on ne peut comprendre pourquoi les Haïtiens glorifient ainsi continuellement en peinture et en discours ce qu'ils
n'ont jamais eu, ce dont ils n'ont jamais voulu :
la paix.

Le premier dimanche de chaque mois, a lieu la
« parade » ou grande revue de la garnison de Port-
au-Prince. Le président se montre à son armée,.
parcourt le front des troupes, et, suivi d'un nombreux état-major, rentre à son palais donner une
solennelle audience dans laquelle il répète, avec
de nouvelles variantes, que la paix règne, et qu'il
la maintiendra ; lorsque des fonctionnaires ont
mal compris ses intentions, que la cour des comptes ou le Sénat ne se sont pas bien conduits, il les
lance vertement.

Les ministres sont dignes du chef, et quelquefois pires. En outre de leur ignorance et de leur
incapacité presque générales, les Haïtiens eux-
mêmes leur reconnaissent les plus odieuses habi-
tudes. Complices du président dans le pillage des
deniers publics, ils trafiquent sans scrupule des
charges et des emplois de l'État. Le « job », sorte
d'affaire véreuse dans laquelle un des contractants
vole l'autre, est leur grand dispensateur des fonc--

tions. Il suffit de caresser leur vanité ignorante et
lourde, pour obtenir d'eux des concessions et des
faveurs dont le moindre résultat est la ruine du
pays. Il en est même qui ont accepté l'or étranger
pour vendre les droits de la nation, et qui, moyennant d'énormes pots-de-vin, ont signé des traités
désastreux pour Haïti. Pour se couvrir, ils font
voter par les Chambres les contrats qu'ils con-
cluent, et, de même qu'ils se sont vendus eux-
mêmes, ils achètent les votes des sénateurs et députés. Ce genre d'opération se nomme « calypso »
dans l'argot politique d'Haïti, et le pays entier est
en proie à une endémie *calypsotique*.

Un préjugé, assez répandu en Europe, attribue
uniquement à l'esprit d'imitation et au caractère
enfantin des nègres la manie de jouer au gouver-
nementarisme qui leur fait créer des conseils
d'État, des cours des comptes, des parlements à
une ou deux Chambres, et une foule d'autres ins-
titutions, nécessaires dans une grande nation qui
compte des hommes compétents pour occuper ces
emplois, mais ridicules dans une nationicule où la
volonté despotique du président est la seule règle.
Oui, les membres des assemblées délibérantes
d'Haïti sont grotesques, ainsi que tous ses rouages
politiques. Mais ils ne sont pas nommés pour légi-
férer; le but essentiel que le président cherche à
atteindre, c'est de récompenser les partisans qui
se sont bien battus pour lui, c'est de s'entourer

d'une forte garde de fonctionnaires, pour se défendre contre les insurrections, et c'est aussi de dérober à la connaissance du peuple les concussions qui sont ses seuls exploits, en leur donnant une apparence de légalité par le vote d'un parlement qui est sa créature. La nation, dans sa masse, est enfantine, mais le gouvernement sait fort bien ce qu'il fait.

Les ministres haïtiens sont au nombre de cinq, sept, huit, selon les circonstances, et se nomment secrétaires d'État. Cette dénomination n'est pas la seule tradition de la monarchie française qui se soit conservée à Haïti; le ministère des affaires étrangères est dit « Secrétairerie d'État des relations extérieures », et l'on retrouve, dans toutes les administrations publiques, des souvenirs de ces noms surannés qui étaient usités dans l'ancienne métropole de Saint-Domingue.

Un ministre, nommé le mercredi, présente, le jeudi, aux Chambres, un projet d'emprunt de plusieurs millions; il distribue quelques milliers de piastres aux honorables, et l'emprunt est voté sans que son motif ait été exposé. Les comptes fantastiques que les ministres rendent quelquefois sont des prodiges de banquisme, et la terreur qu'inspirent les satellites du président peut seule expliquer le silence de la nation dépouillée avec un semblable cynisme. En 1888, en pleine guerre civile, le président Légitime nomma ministre un

5

de ses partisans sur le dévouement duquel il croyait
pouvoir compter. Le drôle ne s'occupa que de voler
quelques' centaines de mille piastres ; il enleva du
ministère de l'intérieur une énorme quantité de
planches destinées à des constructions publiques,
et s'en servit pour clôturer les nombreux terrains
qu'il achetait chaque jour, étalant effrontément, au
milieu de la capitale, ses vols et ses concussions ;
une dizaine de rues étaient ainsi bordées sur une
grande longueur par ces hautes clôtures qui frap-
paient la vue et semblaient un défi aux honnêtes
gens ; lorsqu'il fut repu, ce ministre crut prudent
de se faire oublier pendant quelque temps ; il profita du moment où les affaires de Légitime se
gâtaient, le planta là, et eut encore l'audace de
demander à la caisse publique une forte somme
pour un voyage en France, comme envoyé d'Haïti
à l'Exposition universelle *à laquelle Haïti n'avait
pas participé.*

Deux ministres du président Salomon vinrent
aux Cayes donner une audience au nom du Maître.
Le ministre des finances était un ouvrier sellier qui
avait inspiré assez de confiance à Salomon pour que
celui-ci en fît son grand machiniste ; il avait amassé
une énorme fortune, acquise par des concussions
scandaleuses et connues publiquement ; il vanta
en termes émus « l'intégrité extraordinaire, unique
dans l'histoire, du président et des secrétaires
d'État », énuméra toutes les réformes accomplies,

et menaça de la colère du souverain les habitants
des Cayes qui se livraient avec plus de ferveur que
les autres Haïtiens aux nobles scènes de cannibalisme qui ensanglantent chaque jour le pays. La
vertu pure et indignée semblait incarnée en ce
digne ministre. Deux mois après, son président
tombait, et il se réfugiait lui-même dans un consulat pour échapper aux carabines et aux couteaux
des malheureux Haïtiens qui osaient enfin compter
le déficit qu'il laissait dans le trésor, et qu'ils
n'avaient plus, d'ailleurs, qu'à passer aux profits
et pertes. Avant de prendre la poudre d'escam-
pette, Salomon et ses ministres avaient eu soin
de toucher d'avance deux mois d'appointements,
dernier témoignage de leur honnête gestion financière, et de leur patriotique désintéressement.

Le Sénat haïtien compte trente membres, la
Chambre des députés soixante ou quatre-vingts. Le
Sénat se recruta d'abord lui-même, choisissant ses
membres sur une liste d'élus du suffrage universel. En 1816, le président devint grand électeur,
et, depuis cette époque, le Sénat a toujours été
une officine présidentielle. Il n'est, du reste, destiné
qu'à remplir une des conditions que les Haïtiens
croient nécessaires à un État qui veut être pris au
sérieux ; il y a un Sénat à Haïti parce qu'il y en a
ailleurs, et c'est là son unique raison d'être. Le
président y nomme trente compères, c'est autant
d'amis casés.

Si le président nomme les sénateurs, on peut dire qu'il fait élire les députés. Les élections législatives, qui, dans tous les pays, présentent quelques particularités grotesques, quelques désordres en somme assez rares, sont à Haïti un thème inépuisable de bouffonneries entremêlées d'incidents odieux. Des *impresarii* sont dits *chefs de bouquement* et organisent une élection, s'érigeant en racoleurs électoraux. Ils recrutent d'abord leur bouquement, leur troupe d'électeurs, et vont ensuite faire leur prix avec les candidats, montrant dans leur marché un noble dédain de la question politique, et ne demandant, en guise de profession de foi, que de fortes allocations en espèces sonnantes. Les candidats se disputent ainsi les électeurs à coup de piastres, et généralement le gouvernement intervient pour faire procéder au vote d'une façon plus sommaire. Pendant des élections, le président Salomon, pour n'avoir pas à s'occuper des candidats non officiels, ne trouva rien de mieux que de les faire mettre en prison pendant tout le mois qui précéda le jour du vote : c'est une nouvelle face des périodes électorales. A Port-au-Prince, en septembre 1888, sur cinq mille votants, sept cent seulement purent voter : les partisans des candidats « légitimistes » avaient occupé la salle de vote, et empêché d'entrer les électeurs des candidats « séidistes ».

Ce chiffre dérisoire de votants ne suscita aucune difficulté, et les trois bons drilles qui avaient orga-

nisé cette opération furent déclarés élus à l'unanimité des votants. A Léogane, un citoyen se présente
pour voter sous le nom d'Osirus ; on le reconnaît
pour un certain Roseclaire ; de là, scènes de tumulte,
les registres sont arrachés, les meubles brisés et les
urnes de même ; et Léogane n'a pas de représentant
à la constituante. Le même fait se reproduit dans un
grand nombre de localités ; à Baradères, *le général
en chef des forces de la commune* arrive tambour
battant avec la garnison de quarante hommes, armés jusqu'aux dents ; il les fait ranger devant la
salle de vote, et empêche tout électeur douteux de
voter. Dans une commune voisine de Port-au-Prince,
le frère du président provisoire arrive à la Louis XIV,
et déclare sans métaphore qu'on nommera les députés « militairement et sommairement. ». A Port-
au-Prince même, on maltraite et on emprisonne les
citoyens qui veulent pénétrer dans la salle de vote, et
du suffrage desquels on n'est pas assuré : Et ces faits
se produisent pendant les élections « les plus libres »
auxquelles aient procédé les Haïtiens. Zuze un peu !
Voici, d'ailleurs comment un écrivain haïtien, élu
dans ces conditions, défend le principe de la candidature officielle : « Le droit que chaque citoyen
a d'exprimer ses sympathies, de souhaiter le succès
de tel candidat plutôt que de tel autre, ce droit ap-
partient-il au gouvernement ? Quand chaque citoyen
a le droit (!!??) de faire des bouquements, des intrigues, d'acheter les votes, de trafiquer, le gou-

vernement n'en a-t-il pas le droit? Poser ces questions, c'est les résoudre(!!). Comment! vous enlè-
veriez au chef de l'État et à ses ministres le droit
d'avoir des sympathies et de les exprimer!... Mais
c'est là un droit élémentaire! ». L'auteur déclare
qu'il ne veut pas de platonisme en politique : cela
se voit de reste, et ces quelques lignes nous édifient
sur l'idée que les Haïtiens se forment des « droits ».
Le « droit » d'acheter les votes étant le critérium
des élections libres, c'est un comble électoral!

On conçoit aisément qu'une Chambre ainsi constituée ne peut offrir que de légères garanties de
capacité et de probité. Je me souviens d'un brave
nègre que le capitaine d'une goélette, que j'avais
frétée pour mon usage personnel, me demanda la
permission d'admettre à bord. Le nouveau passa-
ger se tenait toujours à l'avant, aidant ses congénères à la manœuvre pour gagner le plat de riz et
de haricots qui composait l'ordinaire de l'équipage.
Sa modeste attitude m'avait inspiré quelque sympathie; à l'un des ports que j'avais choisis comme
escales, je lui demandai pourquoi il ne descendait
pas à terre. Il me répondit d'un ton piteux qu'il ne
possédait pas un « cob » (un sou) et n'avait que faire
dans une ville où il ne connaissait personne; il se
lamentait surtout d'être privé de café. Je l'héber-
geai, et lui fis boire quelques bonnes tasses de son
breuvage préféré. Il fut très doux, très réservé, et
j'étais fort content de ma trouvaille, que je me pro-

posais déjà de garder comme domestique. Arrivé à
Port-au-Prince, je lui demandai s'il avait un gite
assuré en ville. Il me dit qu'il en trouverait probablement un chez ses collègues. Surpris, je lui
demandai dans quelle administration il était fonctionnaire. Il me répondit modestement qu'il était
député! Je m'applaudis d'avoir découvert un Cin-
cinnatus noir, et me livrai aux plus métaphysiques
réflexions sur la simplicité de mœurs de ce brave
boucher (il était boucher de métier), transféré de
son étal au parlement par la confiance et l'estime
de ses concitoyens. Le lendemain, j'appris que
mon député avait dû son élection à une vingtaine
de bandits, à la tête desquels il avait chargé les électeurs dont il avait, pour sa part, occis une bonne
demi-douzaine. Mes réflexions prirent aussitôt une
tournure quelque peu différente de celle qu'elles
avaient la veille.

Les députés haïtiens se divisent en deux catégories : les orateurs, leaders filandreux, emphatiques, incohérents; et les taciturnes, dont toute
l'éloquence consiste à placer de temps en temps
cette phrase qu'ils ont empruntée à notre langage
parlementaire, et qu'ils prononcent solennellement, en calculant des effets d'intonation : « Je
partage l'avis de l'honorable préopinant. » Un
député faisant imprimer ses œuvres littéraires, y
intercale ses discours politiques; la plupart, repro-
duits *in extenso*, sont ainsi conçus : « Je partage

l'avis de l'honorable préopinant. » Ce chapitre de ses œuvres donne une idée précise de l'intérêt qu'offre l'ouvrage entier.

Les députés n'ont qu'une occupation, qu'un souci : *jober*, c'est-à-dire obtenir du gouvernement des contrats dans lesquels ce dernier est dupé. L'un obtient une concession de bateaux à vapeur, l'autre une usine, un troisième l'entreprise de l'éclairage au gaz de la ville de Port-au-Prince. L'usine n'existe qu'en devis, les bateaux attendent des chantiers, la ville n'est pas plus éclairée, le gouvernement seul « éclaire » la forte somme, et là est l'essentiel.

La simonie est l'un des apanages les plus brillants de messieurs du parlement haïtien. Ils se font payer des *calypsos*, secrètement, à chaque occasion, et le président ou les ministres qui veulent empocher d'un seul coup une tonne de piastres ou faire voter une loi qui donne plus d'envergure à leur despotisme, connaissent le tarif auquel chaque député vend sa voix. Les voix de ces gaillards-là leur servent à faire « chanter » les autres, et ne leur rapportent pas moins que celles des ténors à la mode. Mille piastres (5 000 fr.) pour voter la constitution, cinq cents pour approuver un contrat véreux, sont les prix ordinaires. Ces usages sont tellement familiers aux législateurs nègres que l'un d'eux accuse tranquillement un autre, dans les journaux, d'avoir touché et gardé sa part de *calypsos*. Un autre, recevant trois cents piastres pour un vote, vante son honnêteté, sous le prétexte que les députés précédents recevaient cinq cents piastres pour le même service. Lorsque les honorables sont payés à tant par mois, ils allongent démesurément la durée de la session; si, au contraire, ils doivent recevoir une somme fixée pour la session, quelle que soit sa durée, ils expédient tout en quelques jours.

Les débats, nous l'avons vu, sont accaparés par quelques orateurs prétentieux; ces Démosthènes crépus peuvent proférer toutes les insanités qui leur viennent à l'esprit, à la seule condition de ne pas dire un seul mot qui puisse sonner faux aux oreilles méfiantes du président. Incolore et mellifue, telle doit être l'éloquence politique à Haïti; sinon, elle est réputée factieuse.

Un député proposait, au sujet d'un contrat avec un particulier, une clause destinée à en assurer l'exécution, et il dit sur un ton badin : « Les gouvernements sont si négligents! » Indignation et coups de sonnette du président qui le reprend : « Collègue Marcelin! » Et mon pauvre Marcelin, terrifié par ce *quos ego*, s'empresse de dire : « Le gouvernement actuel est trop patriote pour que j'aie eu l'idée de parler de lui! »

Si quelquefois un député ose lever la tête, un ministre la « lave » vite. Un honorable ayant proposé un crédit pour des sinistrés, le ministre des finances vient déclarer que le gouvernement « ne permet pas et n'entend pas » que la Chambre prenne l'initiative d'une mesure quelconque en matière de finances. La constitution navrée moisit de désespoir, mais la terreur suit le ministre, et on passe outre. — Dans une autre séance, le même ministre vient demander trente-sept mille piastres pour une maison achetée quinze mille. On vote la somme. L'appétit le gagnant, il demande encore des milliers de piastres. Un député demande pour quel objet est demandé ce nouveau crédit. « Je n'ai pas de renseignements à donner », réplique, hautain, le secrétaire d'État. Et comme le député s'étonne, le ministre, hors de lui, frappe le bureau de sa canne, et, avec un geste menaçant et très expressif, crie au député : « Je vous ferai... » La Chambre a compris, le député est rappelé à l'ordre, et le crédit voté par acclamation, pour effacer par cette marque d'aveugle soumission l'impression dangereuse que l'audace d'un député a produite sur l'esprit du lieutenant de Salomon.

La constituante, en décembre 1888, vota en une séance, sur l'injonction du pouvoir exécutif impatient, la constitution et l'élection du président. Les chefs militaires de la ville étaient sous le porche de la maison où se tenait la séance, avec les aides de camp du président provisoire qui allait devenir chef définitif. Le vote de la constitution et l'élection leur semblaient trop lentes, et, impatienté, le préfet militaire demande à un constituant qui se trouvait près de la fenêtre : « Est-ce fait ? — Pas

encore! » lui répond-on, et mécontent il déclare
qu' « on est trop lambin là-haut, et qu'on doit en
finir en deux temps trois mouvements... Je ne
vous dis que ça! » C'est ainsi que fut élu le plus
honnête et le plus doux des chefs d'État haïtiens.
Ce fait démontre suffisamment combien est digne
d'envie et de respect la situation des législateurs
haïtiens. Pires drôles que les crispins, ils trahissent
avec une superbe insouciance le chef qui les a nommés, et vont toujours du côté du manche, quel que
soit celui qui le tient.

Dans un tel désarroi, les mœurs politiques doivent être déplorables. Elles le sont. Tout d'abord,
un groupe d'intrigants équivoques est à l'affût de
tous les fléaux qui peuvent assaillir le pays, et
profite de chaque révolution pour agioter. Fausses
nouvelles envoyées à l'étranger, pression sur les
hommes politiques, corruption des députés, tout
est bon pourvu que le profit s'ensuive. Ces louches
personnages passent le temps de paix à préparer
les ressources nécessaires pour acheter les consciences dès que la guerre civile éclate; Septimus
Rameau, le neveu de ce Domingue qui tomba
en 1876, avait contracté en France, au nom du
gouvernement haïtien, un emprunt dont la plus
grande partie fut gaspillée ou partagée entre ses
amis. Les souscripteurs, à la chute du président,
virent leurs actions tomber à un taux dérisoire, et,
désespérant de les voir rembourser, les vendirent

à vil prix. Les agioteurs d'Haïti accaparèrent ces
actions, et depuis ils ont profité de chaque événement tragique pour s'en faire rembourser, au pair,
un certain nombre. Ils cherchent aussi à semer
une continuelle inquiétude dans les esprits. Les
Haïtiens eux-mêmes aiment les manifestations où
parle la poudre, et les coups de fusil et de revolver
partent au milieu des fêtes, des concerts, des
réceptions, et font régner une incessante anxiété
dans la population. Des propagandistes activent
ces craintes, répandent toutes sortes de bruits
séditieux, et font d'Haïti un foyer de conspirations
permanentes.

Les gouvernements ne se prêtent que trop, par
leur incurie et leur improbité, à l'explosion qui
les menace sans cesse. Tel président fait émettre
des sommes fantastiques en papier-monnaie, alors
que le Trésor ne contient pas un centime en
espèces. Il tombe, et il faut emporter au marché
cinquante mille francs de ces assignats pour acheter
un pot-au-feu. Tel autre vole les appointements d'une
année entière des fonctionnaires de toute la république. Sous le règne de Salomon, les employés
restèrent impayés pendant quatre ans ; leurs doléances agacèrent le tyran qui déclara que, doréna-
vant, « tout employé qui se plaindrait serait fusillé
sur l'heure, dans son intérêt personnel (!!!) ». Les
employés eurent alors recours à un expédient. Ils
inscrivaient le montant de leurs appointements

sur une feuille de papier, la faisaient viser, et la vendaient à des négociants à cinquante et soixante pour cent de perte. D'autre part, ces négociants payaient leurs droits de douane, seuls revenus de l'État, en feuilles d'appointements, de sorte qu'à un certain moment, ce trafic prit une telle expansion que le Trésor ne percevait plus un liard et était encombré de ces chiffons de papier. Le gouvernement décréta alors que les droits seraient payés partie en espèces et partie en feuilles d'appointements. Quel est le pays où l'on vit jamais une aussi folle administration financière!

Pour compenser cette énorme différence entre le chiffre nominal de leurs appointements et la somme réelle qu'ils recevaient, les fonctionnaires cumulaient les emplois les plus opposés; l'un était à la fois greffier, professeur, officier et négociant; un autre, juge et avocat (!) et toujours négociant. Les bureaux de poste, d'état civil, les tribunaux, étaient établis derrière le comptoir de boutique de leurs titulaires, qui, trouvant des profits plus sérieux dans leur commerce que dans toutes leurs fonctions réunies, délaissaient absolument celles-ci. L'avant-dernier président, Légitime, aurait bien voulu faire cesser ces abus et supprimer tout d'abord les *jobs*. Il fut entravé dès le premier jour dans cette voie, et les événements qui le précipitèrent à bas du trône présidentiel ne lui laissèrent ni le temps ni les moyens de remédier à cet état de choses qui continue à prospérer dans la république noire.

Si les employés subalternes sont malhonnêtes, que dire des ministres, des sénateurs, des députés ? C'est à qui s'enrichira le plus rapidement. Convaincus d'avance que le président tombera bientôt et les entraînera dans sa chute, ils tripotent à l'envi dans les finances publiques et agiotent eux-mêmes sur le désordre financier qu'ils créent. L'intérêt public leur est seul indifférent, et leur unique ambition est d'amasser promptement et par tous les moyens une fortune qu'ils viennent gaspiller en Europe. Le dernier ministre des finances de Salomon a, sous ce rapport, laissé de cuisants souvenirs aux Haïtiens : le président, qui sous le règne de Soulouque avait été lui-même ministre des finances, connaissait toutes les avenues du *job* et les fit parcourir à ses lieutenants,

Chaque jour l'on voit se produire les plus honteuses querelles entre ces concussionnaires. Un caissier de ministère, convaincu d'avoir soustrait une forte somme de sa caisse, prouve publiquement que son chef de division dirigeait et partageait ses vols, et dénonce en même temps les énormes détournements du ministre. Cependant, ce dernier reste au pouvoir et continue ses petites opérations avec la sérénité d'un bon père de famille. Le président laisse faire, pourvu que le gros lot lui revienne, et il soudoie lui-même les députés chargés de valider les comptes publics. Mais il sait

qu'il ne peut compter sur leur complicité qu'autant
qu'il sera maître absolu et redouté. A chaque chute
présidentielle, nombreux sont les législateurs qui
vont clamant qu'ils sont les auteurs de la révolution
et que, seuls, ils ont débarrassé le pays du tyran.
Et on lit de belles brochures destinées à blanchir
leur noir auteur. Un certain Aristodème trahit
Salomon, en 1883, lorsque ce président fut attaqué
par le parti des mulâtres. Ces derniers lui paraissaient les plus forts, et il escomptait d'avance le
produit de sa trahison. Mais ses alliés furent
vaincus, et, pour essayer d'éviter les douze balles
qui l'attendaient, il tenta un retour en grâce en
publiant une « justification » qui est un chef-
d'œuvre de bassesse et de lâcheté. Il commence
par dédier son opuscule au président qu'il a trahi
et qui, contre son espoir, a vaincu la révolution ;
en style lyrique, il célèbre ses vertus, sa modération ; puis, parlant de sa propre conduite pendant
l'insurrection, il explique, en un galimatias étour-
dissant, qu'il n'est entré que par violence dans
l'armée insurgée. Pour réfuter « la calomnie d'être
contraire à la chose publique qu'on a lancée contre
sa personne », il démontre qu'il a adopté « le nec
plus ultra de la dissimulation ». Il est pathétique
et à travers des « Mon Dieu ! Ma foi ! O pitié ! », il
déclare qu'il ne pouvait « tortiller » pour passer à
l'ennemi, et se compare à Aristide, dont il raconte
l'histoire entière avec textes à l'appui. Il termine

sa défense en citant une série de déclarations de
députés qui, devant le monde entier, déclarent
concourir à « relever Thémis sur le piédestal de
l'honneur qu'on a essayé d'ébranler ». Ce verbiage
réussit rarement, et il en cuit à ceux qui désertent
la cause du président, lorsqu'il est parvenu à
vaincre une insurrection.

Le manque absolu de sécurité, la crainte incessante de révolutions paralyse l'activité des habitants qui préfèrent enfouir leur argent dans le sol
que l'exposer dans des entreprises dont ils ne peuvent escompter l'issue. Des sommes importantes
sont ainsi enfouies sur tout le territoire haïtien ;
sans compter le fameux trésor que Toussaint
Louverture enterra, et que l'on n'a jamais pu
retrouver (il avait caché une énorme quantité de
bijoux, espèces monétaires et objets précieux volés
pendant le pillage des plantations françaises), on
a découvert de nombreux amas d'or et d'argent.
A Aquin, deux frères déterrèrent une fortune en
doublons espagnols ; à Jérémie, une négresse découvrit un trésor considérable, et il en a été de
même dans un grand nombre de maisons, ce qui
fait que le premier soin d'un naturel, en entrant
comme locataire dans un immeuble, est de fouiller
et retourner le sol de la cour, du jardin, et même
des appartements.

Dès le commencement de l'insurrection des
esclaves contre les colons, les Haïtiens se divi-

sèrent en deux partis : les noirs et les mulâtres.
Ils ne se sont jamais réconciliés, même dans le
danger commun, et la haine mutuelle qui les
anime a été le levain toujours en fermentation qui
a produit toutes leurs guerres civiles. Les noirs,
plus... praticables et dix fois plus nombreux que
les mulâtres, envient ceux-ci qui se rapprochent
du blanc, et le mulâtre méprise le noir et le hait
parce que celui-ci est le plus fort ; ces sentiments
se sont transmis depuis cent ans, aussi vivaces
qu'au premier jour, en dépit des efforts tentés
pour les détruire, et des désastres que leur explosion a amoncelés dans le pays. Les chefs noirs
qui ont accordé leur confiance à des mulâtres ont
régulièrement été trahis par eux, et, du reste,
presque tous les présidents haïtiens sont tombés
victimes de la trahison de leurs familiers.

Dès qu'un président monte au pouvoir, les
conspirations commencent et ne cessent que lorsqu'une révolution éclate, pour reprendre aussitôt
qu'elle a pris fin. Les dénonciations, les basses délations et une adulation odieuse sont les conséquences de cet état des esprits, et la méfiance politique étend ses noires ailes sur la république
entière, à tel point qu'il n'est pas un Haïtien qui
croie pouvoir confier ses sentiments et ses espérances à un frère ou à un père. L'arbitraire le plus
éhonté découle également de ces oppositions la-
tentes ; les emprisonnements, les bannissements et

les fusillades sont incessants, et nul Haïtien n'est
à l'abri des coups de main du pouvoir, qui, naturellement despotique, se croit obligé, pour prévenir
les insurrections qu'il sent toujours menaçantes,
de supprimer les hommes qui lui portent ombrage.

Le préjugé de couleur n'est pas le seul qui divise
les Haïtiens. Ils sont encore animés d'un esprit
de localité d'une intensité inouïe. Une ville n'ac-
cepte pas de fonctionnaires nés dans une autre
ville, et, dans un grand nombre de localités, les
habitants s'unissent pour s'opposer à l'établissement d'un commerçant qui n'est pas leur « pays ».
Cet absurde préjugé a causé des guerres; le Nord
calculait un jour que le Sud avait fourni un plus
grand nombre de présidents que lui! Vite, aux
armes! l'honneur du Nord était menacé, et il fallait une bonne guerre pour le venger. La dernière
guerre, en 1888, a été déclarée pour ce motif.

Décrire un pays et ne pouvoir citer de lui un
seul fait honorable n'est pas chose gaie, et bien des
fois déjà, le dégoût a fait tomber la plume de ma
main. Ne pourrais-je, en cherchant avec soin,
trouver quelque bon point à marquer à l'actif
d'Haïti? Ah! en voici : les Haïtiens ont voté, « à
l'instar » des autres peuples, des écoles supérieures,
des caisses d'amortissement pour les emprunts
sans nombre contractés sur place ou au dehors, et
des banques agricoles, et des chemins de fer.
Bravo! Mais, hélas! les écoles sont de moins en

moins supérieures, la caisse d'amortissement a été elle-même amortie par de formidables saignées qui l'ont réduite à néant, et les banques et chemins de fer attendent, dans les cartons, les capitalistes qui doivent les faire rouler.

Les grands hommes haïtiens ont presque tous été massacrés ou exilés; l'un d'eux, pénétré d'admiration pour... lui-même, eut l'idée de doter Haïti d'un Panthéon. Ah! ce fut un beau *job*! Il se fit adjuger environ deux millions, commanda un lourd pain de Savoie en fonte, qui coûta quatre cent mille francs, et qu'il ne paya pas, et, en guise de statues, en fit exécuter une seule... la sienne... équestre!!! Mais avant que sa glorieuse image fût débarquée, il fut égorgé dans la rue par ses concitoyens qui ne partageaient pas son admiration pour sa personne, et les pilastres, chapiteaux et colonnes du Panthéon servent aujourd'hui de clôtures à quelques huttes que des indigènes ont construites sur l'emplacement qu'il devait occuper.

Vanité, ignorance, bassesse et cupidité chez les chefs, haine mutuelle des citoyens, semblent être les traits caractéristique des mœurs politiques de Haïti. Les Haïtiens ne cessent pourtant de comparer leur pays à la France (grand merci!) et si l'on met à part les bravades de ces malheureux enfants de l'Afrique, qui annoncent pompeusement, à chaque événement qui se produit dans leur

pays, que la terre en est bouleversée, si l'on néglige leur jactance, leurs titres emphatiques et so-
nores autant que creux, on convient, à première
vue, qu'en France comme à Haïti, il y a eu des
révolutions sanglantes, des ambitieux devenus
souverains, et que les événements européens sont,
à la surface, symétriques des événements haïtiens.
Mais cette confusion disparaît dès que l'on considère les sentiments qui ont guidé la nation, et les
conséquences qui ont suivi les révolutions. Tandis
qu'en France, comme en Europe, une révolution
n'est que le résultat nécessaire des tendances d'un
peuple réagissant contre les entraves apportées à
son progrès; tandis qu'elle est suivie de la mise en
pratique des théories sociales qui l'ont engendrée,
les soulèvements périodiques qui ont lieu à Haïti
ne sont que l'explosion d'ambitions aveugles,
malsaines, et l'application exclusive de l'axiome
« Ote-toi de là pour que je m'y mette. » La curée des
emplois est le seul but d'une guerre civile, et les
« petites scènes de famille », qui ont lieu une fois
au moins tous les quatre ans dans la république
antiléenne ne sont suivies d'aucune réconciliation.
A chaque changement de maître, les Haïtiens annoncent *urbi et orbi* que l'ère des révolutions stériles est fermée, et que la régénération commence
sous l'habile direction du nouveau généralissime
des volontés du peuple. Cela dure depuis quatre-
vingts ans, et la décadence n'a fait que s'accélérer;

l'Haïtien se complait dans la guerre civile; il en vit, et Haïti sera toujours un foyer de dissensions intestines, parce que sa population n'a aucun but, aucun élan vers le progrès, aucune foi dans l'avenir.

IV

ADMINISTRATION, JUSTICE, TRAVAUX PUBLICS

Les fonctionnaires de la république haïtienne
ont une tâche délicate à remplir : ils doivent aider
le président à abuser le peuple, à le persuader, au
moyen d'expédients compliqués et habiles, qu'il
est dirigé par le plus intègre des gouvernements
présents, passés et futurs ; ils sont en outre chargés de procurer au chef l'argent dont il a besoin
pour ses fantaisies ; ils louvoient continuellement
dans des eaux troubles, sous un orage toujours
menaçant, afin de ne pas déplaire au maître qui,
soupçonneux et jaloux des droits qu'il s'arroge,
n'hésite pas à les révoquer, à les bannir, à les fusiller pour la moindre marque d'indépendance.
Dissimulant les concussions et l'indigne gestion
du gouvernement, ils doivent enfin ménager,
tout en la pressurant, le caractère rancunier de la
population qui est perpétuellement près de l'ébullition, et qui s'offre quelques massacres de fonctionnaires à chaque chute présidentielle. La faculté

de surmonter ces difficultés constitue toute la capacité professionnelle, et, en retour, ceux qui la
possèdent ont le droit de ramasser les reliefs du
festin, et de glaner l'argent échappé au grand mois-
sonneur.

Lorsqu'il choisit un de ses fidèles pour en faire
un fonctionnaire, le président ne s'enquiert donc
point de ses talents ni de son savoir, dont il n'a
cure; il nomme celui qui, par l'astuce et la servilité, lui semble le plus apte à servir son despotisme
et sa rapacité. Au premier soupçon de résistance,
il brise l'instrument, et n'emploie aucune métaphore pour faire comprendre que les paroles flat-
teuses et les discours encenseurs ne sont pas son
affaire. La chambre des comptes apporte-t-elle
quelque lenteur à valider les opérations finan-
cières du gouvernement, elle se voit rudement
apostrophée en la personne de son président, au
moment où celui-ci commence un discours pompeux à l'adresse du chef de l'État. « Soyez laconique,
et n'oubliez pas que je n'aime ni les longs discours
ni les traîtres ». C'est clair, c'est dégagé de toute
rhétorique superflue, et les magistrats ainsi mal-
menés ont compris, on s'en aperçoit à leur
piteuse mine.

Ce système administratif engendre un effroyable
déluge de dénonciations, de calomnies et d'espion-
nage. Les fonctionnaires de tout ordre n'ont qu'une
occupation : intriguer, se discréditer les uns les

autres, et faire de chaque ville un champ clos où
les ambitions indignes, l'égoïsme féroce, luttent et
rivalisent de délations, de complots ténébreux et
vils. Comme le talent ne compte point, et que tous
sont égaux devant la souveraine fantaisie du président, chacun cherche à atteindre, du premier coup
et par tous les moyens, les grasses charges, les
emplois élevés et bien rentés.

Les diverses branches de l'administration ne forment pas des *carrières* spéciales; la hiérarchie,
l'avancement régulier sont inconnus, et un directeur de douane supplante un préfet militaire, de
même qu'un inspecteur des écoles échange sa
place, indifféremment, contre celle d'un inspecteur
des finances, ou d'un commandant de navire. Les
révocations les plus inattendues, les moins mo-
tivées, sont signées chaque jour et font de chaque
administration une sorte de *hall* où l'on ne sait
jamais combien de temps on restera. Un employé
de commerce, nommé magistrat en province, se
rend au ministère avant de partir pour rejoindre
son poste, il apprend qu'il est révoqué ; il court au
palais du président, en sort avec une nouvelle
commission de contrôleur de la douane, et une
lettre pour le directeur de cet établissement; il
arrive à la douane, et se présente au bureau du
directeur pour lui remettre sa lettre ; mais celui-ci a
déjà été révoqué et remplacé par un employé du ministère de la guerre, destitué huit jours auparavant.

Chaque avénement de président est signalé par une vaste hécatombe de fonctionnaires, et, conséquemment, par une chasse affolée aux emplois, une curée furieuse des charges. Le nouveau chef de l'État, encore peu solide sur le siège présidentiel, doit pourvoir tous ses partisans, et l'un d'eux, abruti de toutes ces demandes, s'écriait avec un désespoir comique qu'il avait déjà rempli tous les cadres administratifs, et qu'il avait besoin d'un délai de quelques jours pour en créer de nouveaux.

Dès qu'ils sont casés, les employés agissent avec la plus noble désinvolture à l'égard de leurs fonctions : ils vont au *bureau* quand bon leur semble, et, souvent même, passent tout leur temps à conspirer contre le président. Boisrond-Canal, faible et aveugle, avait admis dans toutes les administrations des fonctionnaires qu'il ne connaissait pas ; au jour de l'insurrection, ils se rangèrent tous du côté des rebelles. Cette leçon n'a pas été perdue pour ses successeurs, et ils choisissent plus méticuleusement leurs aides ; mais l'instinct de trahison et l'amour de la nouveauté, de la révolution, qui anime les Haïtiens, rend la fidélité des employés toujours tiède et précaire. Sous le gouvernement de Légitime, la plupart des fonctionnaires, à Port-au-Prince même, refusaient d'aller se battre pour le président qui les avait nommés, contre les nordistes, et leurs refus réitérés, précurseurs de trahisons, donnèrent lieu à d'odieux scandales.

Chaque arrondissement est dirigé, ou plutôt gouverné par un commandant d'arrondissement, préfet militaire qui a la haute autorité sur tous les fonctionnaires, civils ou militaires.

Chaque commune est sous les ordres d'un commandant de commune et d'un commandant de place, et chaque section, ou canton rural, est dirigée par un commandant de section.

Comme dans tous les États gouvernés despotiquement, les commandants militaires sont maîtres absolus des villes qu'ils régissent, et, prétoriens avides, font main basse sur tout ce qui tente leur cupidité, ne connaissent de frein à leur volonté que celle du président.

La justice est représentée par un tribunal de cassation à Port-au-Prince, un tribunal criminel ou cour d'assises dans chaque département et un tribunal de paix, faisant aussi fonction de cour correctionnelle, dans chaque commune. L'ignorance, l'arbitraire, l'indignité siègent dans tous ces tribunaux, parodies dérisoires de la justice. Je fus cité un jour comme témoin dans un différend entre cocher et client, et me rendis, à l'heure assignée, au tribunal. Le palais de justice se composait, *la veille*, de quatre murs, débris d'une maison incendiée; je dis « la veille » car, pendant la nuit précédente, un des murs s'était écroulé. Cette salle de justice, sans toiture, sans fenêtres, avait pour tout mobilier un banc et trois chaises. Le greffier me reçut d'un

air bienveillant et protecteur, comme s'il eût été
au seuil du Louvre; il eut même la gracieuseté de
se dessaisir de sa chaise en ma faveur. L'affaire en
question appelée, le juge, qui ne savait que signer
grossièrement son nom, dit à son greffier : « Monsieur Onéziphort, lisez-nous l'acte ! » Le brave greffier ajusta sur son gros nez épaté des lunettes bleues,
pour tempérer l'éblouissante lumière qui tombait
du toit, c'est-à-dire du ciel ; et, ne sachant pas lire
couramment, il commença à ânonner du nez les
syllabes de l'acte. Le juge écoutait gravement, opi-
nant du bonnet, et enviant au fond de lui-même
la science de son greffier. Mais un assistant, désireux de montrer son mirifique savoir, interrompit
la lecture, et dit au juge : « Monsieur Onéziphort
ne sait pas lire, vous le voyez bien; je vais lire cet
acte moi-même. » Le juge, sans s'étonner de cette
interpellation, dit gravement au greffier : « Monsieur Onéziphort, je m'apercevais *positiblement*
que vous ne saviez pas lire : cédez l'acte à monsieur. » Onéziphort se rebiffe, affirme qu'il lit aussi
bien que le *pape*(!) et il veut continuer ; l'interpella-
teur l'en empêche, le juge lui ordonne de sortir, et,
vaincu, il remet l'acte à l'assistant, qui, triomphant,
lit à la vapeur, sans ponctuer, sans respirer, pour
bien faire comprendre qu'il savait lire rapidement.
Morale : Personne ne put savoir de quoi il était
question, et le juge condamna le cocher — qui ne
paya pas. Le jugement fut ainsi motivé et formulé :

« Monsieur, vous avez eu tort, vous payerez dix gourdes à M. X***. »

Les juges sont ignorants, mais les avocats le sont bien davantage. Aucun examen n'a lieu pour l'obtention de la licence, et le président donne des commissions d'avocat comme il nommerait à un emploi quelconque. Ce mode de recrutement de la magistrature et du barreau fait des tribunaux des théâtres de bouffonneries incessantes : les avocats jugent, les juges plaident, les témoins font les réquisitoires, et les jurés se font remplacer indistinctement par les juges, les avocats, les témoins et les spectateurs ; je ne sais si, quelquefois il n'est pas arrivé aux accusés de siéger au jury ; cela ne m'étonnerait point.

A l'installation solennelle du doyen du tribunal de cassation, une avalanche de discours, arrosés copieusement de vin de Champagne, s'était enfin arrêtée. Chacun avait *improvisé* son speech, et fait parade de son éloquence. On se disposait à partir quand un dernier juge s'avança et dit : « Messieurs, je m'en voudrais de dire *un seul mot* après de si beaux discours. » Et, ce disant, il tirait subrepticement de sa poche un énorme manuscrit, copié dans nos jurisconsultes, et dont il fallut subir patiemment l'*improvisation* et la lecture déclamatoire et inintelligente.

A l'ouverture d'une session criminelle, le jury entier brille par son absence ; loin d'être ému par une semblable bagatelle, le tribunal ouvre l'audience; une heure après, il s'ennuie, et renvoie l'ouverture définitive et irrévocable de la session à huit jours.

Des scènes moins gaies se passent dans les tribunaux : un juge menace de mort son greffier qui dévoile publiquement ses délations contre un autre fonctionnaire; — un homme est accusé de vol; on le met aux fers, et on l'oublie jusqu'à la session; son affaire est alors appelée, on ne sait plus que très vaguement de quel crime il est accusé; on ne recueille pas une preuve, on ne trouve pas un témoin; cependant on le juge, et, après de belles joutes oratoires, on se décide à l'acquitter. — Un autre est arrêté, emprisonné, et tenu aux fers pendant plusieurs semaines, sans savoir pour quel motif; un beau matin, on le délivre et il est renvoyé avec cette explication consolante : « La vindicte publique vous dénonçait. » — Un juge saisit l'occasion d'un procès pour condamner injustement et à une peine infamante un homme qui ne lui est pas sympathique; le condamné se plaint, on constitue une commission pour l'entendre, et cette commission est présidée par le juge qui l'a condamné. Ces faits, invraisemblables, semblent, à Haïti, parfaitement naturels aux juges et même aux justiciables, les citoyens étant tour à tour magistrats et inculpés.

La plupart des prisons haïtiennes sont, comme

6.

le palais de justice que j'ai décrit, composées de
quatre murs, et à ciel ouvert. Là, comme en des
basses-cours, sont parqués les prisonniers, hommes et femmes, enchaînés à une barre de fer par
un anneau fixé au pied. Sous la pluie, le soleil,
jour et nuit, ils restent à la même place, au milieu
des ordures et des immondices de toutes sortes.

Les forçats sont vêtus d'un sac de toile d'emballage, qui porte sur toutes ses faces, et en tous sens,
l'inscription : « Forçat », en énormes lettres noires.
Lorsqu'ils sont convoyés par la police à travers les
rues, ces malheureux sont suivis d'une foule popu-
lacière en haillons, hurlante, glapissante, et surtout odorante ; mais, d'ordinaire, les forçats sont,
comme les vaincus d'autrefois, affectés au balayage
des rues, et surtout au service des écuries et cours
des fonctionnaires ; à peu près libres, ils pratiquent
la mendicité sur une vaste échelle, et volent un peu
partout où ils passent ; mais, en somme, on doit
reconnaître que, pour des forçats, ce sont des forçats
très bons garçons, ou plutôt des forçats manqués,
car, si l'on considère la liberté dont ils jouissent,
on peut s'étonner qu'ils ne commettent pas de
crimes plus nombreux.

La police est faite par des soldats enrégimentés
spécialement. Leur service consiste principalement à faire les commissions de leurs chefs et du
magistrat communal ou maire. Ils restent dans les
postes, et ne circulent pas, comme dans les autres

pays, à travers le quartier qu'ils ont à surveiller ;
et ne font point de rondes, diurnes ou nocturnes ;
ce service n'est fait qu'en temps de guerre civile, et
est alors confié à l'armée proprement dite. Les policiers passent donc la majeure partie du temps à
jouer aux dés, et à dormir devant le poste, étendus
dans de grossiers hamacs. Négligents ou brutaux,
ils ne connaissent pas la régularité, l'exactitude
dans le service.

Je me trouvais, un matin, chez un Français, à
Port-au-Prince ; mon compatriote avait comme domestique un soldat de la police. Ce serviteur, qui
devait venir à sept heures, chaque matin, pour faire
les commissions de son maître, arriva, à l'heure
dite, tenant en laisse, par le pan de la veste, un prisonnier à mine peu rassurante ; ce misérable avait
volé, la veille, seize cents piastres (8 000 fr.) à son
patron, et on avait chargé le susdit policier de le
conduire en prison ; mais, comme c'était précisé-
ment à cette heure-là que, de protecteur de la sécurité des citoyens, il devenait domestique, il n'avait
rien trouvé de plus naturel que de faire un détour,
et de venir, avec son prisonnier, expliquer à son
maître le motif de son retard. Pendant ses explications, le voleur, lâché dans la cour, furetait de
tous côtés pour voir s'il ne trouverait rien à dérober. Ayant enfin découvert un tas de planches, il
en prit une douzaine, et se disposait à partir lorsque
le propriétaire l'aperçut et lui fit déposer les plan-

ches. Indigné de ce manque de condescendance, le
prisonnier sortit en disant au soldat : « Compère,
cet homme-là est méchant, je vais devant vous. »
Et il partit, suivi nonchalamment, à deux cents
mètres de distance, par le policier. Nous deman-
dâmes à ce dernier quelle serait la peine infligée au
voleur : « Trois ans et six mois, c'est réglé
d'avance. »

Auprès de cette négligence policière, il est de
magnifiques faits de zèle à citer : un commissaire
est chargé d'arrêter un prévenu. Il l'appréhende,
et le conduit en le tenant, selon l'usage, par le pan
de son habit. Tout à coup, passant devant un consulat, le prisonnier se précipite dans cet asile,
laissant, après une rapide lutte, sa redingote aux
mains du commissaire. Celui-ci, fidèle à la con-
signe jusqu'à l'héroïsme, continue son chemin,
tenant par la manche la redingote, et va gravement l'incarcérer au lieu et place du délinquant.

Trop souvent, les prévenus ne s'en tirent pas à
un aussi bon compte ; les policiers, imitant, comme
tous les fonctionnaires, les procédés despotiques
du président, et traitant les citoyens en esclaves
rebelles, s'amusent à les rouer de coups de coco-
maque, et les assomment littéralement. J'en ai vu,
conduisant à la police un pauvre diable, le battre
à tel point qu'en arrivant au poste, il rendit le dernier soupir. Cela semblait de bonne justice ; elle
était *peut-être* un peu sommaire.

La faveur du chef de l'État constituant, en police comme partout, la seule condition d'admission, il arrive que les pires coquins occupent ces fonctions. Un jour le magistrat communal, entrant chez lui, trouve tout en désordre, et s'aperçoit qu'un vol important a été commis dans son bureau; on procède à une enquête, qui établit que le coupable n'est autre que le commissaire de police. Les policiers pactisent avec les malfaiteurs, et, chargés d'empêcher les habitants de se livrer aux danses africaines et sauvages du Vaudou, ils s'empressent, dès qu'ils entendent le tambourin qui anime ces scènes, de quitter le poste en masse et d'accourir... pour prendre part à la fête.

Les hommes de la police portent en bandoulière une large écharpe sur laquelle sont inscrits les mots : « Force à la loi ». Le conseil communal, chargé de leur entretien, prend de solennelles décisions pour remplacer une chaise ou une paire de souliers, ou pour voter un crédit de douze francs destiné à l'achat d'une « clochette « au moyen de laquelle la police pourra transmettre au conseil communal des ordres *verbaux* à la population ». Reconnaissante, la police adresse au conseil communal des comptes rendus stupéfiants. Dans la liste des personnes arrêtées, on voit : « Florena, prévenu d'avoir souffleté sa femme Maméla Luna ; Ersilda, prévenu d'avoir exercé le fétichisme sur un enfant. Et parmi les objets déposés au bureau de police, on voit des mentions comme celle-ci : « tertio un coq (poule) ». Ce coq qui est une poule, cette poule qui est un coq, on en rêve.

Pour terminer cette esquisse de la police haïtienne, citons le fait drôlatique que voici : le général en chef de la police de Port-au-Prince discutait un jour avec le commandant d'arrondissement; impatienté, ce dernier appelle des soldats de la police, leur ordonne d'appréhender leur chef, et le fait fourrer au violon pour huit jours. Inouï! incroyable! et absolument authentique!

L'état civil, nous l'avons déjà dit, est très irrégulier, et n'enregistre qu'une minime partie des naissances, mariages et décès. Malgré de nombreuses réclamations de la part des conseils communaux, soutenus par la presse, ce service est confié à des fonctionnaires spéciaux, nommés par le président et ne relevant que du ministère de l'intérieur. Ce sont en quelque sorte des notaires chez lesquels on se rend lorsqu'on le veut bien. Ils augmentent ou diminuent leurs tarifs selon la fortune des clients. Moyennant deux piastres, ils procèdent à un mariage *en leur hôtel*; mais, pour dix ou douze piastres, tels que des pédicures, ils se rendent à domicile et marient les citoyens chez eux.

L'année dernière, en 1889, les deux officiers de l'état civil de Port-au-Prince se disputaient l'inscription des actes, et usaient de mille tours pour se dérober mutuellement leur clientèle; une bonne polémique s'engagea entre eux dans les journaux, et ils confèrent au public leurs petites affaires : actes faux, soustraits, antidatés, tentatives de chantage, extorsions d'argent au préjudice des administrés, etc... le tout accommodé des douces épithètes de lâche, indécrottable, déguenillé, être véreux, et autres cajoleries. Le bon public lisait cela avec une douce impartialité, jugeant très forts ces agents si délicats et si discrets. Le gouvernement de Légitime mit enfin un terme à cette honteuse querelle, et les deux rivaux furent mis d'accord par une double révocation simultanée. Mais leurs successeurs n'ayant pas été installés aussitôt, on ne put, pendant quelques jours, faire de déclaration, et les familles qui avaient un défunt à inhumer dans le cimetière officiel étaient obligées de perdre vingt-quatre heures en démarches pour en avoir l'autorisation; et ceci se passait en pleine épidémie...

Un conseil communal ou conseil municipal administre chaque commune et a pour chef un magistrat communal. Les fonctions des conseils ont été très restreintes par le gouvernement. La « commune » ne peut prendre aucune initiative dans la gestion des affaires communales; l'éclairage de la ville de Port-au-Prince a même été enlevé au conseil municipal pour être confié par contrat à un concessionnaire, qui, la subvention perçue, ne s'en est plus occupé. En outre, la loi municipale de 1881 a disparu dans les incendies qui, en juillet 1888, ont dévoré un bon tiers de la capitale, et les conseillers ne savent plus quels sont leurs droits et leurs devoirs, personne n'ayant conservé la copie de la loi. Le désordre le plus contraire à l'art règne dans les communes ; les conseils ne dressent même pas de budget dans un grand nombre de localités. Un magistrat dépose son projet de budget rédigé en dix lignes. Ce projet est bref, il en convient, ajoutant « qu'un large état indéniable aurait pu être présenté » si ses occupations ne l'en avaient empêché ; il prie le conseil de *disputer* ce projet ; on remet cette « dispute » de séance en séance, et finalement, on l'oublie.

Les conseillers abusent de leurs fonctions pour s'attribuer toutes les entreprises, tous les travaux et monopoles de la ville qu'ils dirigent, et se querellent sans cesse à la façon des ministres intègres auxquels Ruy Blas souhaite un bon appétit. Un pont s'écroule : tous les conseillers veulent avoir l'entreprise de sa réfection ; s'ils ne se mettent pas d'accord, le pont reste en ruines et on ne s'en occupe plus, bien que des centaines de piastres aient été perçues pour sa reconstruction. Un magistrat communal est reconnu coupable de détournements ; il n'est pas inquiété et est même réélu six mois après, ses concitoyens lui donnant ainsi un témoignage éclatant de l'admiration qu'ils professent pour son habileté financière.

Cette honnête administration réduit les villes à l'état de vastes dépotoirs. A Port-au-Prince, les rues sont encombrées de débris de toutes sortes, rails, solives, roches, et entrecoupées de bourbiers fangeux dans lesquels se vautrent en liberté des pourceaux sous l'œil paternel du président suivi de son escorte de généraux. S'il en est ainsi dans la capitale, on juge aisément ce que sont les rues des villes de province : des séries ininterrompues de casse-cous. Et cependant les réclamations à ce sujet pleuvent comme grêle sur l'administration. Dans une ville, on obtint enfin du conseil communal cet arrêté :

« Le conseil, considérant l'état hideux de malpropreté dans lequel se trouve la ville; Arrête : 1° les immondices doivent être déposées dans des caisses, paniers ou *autres choses* pour en permettre l'enlèvement; 2° ceux qui étalent au marché devront balayer les ordures et fatras quelconques; sinon, ils seront contraints *d'y déguerpir*. »

Mais cet arrêté, platonique quoique naturaliste, n'émut personne, et la ville fut aussi bourbeuse qu'auparavant.

On enterre les morts un peu partout; mais il y a des cimetières communaux; ces champs du repos sont la proie des ouvriers chargés de leur entretien; ces misérables brisent les tombes, volent les pierres, briques et autres matériaux. La magistrat communal en est informé : il va les voir « tra-

7

vailler », et les réprimande avec onction, ce qui
ne leur chault guère.

Les séances des conseils communaux sont aussi
grotesques que celles des tribunaux. Ne pouvant
s'occuper de questions dignes d'intérêt, les conseillers passent leur temps en discussions d'arrière-
boutique. Dans une ville, il n'y a qu'une pompe à
incendie : un incendie survient, la pompe ne peut
fonctionner, et les trois quarts de la ville disparaissent : le conseil se rend en corps dans le
hangar de la pompe communale, on échange des
vues profondes sur les défauts de l'instrument et
l'affaire est terminée. — Une séance est consacrée
à régulariser un emprunt de deux cents francs fait
par le secrétaire du conseil à la caisse communale.
— Une autre à décider que X***, greffier, professeur et pompier tout à la fois, sera provisoirement
dispensé du service de la fameuse pompe. — Un
conseiller demande la parole : « Mes collègues, dit-
il gravement, mon épouse possède un cheval en bon
état habile à traîner les tombereaux. Elle vous pro-
pose de vous le vendre. » Et le conseil décide que
madame X*** amènera le cheval au conseil qui l'exa-
minera. — Chaque session est close par une série
d'éloges mutuels, récités sur un ton dithyrambi-
que : « Honneur à vous, X*** ; Honneur à vous, Y***
d'avoir si bien reconstruit le pont! Honneur et
gloire à vous, Z***, d'avoir si *généreusement* creusé
le fossé! » Le président termine en déclarant mo-

destement : « Honneur à vous tous, collègues !
Quant à moi, j'ai tout fait, bien que j'aie été en
butte à des *inadmissibilités antiadministratives*! »

Le pitoyable entretien des rues, dans les villes
haïtiennes, ne présage pas un brillant réseau de
voies de communication dans l'intérieur du pays.
En effet, on ne se douterait guère, en parcourant
les plaines et les mornes, que Toussaint Louverture, il y a quatre-vingt-dix ans, traversait le pays
du Nord au Sud, du Cap à Jacmel, dans une calèche
trainée par quatre chevaux sur des routes magnifiques, larges, et bordées de cocotiers, de palmistes
et de bambous gigantesques. Les routes ont complètement disparu ; plus une voie carrossable ; quelques sentiers dangereux, abrupts, à peine assez
larges pour le passage d'un homme, et fréquemment interrompus sur de longs espaces, mettent
les villes en communication. Le président Légitime, toujours en quête d'améliorations, se concerta, dès son avènement au pouvoir, avec plusieurs personnages et principalement le directeur
de la Banque nationale, pour construire des routes,
des ponts, des chemins de fer, et doter Haïti des
voies nécessaires à l'extension de sa prospérité
matérielle. Il ne put entreprendre aucun de ces
travaux, et l'époque est encore lointaine, où l'on
mettra ses projets à exécution.

Plusieurs concessions de chemins de fer ont ce
pendant été accordées avec de larges subventions.

Un entrepreneur haïtien, déjà à la tête d'un service de vapeurs, obtint la concession d'une voie
ferrée qui devait relier les Gonaïves au Cap, en
desservant les principales localités de la côte
septentrionale. Le gouvernement lui garantissait
l'intérêt minimum du capital que nécessitait cette
entreprise, soit de neuf millions de francs. Il demanda, après la conclusion du traité, que cette
garantie fût transformée en une subvention dont
le chiffre dépassait de moitié l'intérêt garanti. Et
l'affaire en resta là.

En 1877, deux capitalistes américains signèrent
avec le gouvernement haïtien un contrat par
lequel ils devaient construire deux lignes de chemins de fer, et, facultativement, une ligne télégraphique. Les voies ferrées devaient être terminées
en quatre années. Cette concession fut la source
d'interminables discussions, de tiraillements infinis,
d'exigences inouïes de la part des concessionnaires,
et ce magnifique projet se réduisit à la construction grossière de deux petites lignes de tramways
parcourant la ville de Port-au-Prince. Les entrepreneurs, malgré cette mauvaise foi manifeste,
étaient encore protégés par le gouvernement
haïtien qui leur accorda le monopole des tramways; ils demandèrent alors une énorme subvention pour ce service, et, se la voyant refuser, ils
cessèrent de faire fonctionner leurs voitures; ils
firent même mieux que cela : le cahier des charges

leur imposant un premier départ à sept heures du matin, et un dernier voyage le soir à sept heures également, ils eurent l'impudence d'employer le truc suivant : à sept heures du matin, un *car* ou tramway, à demi brisé, partait à vide de la tête de ligne, et, buttant, déraillant, heurtant tout sur son passage, allait cahin-caha jusqu'à l'extrémité de la voie; arrivés là, le conducteur et le receveur dételaient les trois mulets poussifs qui les avaient amenés, et les reconduisaient à l'écurie, laissant la voiture en plan dans la rue; le soir, à sept heures, ils revenaient avec les mulets, les attelaient, et ramenaient le tramway à son point de départ. Ces procédés follement grotesques mais déloyaux, durèrent un certain temps, et enfin le tramway ne parut plus. Le gouvernement haïtien, qui connaît les hautaines et sommaires allures des États-Unis à son égard, n'osa rappeler ces entrepreneurs au respect des contrats et des convenances.

En juin 1881, le président Salomon négocia et obtint l'admission d'Haïti dans l'union postale. Un employé des postes françaises fut envoyé à Port-au-Prince pour organiser le service postal ; il a été depuis remplacé par un autre employé français, auquel le directeur général des postes françaises a récemment accordé une médaille d'honneur, juste récompense de longs et laborieux services à Haïti. On n'a jamais pu m'expliquer pourquoi les lettres

envoyées d'Haïti en France sont taxées cinquante
centimes, tandis que celles que l'on envoie de
France à Haïti ne payent qu'une taxe de vingt-cinq
centimes. Mystères de l'union postale !

La poste haïtienne est le désordre élevé à la hauteur d'un art. Comme il n'y a pas de facteurs, ur-
bains ou ruraux, chacun doit aller retirer ses lettres
à la poste ; le premier venu demande les lettres de
M. X, Y ou Z, et on les lui remet sans formalité.
Une grande partie de la correspondance est perdue
ou dérobée, et la plupart des journaux, surtout des
journaux illustrés, sont enlevés par les employés
des postes, qui les collectionnent avec un soin digne
d'une meilleure cause. Un négociant reçoit avis
d'un envoi de factures par un navire; ce bâtiment
arrive, et le négociant va réclamer ses lettres à la
poste; on lui répond que ce navire n'a apporté
aucun courrier. Il se rend alors à bord du steamer,
où on lui déclare qu'on a débarqué et porté à la
poste un sac de dépêches. Qu'advient-il de cette
fraude? Rien!

Les courriers étrangers arrivent tous à Port-au-
Prince, et de cette ville sont dirigés vers les différents points de la côte. Ce service de transport par
terre est fait d'une façon primitive et quelque peu
inquiétante pour les intéressés : chaque semaine,
un homme conduit, à travers les sentiers, un mulet
chargé du courrier. Il met, selon les distances, un,
deux, trois et quatre jours pour arriver à destina-

tion; souvent, par suite de débordements des ravines, de pluies torrentielles, ou d'orages violents, il ne peut partir ou est obligé de s'arrêter en chemin ; de plus, il a de ci de-là des *compères*, des amis et des *connaissances* ; un grog chez l'un, une caresse chez l'autre, un accès de paresse chez un celui-ci, une invitation à un bal chez celui-là, le retiennent sans lui causer le moindre remords. On voit à quels périls est exposée la correspondance, et l'on s'explique qu'à la longue les habitants, fatalistes de nature, ne s'inquiètent plus du sort de leurs lettres et s'en remettent placidement au hasard du soin de les faire parvenir à destination. Dans quelques villes, les négociants se cotisent pour s'offrir un employé qui porte leurs lettres directement au vapeur postal.

Ce courrier intérieur, ne faisant qu'une distribution par semaine, n'est pas suffisant pour les besoins du commerce, surtout dans un pays producteur de café, où les cours des marchés étrangers et de Port-au-Prince doivent être connus régulièrement. Pendant la guerre civile de 1888, la presse, la population et quelques membres de l'Assemblée constituante demandèrent que le courrier fût bihebdomadaire. La constituante vota cette mesure, et l'administration des postes de Port-au-Prince fut chargée de l'exécuter. Mais ce surcroît de travail fut peu goûté du directeur des postes, qui supprima purement et simplement, de sa propre autorité, ce

second courrier. On le laissa faire et la question fut
oubliée. Il est bon de dire que les présidents haïtiens
trouvent leur compte à cette rareté des communi-
cations! chaque ville vit isolée, séparée du reste de
la république, la province est tenue dans une sainte
ignorance des événements de la capitale, et cet état
de choses favorise singulièrement les méfaits politiques et financiers du gouvernement.

Depuis longtemps, le commerce haïtien récla-
mait l'établissement d'un cable télégraphique reliant
Haïti à Cuba, et par cette île, à l'Amérique et à l'Europe. Des négociations entamées à ce sujet entre le
gouvernement du général Salomon et le comte Dil-
lon, mandataire de M. Mackay, n'aboutirent pas à
une entente. Mais au mois de mai 1887, un contrat
fut signé entre le gouvernement et le comte d'Ockza,
représentant la Société française des télégraphes
sous-marins. Selon les termes de ce contrat, un
cable devait relier le môle Saint-Nicolas, point le
plus proche de Cuba, à cette île et à une ville dominicaine. Les travaux furent poussés activement,
et, le 15 avril 1888, le comte d'Ockza télégraphiait
de Cuba au môle Saint-Nicolas, pour constater la
pose du cable. Le 26 juillet suivant, il adressait de
Paris, au président Salomon, le premier télégramme
venant d'Europe. Un grave inconvénient nuit à ce
service télégraphique. Le môle Saint-Nicolas n'est
qu'une bourgade isolée, très éloignée de Port-au-
Prince ; le gouvernement n'a pas encore songé à

établir une ligne télégraphique terrestre; il proposa donc au comte d'Ockza d'achever son œuvre en continuant le cable du môle à Port-au-Prince, qui devrait naturellement être la tête de la ligne télégraphique. Pour ce second travail, le gouvernement offrait quatres cent mille francs; le comte d'Ockza en demanda six cent mille, et un ingénieur qu'il délégua pour cette négociation poussa ses exigences jusqu'au chiffre de neuf cent cinquante mille francs. Le gouvernement haïtien recula et laissa le cable s'arrêter au môle, malgré les désavantages de cette situation. Un télégramme partant de Paris met donc en moyenne quatre jours pour arriver à Port-au-Prince. Ajoutons, à titre de renseignement, que le prix des télégrammes expédiés de France au môle Saint-Nicolas est de deux dollars cinq cents par mot, dix francs cinquante centimes, environ.

V

AGRICULTURE, COMMERCE, DOUANES, FINANCES
LE CANAL DE PANAMA

A l'Exposition universelle de 1878, le gouvernement haïtien, dirigé par Boisrond-Canal, un des
présidents les plus éclairés de Haïti, exposa, en une
salle tendue de soieries aux couleurs haïtiennes,
les principaux produits du pays. Le rhum, l'acajou,
et le café obtinrent les suffrages unanimes du jury.

Quelques instruments et machines fabriqués à
New-York attirèrent aussi l'attention des jurés;
mais auprès d'eux, les indigènes avaient fièrement
étalé des spécimens de l'industrie haïtienne. Ces
objets, façonnés grossièrement, incommodes, sans
formes définies, provoquèrent les railleries des visiteurs et mortifièrent cruellement l'amour-propre
des exposants, qui avaient espéré étonner l'Europe entière en exhibant leurs chefs-d'œuvre industriels, dignes tout au plus de figurer au pavillon canaque.

Pour cicatriser cette blessure infligée à l'orgueil
national, le président Salomon ouvrit à Port-au-

Prince, en 1881, une exposition des produits haïtiens. Les habitants apportèrent à l'envi des ustensiles de tout genre, et le « palais » de l'exposition fut la pittoresque image des musées particuliers, que forment les explorateurs de l'Afrique australe. A cette occasion, on proclama de nouveau que l'ère des révolutions stériles était fermée, et, encore une fois, tout parut être pour le mieux dans la meilleure des républiques. Les comptes rendus déclarèrent que « les produits exposés *offraient ce résultat que* l'intelligence du peuple haïtien peut atteindre aux plus hautes *sommités* de l'art et du génie, et qu'il ne lui manque que *du contact* ». Les poteries difformes, sacs de paille et calebasses qui inspiraient ces panégyriques étaient les mêmes qui, en 1878, avaient suscité une grêle de quolibets. Mais l'honneur était réhabilité *at home*, et la population n'en demandait pas davantage.

La direction de l'Exposition universelle qui en 1889, a fait de Paris le rendez-vous des merveilles du monde, invita officiellement la république d'Haïti à participer à ce grand tournoi du travail. Le président Salomon promit le concours de son gouvernement, et l'administration du Champ·de Mars mit à la disposition d'Haïti un espace de cent mètres carrés entre les pavillons du Nicaragua et du Vénézuéla. Une commission chargée de préparer l'exposition haïtienne fut aussitôt nommée par Salomon. Le commerce s'intéressa à l'entreprise;

tout d'abord, on convint d'empêcher autant que possible les exposants d'envoyer des produits fabriqués par d'autres que par eux, et même de faire venir des États-Unis les objets qui devaient figurer au pavillon haïtien, ainsi que cela s'était fait en 1878.

Salomon avait pour compère ou intime ami un Allemand, établi à Paris comme banquier, et dans la banque duquel il était, dit-on, intéressé. Bien que ce sujet de l'empereur Guillaume eut, dans les journaux de Port-au-Prince, revendiqué hautainement sa qualité d'Allemand, et déclaré qu'il était Prussien et ne cesserait jamais de l'être, Salomon l'avait investi des fonctions de consul général d'Haïti à Paris. Au moment de l'Exposition universelle, il voulut le nommer commissaire général de la section haïtienne. L'opinion publique s'émut vivement de cette décision, qui froissait tout à la fois et la nation haïtienne, en proclamant implicitement, par le choix de cet étranger, qu'Haïti ne renfermait pas un seul citoyen capable de la représenter, et la France, en lui infligeant un Allemand comme commissaire d'une nation amie. Sur ces entrefaites, Salomon fut déchu; le général Légitime, qui lui succéda, manifesta nettement son intention de pousser activement les préparatifs de l'Exposition. La commission préparatoire tint deux séances et envoya des circulaires dans le pays. Mais la guerre entravait cette entreprise; au mois de février 1889, deux mois avant l'ouverture de l'Exposition, le pavillon haïtien était bien construit, mais aucun produit, aucune inscription d'exposant n'étaient parvenus à Port-au-Prince. Le président se vit enfin obligé de reconnaître l'impossibilité de participer à l'Exposition, et envoya dans ce sens un avis officiel au ministre d'Haïti à Paris. Le pavillon en détresse fut vendu à un gouvernement océanien qui y exposa ses produits, et j'ai entendu, au Champ de Mars, beaucoup de visiteurs dire, en considérant cet édifice haïtien : « Hein! comme c'est bien là l'architecture des îles Sandwich! »

Les économistes (?) haïtiens avaient publié de volumineuses études sur la façon dont Haïti devait participer à l'Exposition; ils critiquaient la timidité de leurs compatriotes, et les encourageaient à exhiber tous leurs objets de fabrication, les assurant qu'ils feraient l'admiration du genre humain. « Nous exposons toujours la même série de marchandises, disaient-ils; du rhum, du café et de l'acajou. Il faut montrer que nous sommes capables de tout faire; il y a à Port-au-Prince un corroyeur, quelques fabricants de chaises solides qui ne le cédent *qu'en élégance* aux sièges fabriqués à l'étranger; un cordonnier dont les souliers ne feraient pas rougir *les plus gentlemen*, et M. E*** dont les calculs scientifiques étonneront les savants de l'Europe. Exposons ces produits pour montrer combien sont florissantes chez nous toutes les industries humaines; et les Parisiens, qui ont détruit la Bastille (qui s'attendait à voir la Bastille en cette affaire) reconnaîtront notre supériorité! »

Au risque d'attirer sur moi les foudres de ces écrivains, je dois dire que l'industrie est nulle en leur pays; il n'y a pas quarante artisans indigènes à Haïti, et tous les objets fabriqués et manufacturés viennent de l'étranger. En 1789, Haïti renfermait sept cent quatre-vingt dix sucreries et deux cents guildives ou fabriques de tafia. Le nombre de ces dernières a presque doublé, en raison du grain de sel qui est perpétuellement dans le gosier des habitants, mais toutes les sucreries ont disparu, et les Haïtiens, qui absorbent chaque année deux millions de litres de tafia, font venir d'Europe et des États-Unis tout le sucre qu'ils consomment. Un publiciste avait proposé d'envoyer dans les principales villes manufacturières de France, d'Angleterre et d'Amérique, un certain nombre de jeunes Haïtiens, qui auraient appris les divers métiers et seraient revenus les répandre dans le pays. Cette idée était peut être la seule raisonnable qu'il eut élucubré; dès qu'il l'eut émise, on le crut fou.

Le sol vierge d'Haïti, merveilleusement fécond, pourrait faire du pays, quelque peu étendu qu'il soit, une des plus importantes contrées agricoles de la terre. On peut y semer et récolter en trois mois la plupart des céréales et fruits, avec des efforts moindres que partout ailleurs. Mais l'Haïtien, persuadé que l'indépendance consiste dans l'oisiveté, néglige absolument l'agriculture. Plusieurs motifs nuisent aux cultures. Le manque de voies de communication, tout d'abord, est un sérieux obstacle au transport des denrées et à l'établissement des indigènes dans l'intérieur du pays. Le refus du droit de propriété aux étrangers, maintenu depuis la déclaration de l'indépendance, en 1804, comme le palladium des libertés du peuple haïtien, empêche les « barbares » d'établir des cultures, des plantations, de créer des moyens de transport, de construire des usines pour préparer sur place les produits du sol, et d'introduire les perfectionnements adoptés depuis longtemps dans le monde entier. Une absurde administration entrave également l'agriculture; des lois rurales ont bien été promulguées en 1826, 1843, 1862 et 1864 : elles n'avaient guère pour objet que de réglementer l'uniforme des agents ruraux, leur armement et leurs appointements, et de leur placarder, comme aux policiers, diverses inscriptions, « ordre public, police rurale » etc... On expédie, il est vrai, chaque année, des circulaires ministérielles destinées à stimuler le zèle des cultivateurs. Mais ces rescrits, à peine lus par les commandants d'arrondissement, sont suivis de mesures arbitraires et désastreuses ; par exemple, sous le prétexte de « régénérer » la culture de la canne à sucre, une loi impose un nouveau droit sur le café, et l'agriculteur voit ses caféières, qui auparavant lui procuraient de beaux bénéfices, donner à peine la moitié de leur revenu normal, le café ayant subi une baisse considérable par suite de cette surtaxe que les négociants, pour balancer leurs déboursés, défalquent du prix d'achat de la denrée.

La production annuelle du café dans le monde, qui, il y a cinquante ans, s'élevait à deux cent cinquante millions de livres, atteint aujourd'hui le chiffre énorme de un milliard de livres. Le Brésil, nouveau concurrent, est entré dans la lice avec le respectable apport de six cents millions de livres. Mais, tandis que les anciens pays caféiers ont progressé et augmenté le chiffre de leurs récoltes, Haïti est restée dans un sage statu quo, et grâce à son invincible horreur pour tout progrès, ce pays, aujourd'hui comme il y a un demi-siècle, donne toujours soixante-dix millions de livres dont il se perd une assez grande quantité par l'incurie des habitants. A la Jamaïque, voisine d'Haïti, un carreau de terre (12264 mètres carrés) rend quatorze cents et quinze cents livres de café; les Haïtiens ne récoltent guère, en denrée marchande, que la moitié de ce chiffre. Ils font la cueillette trop tôt, et en une seule fois, prenant les fruits encore verts avec ceux qui sont mûrs; on les expose ensuite sur un glacis ou terrain battu, et on les y laisse deux ou trois mois à l'air, au soleil, au vent et à la pluie; un bon tiers est déjà perdu; le cultivaleur convoque alors une troupe d'amis et de travailleurs et pendant une semaine on décortique la fève; ce travail est le prétexte de *bamboches* ou « beuveries » interminables, et n'entre dans les occupations de cette semaine qu'à titre d'épisode.

Mal décortiqué, mal trié, mélangé à toutes sortes de détritus, graviers, éclats de bois, ce café, qui a une saveur supérieure à la plupart des autres « sortes », jouit, grâce à sa préparation défectueuse, d'une telle renommée, qu'à Londres et dans plusieurs autres marchés d'Europe et des États-Unis, il est impitoyablement proscrit. Un négociant fit une expérience décisive : il décortiqua et tria lui-même avec le plus grand soin, quelques sacs de café, et les exposa à Londres avec leur dénomination de cafés d'Haïti : personne ne daigna les marchander. Les Haïtiens, insouciants, ne veulent suivre aucun conseil pour rendre à leur café la valeur qu'il devrait avoir. Leur négligence pourrait leur coûter cher avant longtemps, car un parasite du café, l'*Hemileia vastatrix*, a fait son apparition au Brésil, et si cet insecte arrive à Haïti, les caféières sont condamnées d'avance; on peut se demander comment se tireront d'affaire les Haïtiens, qui, avec leur café seulement, paient les trois quarts des marchandises qu'ils importent de l'étranger.

La canne à sucre, originaire de l'Inde, fut introduite à Haïti dès 1506. Sa culture prit une extension rapide, et couvrit bientôt la plupart des plan-

tations de Saint-Domingue. Son histoire est
inséparable de celle de la traite des nègres, et, en
somme, c'est à ce graminée que les Haïtiens doivent la splendide contrée qu'ils habitent. Ils ont usé
d'une « noire ingratitude envers leur bienfaitrice :
les champs de canne sont relativement peu nombreux aujourd'hui, et au lieu d'en tirer du sucre,
on ne lui demande plus que du tafia. Napoléon III,
dit-on, déclara un jour à un Haïtien que sa république ne serait jamais heureuse tant qu'elle s'obs-
tinerait à fabriquer du tafia plutôt que du sucre,
Cette opinion est juste à un point de vue : l'Haïtien
consomme lui-même la majeure part de son tafia,
ce qui l'abrutit et réduit son pays à la décrépitude,
mais, d'un autre côté, la faveur toujours croissante
du rhum en Europe, et l'introduction du sucre de
betteraves, expliqueraient la préférence que les
Haïtiens pourraient avoir en faveur de la fabrication
du rhum, la liqueur classique des Antilles.

La canne à sucre se plante par boutures; elle est
mûre à dix-huit mois, on la coupe et quinze mois
après elle est de nouveau bonne à cueillir. Un carreau de canne doit donner en moyenne dix-huit
mille livres de sucre brut. Les cannes sont pressées
à Haïti par des moulins à chevaux; ailleurs on emploie également des moulins à eau, à vent et à vapeur.

Le rhum est beaucoup plus lucratif que le sucre,
car un litre de sirop de canne donne un litre de
rhum. On ne peut s'expliquer le dédain des Haïtiens

pour la canne à sucre; ils pourraient aisément en tirer cent millions de francs par an, sans restreindre la culture du café. Par exemple, près de Port-au-Prince est une magnifique plaine d'une superficie de vingt mille hectares; un hectare produisant cinquante mille kilogrammes de cannes, et les cannes rendant sept et demi pour cent de leur poids en sucre, cette plaine seule pourrait donner soixante-quinze millions de kilogrammes de sucre brut, soit, à raison de vingt centimes la livre, trente millions de francs.

Malgré l'exemple de leurs voisins, les Haïtiens ont toujours dédaigné de chercher de nouvelles sources de profit avec les fruits qui abondent dans leur pays. La fécondité du sol leur permettrait de retirer de ce commerce d'énormes bénéfices, sans fatigue. Dans cette plaine voisine de Port-au-Prince, cent hectares plantés de cocotiers pourraient contenir cinq mille arbres qui donneraient à leur propriétaire un revenu de plus de cent mille francs, et feraient de lui un des potentats de la République. Au Honduras, les immigrants, secouant la torpeur héréditaire des nationaux, viennent de créer une ligne spéciale de navigation pour transporter aux États-Unis des bananes, noix de cocos, mangots et ananas, dont la valeur dépasse treize cent mille dollars (6 600 000 fr.); Kingston, dans la Jamaïque, exporte également pour douze cent mille dollars de fruits; les villes de Baracoa, dans l'île de Cuba, et

Samana, dans la république dominicaine, rivalisent avec succès dans cette branche de commerce. Les îles Lucayes elles-mêmes en tirent de gros bénéfices. Au milieu de cette activité générale, de cette lutte honorable et avantageuse à tous ceux qui y prennent part, Haïti somnole au bord de ses bourbiers, et laisse les deux tiers de ses fruits pourrir aux pieds des arbres dont ils sont tombés. On éprouve une secrète colère, en considérant, dans cette époque où le monde entier se précipite vers tous les trafics, et crée chaque jour de nouvelles sources de richesses, la honteuse et endémique oisiveté de cette population aussi disparate, parmi les nations américaines, par son esprit flasque que par sa couleur éthiopique.

Les Haïtiens qualifient leur paresse de vaillante activité. Dans tous les journaux et livres, ils célèbrent leurs laborieux agriculteurs ; une fête nationale a lieu chaque année, le 1er mai, en l'honneur de l'agriculture. En 1888, j'assistai à cette solennité : sur la principale place publique, était amassée (je dis amassée et non alignée) la garnison de Port-au-Prince, autour de l'*autel de la Patrie* (chaque ville haïtienne possède sur sa place publique, une sorte de kiosque en briques sans toiture, décoré du titre pompeux d'autel de la Patrie). Derrière l'armée, une centaine de cultivateurs portaient des branches d'arbres. Dix-sept coups de canon annoncèrent l'arrivée du cortège officiel et Salomon, gravissant les degrés de l'autel, prit place au milieu,

entouré de ses aides de camp et de hauts fonctionnaires. Le magistrat communal prit le premier la
parole pour célébrer... le président; le ministre de
l'agriculture lui succéda, et dans un galimatias
ampoulé, glorifia... le président. Enfin, Salomon
se lève; les coups de canon, qui avaient annoncé
la fin de chacun des discours précédents, tonnent
de tous côtés, et le chef de l'État adresse aux agriculteurs une allocution en patois créole, leur témoi-
gnant ainsi, avec habileté, une affectueuse familia-
rité. Chaque phrase était scandée de coups de
canon, et la scène rappelait assez les boniments des
arracheurs de dents sans douleur, dans les foires
de campagne.

Jusqu'ici, j'ai toujours traduit en français le langage haïtien. Je vais copier ce discours tel qu'il
fut prononcé, pour donner d'abord un spécimen
de l'idiôme créole, et pour que le lecteur ait une
idée juste des speechs présidentiels. Vis-à-vis du
texte, je mets la traduction; je copie textuellement,
conservant même les indications du journal indigène qui inséra ce discours :

Zammis,	Mes amis,
— Moin a pé palé en créole pou zautes compren moin bien.	— Je préfère parler en créole pour vous autres comprendre moi bien.
Bon Dié té voyé Jésus-Christ sur la terre pou	Le bon Dieu a envoyé Jésus-Christ sur la terre

fai toute moune di bien.
Eh bién ! magué tout ça
li té fait, li trouvé moune
pou haï li, jouque yo
crucifié li. Vous pa ouais
tout partout li crucilié
sur la croix?

Eux : Oui, papa.

— Eh bien, toute
moune qui vini pou fai
di bien, yo haï yo, ou
pas ouais, comment yo
haï moin ? Tout ça moin
fait pas bon.

Si moin gangnin youn
seul jour, deux jours
pou moin vive, cé pou
vous moin va travaillé,
moin baillé zautes la
paix, moin fait ça moin
capab. Depuis moin pré-
sident, est-ce que zautes
pas travaillé tranquille-
ment?

pour faire à tout le
monde du bien. Eh bien !
malgré tout ce qu'il a
fait, il a trouvé des mondes (des hommes) pour
le haïr, jusqu'à eux cru-
cifier lui. Ne voyez-vous
pas de tous côtés lui
crucifié sur la croix?

Les assistants : Oui,
papa!

— Eh bien, tout
homme qui vient pour
faire du bien, on le
hait, ne voyez-vous pas
comment ils me hais-
sent? Tout ce que je
fais n'est pas bon (selon
eux).

Si moi avoir un seul
jour, deux jours à vivre,
c'est pour vous que je
travaillerai, moi avoir
donné à vous autres la
paix, moi faire ce dont
moi capable. Depuis moi
président est-ce que vous
autres pas travailler
tranquillement?

Les campagnards en masse répondirent : Oui, papa! oui, président!

— Est-ce que zautes pas gangnin la paix, passé sous zautes gouvernements?

Eux : Oui, oui, papa!

—Est-ce vous vlé moin rété nan place-là?

Eux : Oui, papa!

— Est-ce que vous va pito youn aute passé moin?

Eux : Non! nous va mettre ou nan soleil!

—Eh bien! vous ouais gangnin moune qui palé, qui écrit, qui trouvé moin fait mal de payer les employés tous les mois.

Si moin metté moune cila la yo, est-ce que crouais yo va fait mieux passé moin

— Est-ce que vous autres pas avoir la paix, plus que sous les autres gouvernements?

— Est-ce que vous voulez moi rester dans mes fonctions?

— Est-ce que vous voulez un autre plutôt que moi?

— Non, nous allons mettre vous au soleil (pour le réchauffer parce qu'il est vieux).

—Eh bien, vous voyez qu'il y a des hommes qui parlent, qui écrivent, qui trouvent moi faire mal de payer les employés tous les mois.

Si moi mettre ces hommes-là où je suis, est-ce que vous croyez eux faire mieux que moi avec ministres moin yo?

Eux : Non papa, nous pito ou.

— Eh bien! moin va rété et pi moin va mourir pour peuple moin. Car zautes cé toutes pitites moin. »

avec les ministres de moi?

— Non, papa, nous croyons que c'est plutôt vous.

— Eh bien, moi vais rester et puis moi vais mourir pour peuple de moi, car vous autres c'est tous des petits de moi. »

Les ports haïtiens ouverts à la navigation étrangère sont ceux de Port-au-Prince, Saint-Marc, Jacmel, les Gonaïves, le Cap-Haïtien, Port-de-Paix, les Cayes, Miragoâne, Jérémie, Aquin et Petit Goâve. Les bâtiments haïtiens, barques de pêche et goélettes, sont tous d'un faible tonnage, et ne font que le cabotage ; quelques-uns vont jusqu'aux Turk-Islands, dans les Lucayes. Les lois haïtiennes sur la navigation sont copiées sur celles de l'étranger, et avec une si manifeste ignorance, qu'elles appliquent aux navires des droits d'échelle, de vigie, de fontaines et de visite sanitaire, bien que dans la presque totalité des ports haïtiens il n'y ait ni vigie, ni fontaines marines, ni visites sanitaires.

Le droit de tonnage est de deux francs cinquante par tonneau sur les marchandises débarquées. Les navires échoués sont, paraît-il, acquis de droit aux indigènes, et les journaux qui rendent compte des sinistres maritimes ne manquent pas d'ajouter : « Ce fut fête pour la population. »

Les steamers étrangers doivent en entrant dans les ports haïtiens, tirer deux coups de canon en l'honneur de la noble République antiléenne. Mais les révolutions sont si fréquentes dans le pays que les habitants croient souvent que ces coups de canon sont le signal d'alarme par lequel les autorités ont l'habitude d'annoncer l'insurrection. C'est pour ce motif que l'on dispense du salut d'usage les vapeurs qui entrent de nuit dans les ports; l'un d'eux ayant tiré le canon à dix heures du soir, en jetant l'ancre aux Cayes, valut à son consul la lettre suivante que je copie scrupuleusement, respectant l'orthographe et le reste :

Aux Cayes, 20 avril 1888.
Au LXXXVIII de l'Indépendance.

LA DOUCEUR, JEAN-BAPTISTE, *général de division aux armées de la République, chef des mouvements de ce port, au consul.*

Messieu Consul,

Je m'empresse à vous avisé pour la venir dans la nuit que le bateau na pas le dois ditonnation d'un coup de canon dans le port par ordre du Gouvernement vous aurez à donner la connaissance au Capitaine pour que cela n'a rivé pas à une sé-gond fois. D'ordre

Signé : P.-J.-BAPTISTE.

8

La loi de 1886 édicte que, par « la Liberté — ou
la Mort! » les étrangers ne peuvent faire commerce
que dans les ports ouverts, ne peuvent exercer
aucune industrie sans s'être munis d'une licence
du président, licence dont le renouvellement doit
être demandé chaque année, et qu'ils payent un
droit de patente double de celui qui est exigé des
Haïtiens. Les étrangers employés comme commis
ou artisans payent également une patente qui varie
de trente à cinquante piastres par an; celle des négociants est de cent cinquante à trois cents piastres
selon le nature du commerce.

En dépit de ces mesures exclusives, les trois
quarts du commerce d'Haïti sont faits par des maisons étrangères; les Allemands sont les plus
nombreux. Ces négociants, pressés de s'enrichir,
sont généralement peu scrupuleux et justifient
trop souvent les mesures de la loi citée ci-dessus.
Un grand nombre sont de ces agioteurs politiques
dont j'ai parlé plus haut; ils se concertent pour
faire échec au gouvernement qui leur déplaît, en
provoquant la hausse ou la baisse du café, et,
sans courir les risques d'être fusillés comme de
simples Haïtiens, ils se mêlent activement aux menées politiques. En juillet 1888, après les deux incendies qui détruisirent un tiers de Port-au-Prince,
le président Salomon fut unanimement soupçonné
d'avoir fait allumer ces incendies pour terroriser
la ville. Un groupe de gros négociants se rendit

solennellement au palais national pour féliciter
Salomon d'avoir rétabli l'ordre et la paix. Un mois
après, la révolution le précipitait du trône en exil.

Sous Louis XV, le môle Saint-Nicolas fut déclaré
port franc. Les négociants qui s'y établirent, enrichis rapidement, devinrent accapareurs et finirent par imposer aux marchandises les prix qui
leur convenaient. Ces procédés ne pourraient plus
réussir aujourd'hui, et je crois qu'un port franc
serait pour Haïti une abondante source de revenus ;
on a discuté cette question à plusieurs reprises,
mais la haine de l'Haïtien pour l'étranger, sa crainte
de lui donner le moindre droit ou privilège, l'em-
pêcheront longtemps encore, peut-être toujours,
d'établir la franchise dans un de ses ports. Et s'il est
créé des ports francs dans l'île, ce sera probablement
dans la belle rade de Tibuabos, les Dominicains
étant plus sociables que leurs voisins occidentaux.

Les objets importés à Haïti sont généralement
de qualité inférieure, et il semblerait que toutes
les industries européennes y déversent leurs *ros-
signols et laissés pour compte*. En outre, une foule
de contrefaçons sont introduites : le tabac de la
régie française est quelquefois manufacturé à Hambourg ; cette ville expédie également aux Haïtiens
d'énormes quantités de vins, liqueurs et conserves
portant les marques françaises. Dégustateurs mé-
diocres, les indigènes avalent tout sans sourciller.
Un journaliste avait émis l'idée de fonder un musée

commercial, où les négociants étrangers auraient
exposé leurs marques et échantillons ; la concurrence qui aurait été produite par cette exposition
et l'expérience que les Haïtiens auraient pu acquérir peu à peu par la comparaison des diverses marchandises, pouvaient amener d'excellents résultats ;
on fit dédaigneusement le silence autour de ce projet.

Dans le chiffre des importations, les États-Unis
figurent pour la moitié, l'Allemagne et la France
pour un huitième chacune, et l'Angleterre pour
une proportion un peu moindre ; mais il faut, en
donnant ces évaluations, ajouter qu'une assez
grande quantité de marchandises venant des États-
Unis n'en arrivent que par transit, et ont été ex-
pédiées de France ou d'Angleterre.

Par ordre d'importance, les articles d'exportation d'Haïti sont : le café, le campêche, le cacao,
le coton et l'acajou ; le miel, les cuirs, l'écaille, la
cire, les pistaches et écorces d'oranges ne donnent
lieu qu'à un trafic insignifiant. A Port-au-Prince, le
rhum vaut, suivant sa qualité, de 5 à 25 francs le
gallon (3 litres 72) ; le vin d'Europe de 3 à 400 francs
la barrique. Quelques négociants du Havre et de
Hambourg envoient régulièrement à leurs corres-
pondants les cours des marchés d'Europe. Mais ces
circulaires mettent trois semaines pour arriver à
destination, et ce long intervalle cause parfois de
graves pertes ou de gros bénéfices, également
inespérés, aux négociants exportateurs de café.

Les tarifs de douanes, constituant à peu près la totalité des revenus de l'État, sont élevés, établis sur des bases peu démocratiques, et sans proportionnalité logique : une barrique de 250 litres de bière paye un droit de 10 francs, et la bière en bouteilles paye 2 fr. 50 par douzaine; les bas de coton sont tarifés 2 fr. 50 la douzaine, et les bas de soie 3 francs seulement. La douzaine de chemises paye 20 francs; les eaux de toilette, dont s'imbibent littéralement les négresses, ne subissent qu'un droit de 5 centimes par flacon; les bottines payent 7 fr. 50 la paire; un gilet, 10 francs et une redingote 15 francs; un parapluie ou parasol, 3 francs; le riz, aliment favori des indigènes, ne paye heureusement que 7 francs les 100 livres; le sucre, qui, parti d'Haïti sous forme de sirop ou de sucre brut, revient raffiné, paye 0 fr. 15 la livre; le drap commun paye 1 fr. 50 l'aune, et le velours 0 fr. 40 seulement; le vin en barriques, 25 francs la pièce; en bouteilles, 2 fr. 50 la douzaine. Tels sont les droits sur les principaux objets d'importation.

Sont francs de droits à l'importation : les bœufs, chevaux, juments, porcs et dindons vivants, les espèces métalliques, graines de jardinage et livres classiques.

Sous le gouvernement de Soulouque, on prélevait, comme droits sur le café, le cinquième du poids. Aujourd'hui cette denrée supporte un tarif de près de 20 francs par 100 livres, droit exorbi-

8.

tant, et quelquefois plus élevé que le prix d'achat.
En outre de ces impôts, les marchandises acquit-
tent des droits de pesage et de wharfage ou de quai,
même lorsqu'elles ne séjournent pas sur le wharf.
A Saint-Marc, un lourd droit de wharfage est pré-
levé sur les marchandises, bien qu'il n'y ait ni wharf
ni même de projet de wharf!

Les poids et mesures usités à Haïti sont empruntés en partie aux anciennes mesures françaises :
l'unité de longueur est l'aune (1 mètre 188); celle
de poids, le quintal de 100 livres (1 livre = 489 gr.);
pour les mesures de capacité, on emploie le gallon
(3 litres 785) et pour les superficies le carreau
(12 274 mètres carrés). Les monnaies en circulation
sont des billets de la Banque nationale, de un et
deux gourdes (la gourde, étalon monétaire est une
piastre ou pièce de 5 francs; à Haïti, elle vaut no-
minalement, 5 fr. 33, mais à l'étranger, on ne la
compte que pour 3 fr. 60 environ). Les espèces métalliques sont : argent : pièces d'une gourde, de
cinquante centimes (le centime haïtien, comme celui
de la piastre et du dollar, est un centième de la
gourde, soit 0 fr. 05) de vingt, dix, et cinq centimes. Bronze : pièces de trois, deux, un, et un demi
centimes. Le maximum d'émission des monnaies de
bronze n'a jamais été fixé; pour les espèces en argent, on avait fixé le maximum à raison de 6 francs
par habitant; mais cette règle était illusoire, aucun
recensement n'ayant dénombré la population d'Haïti.

Les employés des douanes, indistinctement, sont, de tous les fonctionnaires haïtiens, les plus paresseux, les plus outrecuidants et les plus fripons. Je me souviens d'un parapluie que j'avais fait venir de Paris ; il devait supporter un droit de trois francs à la douane de Port-au-Prince ; j'eus à subir mille tribulations et à parcourir successivement toutes les administrations et tous les ministères avant d'avoir recueilli le nombre de signatures et de visas divers exigés pour le versement de ces trois francs ; chaque signataire m'extorquait de l'argent pour son noble parafe ; bref, lorsque je rentrais chez moi avec mon parapluie, il me revenait bien à soixante-quinze francs.

Payés par le gouvernement, les employés des douanes trouvent le moyen de décupler leur traitement grâce à un impudent système de gratifications forcées. Un navire vient prendre un chargement de café, les négociants font aussitôt transporter quatre ou cinq mille sacs au pesage ; mais les employés, qui devraient être présents le matin de huit heures à midi, et le soir de deux à cinq heures, arrivent à dix heures et demie et se retirent une heure après ; ils reviennent à trois heures et repartent à quatre heures ou quatre heures et demie, Le tiers du café apporté est pesé, et les négociants et le navire se voient obligés de payer des frais de dépôt et de port ; pour les éviter ils n'ont qu'une ressource : ils donnent trente ou quarante gourdes à l'employé, qui montre alors un certain zèle et vient aux heures réglementaires. A ceux qui réclament contre ces procédés cyniques, l'administration répond tranquillement : « Que nous importe ? le café, qu'il soit pesé en un ou cinq jours, partira tôt ou tard; et les droits rentreront toujours dans la caisse! »

Les fonctionnaires de la douane, lorsqu'ils ont affaire à un président faible ou occupé par une guerre civile, transforment quelquefois leurs établissements en un État indépendant et inabordable; en 1888, la moitié des directeurs de douane s'affranchissaient de tout contrôle, ne rendaient plus de comptes et faisaient disparaître une bonne partie des recettes. — Une fraude fut commise à Port-au-Prince : deux cents barils de farine et vingt et un colis divers sortirent de la douane sans avoir payé les droits. Ce fait était anodin et commun ; une dénonciation fut faite, et comme le public s'en occupait, le ministre se rendit à la douane pour vérifier les registres ; il était accompagné de l'inspecteur général des douanes ; un employé sagace fait tout à coup répandre le bruit que le dénonciateur n'était autre que cet inspecteur ; aussitôt, sous les yeux du ministre, tous les employés accablent d'invectives son malheureux compagnon qui, bousculé, détale, se jette dans une voiture et s'enfuit comme un voleur. Le ministre se retire tranquillement. Quelques jours après, il nomme une commission supérieure pour contrôler les opérations de la douane ; cette commission se présente à la douane: le directeur l'accueille brutalement, et lui interdit l'entrée des bureaux. Les commissaires se retirent tout penauds et donnent leur démission collective ; une seconde commission est nommée un mois après ; traitée comme la première, elle se soumet son tour, démissionne, et le ministre renonce à faire contrôler la douane.

Une quantité considérable de briques, tôles et autres matériaux, appartenant à l'État, avait été déposée dans la cour de la douane des Cayes. Les employés, grands et petits, s'approprièrent peu à peu ces marchandises : vendant une partie, donnant généreusement une autre, ils emportaient le reste chez eux. Ce fait parvint à la connaissance du ministre des finances qui réprimanda le directeur de la douane. Mais celui-ci se récria, et se plaignit qu'on eût osé dénigrer sa haute vertu. Cependant, le public continuant à s'occuper de cette affaire, on se décida à révoquer le directeur... d'une autre administration,

On pourrait supposer que les colis importés sont déposés dans les douanes ; ces édifices ont été construits, en effet, pour recevoir les marchandises ; mais, comme on ne les nettoie jamais, la paille, les planches et autres débris d'emballage ont peu à peu rempli toutes les salles, de sorte que les caisses et balles qui arrivent ne peuvent plus y entrer. Comme il n'existe ni hangars, ni entrepôts on dépose toutes les marchandises pêle-mêle sur la place qui est devant la douane. Ce système a pour résultat la détérioration d'une partie des marchandises, et la perte d'un certain nombre de colis qui, du reste, ne sont pas perdus pour tout le monde. En 1889, un vapeur allemand eut, près de Port-au-Prince, une collision avec un navire de guerre haïtien. Le bâtiment allemand, dont l'avant était enfoncé, avait de l'eau jusqu'à l'entrepont; on débarqua son chargement et on le mit sur la place de la douane; un pillage effréné commença aussitôt, en plein midi; la populace se précipita sur cette proie, et put en voler une grande partie avant que le ministre de l'intérieur et les commandants militaires de la ville fussent arrivés; ceux-ci durent se battre à coups de cocomacaque contre les pillards qui ne voulaient pas lâcher prise. Une certaine quantité de marchandises volées furent vendues à vil prix à des capitaines de navires ancrés sur la rade, et ceux-ci, tenant boutique à bord, les détaillèrent aux Port-au-Princiens qui se rendaient en foule à ces bazars flottants; les marchandises revinrent ainsi à terre et entrèrent peu à peu dans la ville sans payer un centime de droits.

La fraude, on le conçoit, doit se pratiquer sur une vaste échelle dans une semblable administration. Les employés eux-mêmes en sont les organisateurs, et partagent souvent, avec les négociants, le montant des droits, en faisant enlever secrète-

ment les marchandises. On a vu comment sont
reçues les commissions chargées de fourrer leur
nez dans ces antres suspects; l'une d'elles, il y a
un an, parut assez peu perspicace au directeur de
la douane, qui lui accorda l'entrée de l'établissement. En deux heures d'inspection, elle découvrit,
sur les déclarations soumises ce jour-là au contrôle,
des fraudes s'élevant à la somme respectable de
vingt mille francs : fureur des employés, et indignation du directeur qui, se repentant d'avoir ac-
cueilli ces traîtres, jura, mais un peu tard, qu'on
ne l'y prendrait plus.

Un traité conclu avec la Dominicanie oblige les
deux contractants à laisser passer en franchise certaines marchandises à travers leurs frontières. Les
Dominicains profitent de ce droit pour importer
gratuitement de grandes quantités de cafés haïtiens
qu'ils exportent ensuite à l'étranger.

Des navires américains, dont les équipages sont
peu scrupuleux, ne font aucune difficulté pour embarquer furtivement des cafés qui ont oublié de
passer à la douane. Un négociant fait transporter
ses cafés dans une ville située à dix lieues, et, de
là, les expédie en Europe : la localité qu'il habite
possède cependant port, navires et douane, mais il
a trouvé dans le port voisin des douaniers plus
accommodants que ceux du sien. Enfin, les employés des douanes ont pour la plupart des magasins en ville, et les approvisionnent à peu de

frais, soit avec des marchandises dérobées, soit avec des ballots qu'ils transportent chez eux sans acquitter de droits.

Malgré ces irrégularités qui, se répétant chaque jour dans toute la république, offrent la parfaite image du désordre organisé, ce sont les droits de douane qui constituent les revenus de l'État. Sur un budget de recettes de cinq millions quatre cent mille gourdes, les douanes figurent pour cinq millions cent mille gourdes, soit à peu près les dix-neuf vingtièmes. Ces cinq millions cent mille gourdes sont prélevés sur des marchandises dont la valeur est de douze millions cinq cent mille gourdes soit deux fois et demie seulement le montant des droits.

Les droits d'importation et d'exportation se payent en espèces haïtiennes sauf ceux qui sont établis sur le café, et qui doivent être payés en monnaie d'or américaine. Cette monnaie fait prime sur les gourdes d'Haïti, et, selon les variations du cours du café, et les événements politiques, cette prime monte jusqu'à soixante pour cent. Elle donne lieu à d'importantes opérations de change, et aussi à des trafics indescriptibles.

Lorsque le président et ses ministres ont mis le trésor à sec, ils recourent, pour le remplir, à des emprunts opérés les uns « sur place », c'est-à-dire dans le commerce haïtien, les autres, plus importants, à l'étranger. La France a le privilège d'être, sous ce rapport, particulièrement sympathique aux

Haïtiens qui ne redoutent pas la gêne, sachant qu'ils trouveront toujours quelques millions chez les capitalistes parisiens.

Les constitutions haïtiennes ont établi que non seulement les emprunts à l'étranger, mais encore ceux qui ont lieu sur place doivent être autorisés par des lois spéciales votées par les Chambres. Lorsque les présidents ont daigné faire voter leurs emprunts, le vote a eu lieu par acclamation, chaque député ou sénateur ayant à choisir entre un *calypso* ou don secret de cinq cents ou mille gourdes, et la disgrâce. Mais les gouvernements, jugeant que si les constitutions restent, les présidents passent et doivent s'enrichir en passant, laissent aux autres le soin d'observer les lois et opèrent d'eux-mêmes. Ils convoquent dans le cabinet présidentiel un groupe de négociants qui leur prêtent, à des taux usuraires, l'argent demandé. Sous Nissage Saget, un seul de ces emprunts illégaux s'éleva à huit cent mille piastres (4 millions); sous Salomon, ils furent fréquents, et un simple décret du président annonçait à sa bonne ville de Port-au-Prince qu'il venait, pour le plus grand bien de la nation, d'emprunter quatre cents ou cinq cent mille piastres aux commerçants. Légitime, à peine arrivé au pouvoir, fut obligé, pour subvenir aux frais de la guerre civile, de combler le vide pratiqué dans le trésor par le gouvernement pneumatique qui venait d'être balayé; deux

9

cent cinquante gourdes lui furent ainsi prêtées sans loi spéciale ; l'emprunt était remboursable à trois mois en or et à un pour cent par mois ; c'était environ quarante-cinq pour cent d'intérêts en raison de la prime de l'or sur le papier-monnaie.

En 1876, une loi créa une caisse d'amortissement destinée à payer les intérêts de la dette publique, et à rembourser graduellement les emprunts et indemnités dus par l'État. Pour alimenter cette caisse, on imposa une surtaxe de cinquante pour cent à l'importation, et une autre de vingt pour cent à l'exportation. Le produit de ces deux nouveaux tarifs ne prit pas souvent le chemin de ladite caisse, et fut si fréquemment détourné de son but que la caisse put être abolie sans que l'on s'en aperçût ; les deux surtaxes continuèrent néanmoins à être perçues : le président savait leur trouver un emploi.

Geffrard avait créé un papier-monnaie qui porta le nom de son inventeur. Ces billets de deux, trois et cinq gourdes, sans signatures, étaient distribués par le président à ses amis qui les mettaient en circulation.

Les ministres n'ont pas de grands frais d'imagination à faire pour obtenir des Chambres des crédits extraordinaires. Un « secrétaire d'État à la guerre » demande cinq cents ou six cent mille francs pour un objet indéterminé ; voulant expliquer l'utilité de ce crédit, il s'embrouille, s'embourbe

et ne peut arriver au bout d'une phrase commen-
cée, lorsqu'un député se lève et dit d'un air inspiré : « Collègues, une lumière s'est faite en moi !
faisons une loi de virement! » Et, pour avoir la
gloire de voter un virement, expression incomprise
des quatre cinquièmes des membres de la Chambre,
les bons « collègues » votent la somme demandée.

Le traité de 1838 stipulait qu'Haïti payerait une
indemnité de soixante millions de francs aux colons
dépossédés, et que cette indemnité serait complètement payée en 1867. En 1875, elle n'était réduite
que des trois quarts, après avoir passé par une
foule de vicissitudes. L'emprunt de soixante millions, opéré sous la présidence de Domingue, a donné
lieu, nous l'avons déjà dit, à des mécomptes et
scandales nombreux; de plus, il est souvent advenu
que le service de l'intérêt fut suspendu, pendant
les guerres civiles.

La corruption est générale dans le pays, et les
Haïtiens ne vivent plus que pour se battre les uns
contre les autres, et pour *jober*. Le dernier ministre des finances de Salomon a été, pendant ces
dernières années, le plus actif promoteur de cette
décomposition morale. Digne du titre de grand
corrupteur de la République, il achetait toutes
les consciences, et députés, sénateurs, conseillers
de la cour des comptes, sortant des séances où
ils avaient validé les concussions, passaient à la
caisse du ministère recevoir leur *calypso*. Ce mi-

nistre put ainsi détourner sept cent cinquante gourdes en 1886, cinq cent mille en 1887, etc. Chaque ministre étant calqué sur ce modèle, on ne peut s'étonner que, pendant quatre années, les fonctionnaires impayés aient été obligés de chercher des moyens d'existence ailleurs que dans leurs fonctions.

Le gouvernement de Salomon conclut, en 1880, avec un groupe de capitalistes français, un traité pour fonder une Banque *nationale* d'Haïti. Cet établissement a deux sièges, l'un à Paris, l'autre à Port-au-Prince, et des agences dans les chefs-lieux d'arrondissement haïtiens. Les droits civils d'Haïti ont été conférés à la Banque ; elle en a profité pour agioter dans tout le pays, ce qui ne l'empêche pas, dès qu'elle se sent inquiétée, de hisser le pavillon français, à la grande colère des Haïtiens qui n'admettent pas, et avec raison, que cette banque, personne morale, puisse jouir simultanément de deux nationalités. A Port-au-Prince, la Banque nationale a eu jusqu'ici trois directeurs successifs ; le premier avait fait de cet établissement un chaos inextricable ; le second la réduisit à l'état de simple comptoir de change ; sous l'administration du troisième, elle paraît prendre une certaine envergure, et cette transformation lui a procuré des bénéfices invraisemblables pendant les deux années qui viennent de s'écouler. Vers la fin du règne de Salomon, une commission d'examen fit un rapport écrasant sur la Banque; on s'empressa de le faire disparaître, et cette banque si peu « nationale » continua le cours de ses fructueuses opérations.

Nous avons vu, dans un précédent chapitre, qu'un négociant avait été accusé d'introduire de fausses gourdes dans des boîtes de « sardines à l'huile ». La contrefaçon, facile d'ailleurs, des billets de banque haïtiens est fréquente et ce crime n'est pas jugé aussi sévèrement qu'en Europe; en 1888, malgré le privilège que possède la Banque, les nordistes émirent une certaine quantité de gourdes payables dans les guichets de cet établissement; c'était un vol manifeste, et le directeur de la Banque déposa une vaine protestation à la légation de France. — En 1865, un certain Koch, absolument inconnu, put mettre en circulation des billets de deux gourdes, en qualité de « fermier de l'île à Vaches ». En 1887, une somme de trois cent mille piastres, soit quinze cent mille francs, en mandats ordonnancés et feuilles d'appointements déjà payés et périmés, fut remise en circulation; la Banque en fut déclarée responsable et dut liquider à ses frais cette triste affaire. Enfin, on voit communément des billets de banque, retirés de la circulation et remboursés en espèces, circuler à Port-au-Prince, nouveaux phénix, une heure après qu'on les a brûlés officiellement sur la place publique.

En 1887, Salomon comprit qu'il était temps de mettre un terme au non payement des fonctionnaires; les mécontentements que soulevait cette mesure inique, l'invasion de feuilles d'appointements, papiers sans valeur, que cet état de choses amenait dans le trésor, devenaient inquiétants. Le budget, administré avec ordre, pouvait amplement suffire à tous les besoins de l'État. Mais le président ne voulait pas cesser de consacrer les revenus publics à son usage particulier; il expédia le ministre des finances à Paris, avec tous les pouvoirs nécessaires pour se procurer, coûte que coûte, les moyens de payer les employés. Le « secrétaire d'État au département des finances » passa un contrat avec MM. Lehideux, président, et de Montferrand, secrétaire général du conseil d'administration de la Banque *nationale* d'Haïti. La Banque s'engageait à faire des avances de fonds au gouvernement, à neuf pour cent l'an, jusqu'à concurrence de trois cent mille gourdes. Chaque mois elle devait verser entre les mains du gouvernement deux cent quatre-vingt-trois mille trois cent trente-trois gourdes, montant des appointements mensuels des fonctionnaires de la république. En retour, elle était mise en possession de la totalité des droits d'importation, surtaxes comprises.

Ce traité fut conclu pour une durée de cinq ans, à dater du 1er octobre 1887. Le ministre haïtien revint à Port-au-Prince, reçut à son arrivée une ovation triomphale, et les journaux chantèrent à l'envi la fin de la misère publique. Mais, violé à tout moment par les deux parties, ce traité est exécuté avec la plus pitoyable négligence, de sorte que, la moitié du temps, les employés sont payés avec autant de régularité qu'auparavant.

La communication entre l'océan Atlantique et le Pacifique a de tout temps préoccupé les esprits, depuis qu'en 1528, Fernand Cortès publia une première étude sur cette question. Dès que la Compagnie française du canal de Panama eut été constituée, les Haïtiens s'agitèrent... en paroles; ils comprirent que quelques villes, Aquin, Jérémie, le Cap-Haïtien, par exemple, se trouvant sur les routes maritimes d'Europe, pourraient voir augmenter dans une certaine mesure le mouvement de leurs ports ; ce serait en effet une belle occasion de créer un port franc avec des dépôts de charbon pour ravitailler les steamers; Aquin, Le Cap, et même le môle Saint-Nicolas, le fameux Gibraltar du nouveau monde, seraient avantageusement placés pour ces dépôts. Salomon constitua une commission d'études, qui fut chargée de se rendre dans l'isthme de Panama pour apprécier les avantages que le canal pourrait valoir à Haïti. Les commissaires, dont on avait bourré le portefeuille de bonnes bancknotes, s'embarquèrent, accompagnés des vœux de la population; un mois après, ils étaient arrivés... l'un à Bruxelles, l'autre à Londres, un troisième en Algérie, celui-ci à Nice et celui-là à Hambourg. Les braves gens s'étaient offert un voyage d'agrément, comp-

tant recueillir dans les livres et brochures publiés
sur la question, tous les matériaux nécessaires
pour consigner dans un consciencieux rapport les
résultats de leur « voyage d'études à Panama ».

Dans un ouvrage comme celui-ci, il serait étrange
de traiter à fond la question du canal de Panama,
et je confesse en toute sincérité que je ne me sens
ni le courage ni les capacités nécessaires pour un
pareil travail. Cependant, ayant visité l'isthme, je
ne puis résister au désir, au devoir même, de donner mes impressions personnelles sur cette entreprise, le plus gros job de l'histoire.

Pour parler plus aisément du canal de Panama,
il convient de décrire sommairement la situation
de son rival, le canal de Nicaragua. A peine le
projet de Lesseps était-il émis, que surgit l'idée
d'une autre solution du percement de l'isthme. Une
société américaine se constitua, dans le but de
creuser concurremment au canal de Panama, un
autre canal à la hauteur du lac de Nicaragua. Je
n'ai pas à discuter les mobiles qui poussèrent les
Yankees, et je ne me soucie guère que le canal de
Nicaragua ait été entrepris par haine de l'Europe et
pour montrer que l'Amérique pouvait se passer
des ingénieurs français et voulait rester maîtresse
chez elle. Je raconte simplement ce qui a été fait,
et sur quelles données générales a été projeté ce canal. Après quelques démêlés, le Costa-Rica et le Nicaragua concédèrent à la compagnie américaine en-

viron cinq cent mille hectares de territoire pour
son canal. La compagnie versa dans le Trésor du
Nicaragua un cautionnement de cinq cent mille
francs, qui devait être acquis à ce gouvernement si
les travaux n'étaient pas commencés le 31 décembre
1889. A la suite de discussions passionnées, le
congrès de Washington accorda à la compagnie
l'autorisation d'émettre ses actions, et il déclara
que le gouvernement dégageait toute responsa-
bilité dans cette entreprise. La concession accordée
par le Nicaragua et le Costa-Rica est de quatre-
vingt-dix-neuf ans, et pourra être prolongée ; ces
deux États ont également concédé à la compagnie
tous privilèges de préemption d'immunités, d'impôts et redevances, et se sont engagés à aider et
protéger la compagnie pour l'exécution des travaux et l'exploitation de l'œuvre.

Le canal doit partir de San-Juan (Grey-Town)
pour aboutir à Brito. Sa longueur totale sera de
273 kilomètres, dont 46 seulement sont à construire, la navigation devant s'effectuer dans la rivière San-Juan sur un parcours de 104 kilomètres,
dans le lac de Nicaragua sur 91 kilomètres, et pour
le reste, dans les rivières Descado et Tola, cours
d'eau pouvant déjà porter de gros paquebots, et
dont la navigation sera encore facilitée par des
barrages. Le canal aura une largeur qui, du pla-
fond au niveau du plan d'eau, croîtra de 30 mètres
à 80 mètres en moyenne. La profondeur normale

9.

sera de 9^m,15, et les bâtiments pourront naviguer sur le lac et le San-Juan comme en pleine mer. Il n'y aura à creuser qu'une tranchée de rochers d'une longueur de 4800 mètres sur 4500 mètres de hauteur. Cette tranchée est évaluée à 60 millions, et la dépense totale du canal à 250 millions de francs. La compagnie a déjà une première mise de fonds de 250 millions ; ses émissions seront vite souscrites dans le pays des dollars, affligé d'une pléthore de métaux précieux. Le trafic minimum étant évalué à 450000 tonnes, doit donner, à raison de 12 fr. 40 par tonne, un revenu de 56 millions, suffisants pour payer, tous frais d'exploitation déduits, l'intérêt de 600 millions. On croit que ce trafic pourra graduellement s'élever au chiffre de 6 millions de tonnes, qui produiraient alors l'intérêt d'un milliard de francs. Enfin, on peut présumer que le climat est salubre, puisque, sur deux cents hommes qui y ont séjourné pendant sept mois pour établir les levés topographiques, on n'a constaté ni mort ni maladie grave.

Passons à Panama. Les données du projet ont suffisamment été incrustées dans les mémoires à coup de kracks, et les deux de Lesseps, pendant la tournée qu'ils ont accomplie en province comme des émules de Mangin ont assez ressassé les merveilles imaginaires de leur œuvre, pour que je puisse me dispenser de les rappeler ici. On sait que la Colombie a concédé à la compagnie française

500 000 hectares, ce qui déjà, dans ce pays fréquenté, devait donner de beaux bénéfices par la vente de lots de terrain, si l'on se souvient qu'à l'isthme de Suez, contrée déserte, les lots mis en vente ont été adjugé à raison de cent francs le mètre carré en moyenne. Le canal devait être achevé dans le courant de 1889; la tranchée de 75 kilomètres, attaquée sur trois points différents, devait être menée activement, même au point le plus pénible, à la Culebra. On évaluait le transit moyen à sept millions de tonnes, qui, à raison de 15 francs par tonne, donnait un revenu de 112 millions. Pourquoi, alors que les Américains, gens positifs, évaluaient ce transit à 4 millions et demi au début, et à 6 millions au maximum, pourquoi M. de Lesseps se croyait-il autorisé à affirmer que son canal situé sur le même isthme, à deux degrés de distance, aurait un transit moyen de 7 millions et demi de tonnes? Pourquoi basait-il ses évaluations sur le prix de 15 francs par tonne, tandis que le canal de Nicaragua ne devait percevoir que 12 fr. 50? Vérité en deçà du dixième parallèle, erreur au delà!

Dans le cas où le canal eût été achevé, de graves complications devaient être suscitées par les États-Unis. Déjà le sénat de Washington avait adopté la proposition césarienne du sénateur Edmunds, en vertu de laquelle les États-Unis déclaraient s'opposer à toute connexion entre un gouvernement européen et l'entreprise du canal de Panama. La

Colombie, qui dans cette affaire s'empressait de
tamiser les masses d'or qui affluaient au canal,
s'éleva contre la proposition Edmunds et manifesta
la crainte que, sous le prétexte de repousser l'im-
mixtion de l'Europe dans les Amériques, la doc-
trine de Monroë ne fût un piège destiné à étendre
la suprématie et finalement la domination des États-
Unis sur le nouveau monde. Les esprits étaient
vivement surexcités par les discours du colonel
Oates, et cet homme d'État laissait entrevoir que,
selon lui, une guerre étrangère, qu'elle eût lieu au
sujet de Nicaragua ou de Panama, ne serait que
profitable aux États-Unis, et serait un dérivatif
opportun aux rancunes mal apaisées, à l'amertume
des souvenirs que la guerre de 1860-1865 avait
laissés dans les cœurs. Et aux yeux de l'Amérique
entière, le résultat fatal de l'achèvement du canal
de Panama eût été la prochaine annexion de la
Colombie aux États-Unis, comme le canal de Suez,
accaparé par les Anglais, avait déjà procuré à ces
derniers la domination de l'Égypte et l'influence
prépondérante sur le continent africain.

Mais le canal est à peine ébauché, et il est permis
de dire que son achèvement paraît reculé à une
date indéterminée. Avant de résumer ici les accusations qui d'un bout à l'autre du canal sont unanimement formulées par les Français, je dois déclarer que je ne connais ni MM. de Lesseps, ni
aucun administrateur de la compagnie, je leur suis

complètement inconnu, je ne possède heureusement, ni actions ni obligations du canal, et puis répéter, sans être soupçonné de parti pris, les dures allégations que chacun a pu, comme moi, entendre de Colon à Gatun, Buhio, Tabernilla, San Pablo, Gorgona, Culebra et Panama.

La compagnie a reçu environ 1 500 millions. 250 seulement ont été dépensés en travaux utiles, de sorte que, pour figurer le travail exécuté, on peut dire que, comme une large bande, le canal a été tracé à un mètre de profondeur sur tout son parcours, et que le vrai travail, le creusement pénible, les tranchées difficiles sont à faire. A quel emploi ont été consacrés les 1 250 millions qui restaient ? En installations coûteuses et incommodes, en commandes inutiles et attribuées à la faveur et à l'amitié, et enfin à gorger les Colombiens et autres étrangers, voisins ou non du canal. Les principaux chefs de l'entreprise, Ferdinand et Charles de Lesseps, C..., B..., V..., D..., etc..., se sont fait construire, à Bas-Obispo et sur d'autres points, de princières demeures, des villas splendides, aménagées somptueusement, avec des dépendances royales, des salles de bains de cinquante et soixante mille francs. Pour le chemin de fer latéral au canal, on a fait venir un matériel colossal, que pourraient envier nos grandes compagnies. En outre, tandis que les Américains, construisant la ligne de Panama-Road, évitaient les obstacles, tournaient

les massifs de rochers, et allongaient leurs lignes
pour économiser les millions, les ingénieurs chargés du chemin de fer français, pouvant gaspiller
les millions, mettaient leur gloriole à chercher
les difficultés, à affronter les monts, les préci-
pices, et à se signaler par des travaux gigantesques et ruineux, destinés à les immortaliser.

L'or de la France achetait les wagons, machines,
rails et autres matériaux fabriqués à l'étranger, car
si M. de Lesseps daignait tirer des *bas de laine* français les épargnes longuement amassées, les économies, fruits d'années de labeur et de privations, il
ne jugeait pas les fabricants ses compatriotes dignes
de lui vendre les matériaux du canal, et s'adressait
aux Belges, aux Anglais, ne recourant à l'industrie
française que comme pis-aller. Cependant, quelques
exceptions furent faites, quelques entrepreneurs
français trouvèrent grâce devant leur *grand* con-
citoyen; à Colon, les ouvriers auxquels on parlait
de la tour du Champ de Mars répondaient, en langage réprouvé par l'Académie : « La tour Eiffel,
c'est les écluses du canal. »

Dans les établissements publics qui fourmillaient
le long du canal, on entendait les Français s'unir
en un concert de malédictions à l'adresse des admi-
nistrateurs; d'autre part, le nom seul de Lesseps
illuminait les faces des étrangers qu'avait attirés
ce fleuve d'or, et qui y barbottaient en toute liberté,
grassement payés, et ouvertement favorisés au

détriment de nos nationaux, auxquels on soldait comme à regret le chiffre strict de leurs appointements.

L'or semblait avoir afflué du monde entier à Colon; les agiotages scandaleux, les manœuvres inavouables, les fortunes subites et tarées étaient les menus faits quotidiens. Les Colombiens, enivrés d'or, auraient élevé des autels au Grand Français, et, janissaires fidèles, étaient admis familièrement et à toute heure dans le cabinet directorial, qu'ils ne quittaient jamais les mains vides. Lorsque la débâcle commença, bien des gens trouvèrent encore le moyen d'obtenir, par des menaces de révélations et de procès, des concessions partielles de main-d'œuvre, qu'ils allaient aussitôt vendre aux enchères à des entrepreneurs qui, grisés par des fortunes inespérées, achetaient comptant, pour cinquante, soixante et cent mille francs, ces concessions hectométriques et kilométriques.

Je ne répète que ce qui se disait partout, et ne rapporte que ce que j'ai vu et entendu; je ne saurais donc, n'ayant pris aucune part à cette entreprise, inventer des histoires fantaisistes; mais, vivrais-je deux fois plus longtemps que M. de Lesseps lui-même, je n'oublierai jamais la scène à laquelle j'assistai un jour dans un estaminet de Colon.

Je m'étais fait servir un déjeuner dans un coin écarté de la salle; comme tout voyageur curieux, j'étais tout yeux et tout oreilles. A quelques pas de

moi étaient attablés une douzaine de contremaîtres
et sous-chefs de travaux du canal. Leur langage,
bruyant amalgame de mots français, anglais, allemands et espagnols, dénotait leur origine étrangère,
et la physionomie et l'accent particuliers de chacun
d'eux indiquaient que j'avais sous les yeux une
collection de spécimens de toutes les races. Ils ar-
rosaient copieusement leur repas, tout en échan-
geant leurs opinions sur les faits divers de la veille
et les travaux du canal.

— Par Bolivar! s'écria tout à coup l'un d'eux,
un Colombien, en frappant sur sa sacoche arrondie,
señor Lessé esta very un grand homme! Y por
nosotros, il esta un grand Colombian, car il enri-
chit la Colombia!

— My dear, répliqua un Yankee avec un sourire
narquois, nous voir bientôt si Sir Lesseps il être
very well Colombian or for nós.

— Yes, by God, clama un autre Yankee de San
Francisco ou des environs, sir Lesseps tobe grand
Am'rican, et quand il aura termination du canal de
California, il être very grand citoyen of United States.

— Addentez un beu, Terteuffel! dit un Allemand;
Herr Lesseps est fenu foir notre genzelier, est che
grois qu'il veut berser le Jutland und les parres
de nos Haffs.

— Pou moi, déclara un Levantin avec conviction,
moussiou Lessé fera oun canal à Corinthi et
Pérékop.

— Aoh! dit sentencieusement un Anglais en lissant ses longs favoris, aoh! master Panuki, Sir de Lesseps déjà perfecty terminé canal of Suez, et le peuple H'inglais ami de ce grand gentleman; mais comment ferait-il tous vos canaux : Pénémé, Kéliforné, Jutland and others?

— *La France est riche!* répondirent tranquillement ses interlocuteurs.

Je me demandais si quelque Mandchou, Samoyède ou Kamschadale n'allait pas réclamer les bons offices du pourfendeur d'isthmes, quand tous les convives s'écrièrent avec un enthousiasme trop subit pour être sincère : « Oh Lesseps ! grand Français, grand Français! hourra for Lesseps ! » Et ils se tournaient vers un jeune Français qui entrait et paraissait être connu d'eux. Émacié et comme affaibli par une longue maladie, le nouvel arrivant semblait accablé; en entendant les cris de joie qui saluaient son entrée, il regarda tristement les criards, et, sans proférer un mot, se retourna et sortit de la salle, mais pas assez rapidement pour que je n'aie pu apercevoir une larme qui coulait sur sa joue pâle.

Intrigué au plus haut degré par cette scène aussi étrange que rapide, j'appelai un garçon, réglai ma note, et sortis du café. Mais je parcourus vainement le quartier et la ville entière, je ne pus retrouver mon compatriote.

Quelques semaines plus tard, je m'embarquais

à New-York sur un des merveilleux paquebots de
la Compagnie générale transatlantique, à destination du Havre. Quelle fut ma stupéfaction en me
trouvant, par un hasard extraordinaire, voisin de
table de ce jeune Français! « Cette fois, me dis-je,
j'aurai le mot de l'énigme! » Je liai conversation
avec mon inconnu, et quarante-huit heures après
nous étions devenus excellents amis. Mon compagnon était fort affable, mais toute sa personne res-
pirait la mélancolie. Au risque de paraître indiscret,
je lui dis un soir, en nous promenant sur le pont,
que j'avais assisté à la scène racontée plus haut, et
je lui confessai l'ardente curiosité, le vif intérêt
qu'il m'avait inspiré. Il me conta simplement son
histoire, en voici l'abrégé : Fils d'un officier supérieur, il avait un frère aîné et deux jeunes sœurs.
Le colonel D..., qui pour fortune n'avait que son
grade, fut emporté par une pneumonie un mois
après l'entrée de son fils aîné à l'École polytech-
nique. Sa veuve, vaillante et dévouée, se mit à
donner des leçons pour subvenir à son entretien
et à celui de ses filles qu'elle élevait elle-même.
L'aîné des fils continua ses études, mais on ne put
empêcher le plus jeune de les abandonner pour
prendre un emploi dans une banque : avec ses appointements, il aidait sa mère. Devenu ingénieur
des ponts et chaussées, l'aîné joignit son traitement au petit budget de la famille. Mais les deux
frères voulaient, en gagnant des dots pour leurs

sœurs, leur rendre la place qu'elles devaient tenir dans le monde. Ils furent mis en relations avec un des directeurs du canal de Panama; celui-ci fit briller à leurs yeux des chances de fortune, les profits énormes, et, séduits, ils signèrent chacun un engagement pour le canal. Je passe sur les douleurs de la famille lorsqu'il fallut se séparer. Arrivés à Colon, les deux jeunes gens furent employés aux bureaux; après six mois de séjour, on envoya l'aîné à quinze lieues de Colon; huit jours après son arrivée dans son nouveau poste, il fut enlevé par une fièvre pernicieuse, et son frère, accouru en toute hâte, n'arriva que pour lui élever une modeste tombe. Seul, désolé, le jeune employé resta à Colon, préparant peu à peu sa mère à la terrible nouvelle. Mais, malgré ces précautions, la malheureuse femme ne put supporter cette douleur, et s'affaiblit de jour en jour. Accablé de chagrin, mon jeune ami s'obstinait encore, espérant que les promesses qui lui avaient été faites se réaliseraient enfin. Mais on les avait oubliées, et, tandis qu'il voyait chaque jour sortir de la direction des étrangers triomphants et chargés d'affaires lucratives, son air triste déplaisait à ses chefs jouisseurs; le jour où je le vis entrer dans l'estaminet de Colon, il venait d'entendre son directeur dire à un Colombien, en le montrant : « Cette figure maussade commence à m'agacer! » On comprend maintenant l'impression que dut produire sur lui, après ces paroles, les cris de joie et les vivats avinés des convives aux sacoches pleines d'or. Il venait enfin d'obtenir son rapatriement avec trois mois d'appointements et un adieu bref et dédaigneux; il quittait l'isthme fatal, laissant derrière lui la tombe de son frère, ayant vu succomber en deux ans le cinquième des Français venus à Colon, et emportant l'amer sentiment de sa carrière brisée, de la gêne prochaine, de la maladie de sa mère, et aussi, le souvenir de tous ces étrangers avides que l'on avait engraissés des économies arrachées aux familles françaises par de frauduleuses promesses.

J'avais encore présentes à l'esprit, dans tous leurs détails, les observations que j'avais faites, et les scènes auxquelles j'avais assisté durant mon court séjour dans l'isthme. Le poignant récit de mon compagnon de voyage raviva subitement, et avec une nouvelle acuité, les impressions que j'avais ressenties. Pendant que, dans les splendides salons du paquebot, quelques passagers donnaient un concert au bénéfice d'un mousse dont le père avait été enlevé par une lame quelques semaines auparavant, je me réfugiai à l'arrière afin de donner un libre cours aux douloureuses réflexions qui assaillaient mon esprit; et, au milieu du ronflement de l'hélice, dont le remous sous les reflets de la lune, semblait se dérouler indéfiniment en un sillon argenté, je crois qu'à mon tour, sans m'en

apercevoir, je laissai couler de silencieuses larmes
de honte et de rage...

Il ne convient pas de médire des morts et je ne
parlerai plus de ce funeste canal qui est aujourd'hui
en pleine décomposition. Mais je puis exprimer
l'espoir que l'affaire de Panama servira de leçon
dans l'avenir. Que si l'épargne française a besoin
de débouchés nouveaux, au lieu de l'exposer im-
prudemment dans des entreprises hasardeuses, à
résultats vagues, à échéance lointaine, que n'imi-
tons-nous nos voisins les Anglais, Allemands, Italiens, Danois, Hollandais, Norvégiens, qui créent
à l'envi de nouvelles compagnies de navigation et
des sociétés commerciales, et, envoyant à travers
l'Océan les produits de leurs industries, rivalisent
d'activité, d'initiative, d'esprit d'invention pour
attirer à eux l'or et les denrées du nouveau monde
et de l'Asie. Aveuglés par les immenses ressources
de la France, nous nous confinons dans notre riche
pays ; mesurant les continents lointains et les contrées à peine connues à notre brillante civilisation,
nous ajoutons foi aux agioteurs qui, dans le but
de faire servir nos fortunes à satisfaire leur avidité
ou leurs vues ambitieuses, inventent des entreprises gigantesques, des expéditions tapageuses et
donquichottiques, destinées, selon eux, à tremper
l'humanité entière dans un nouveau baptême de
bien-être et de liberté. Nous confions nos richesses
à des mains avides, habiles à manier les millions,

et peu soucieuses des intérêts généraux de leur
patrie. Avec les quinze cent millions engloutis à
Panama, que de comptoirs, de compagnies indus-
trielles, d'expositions flottantes, et chez nous, que
de manufactures, d'usines, en un mot, que d'entreprises fructueuses et à terme proche pouvaient être
fondées! Méfions-nous des faux grands hommes,
et, petits nous-mêmes, tenons-nous à une respectueuse distance de ces géants. En agissant ainsi,
nous ne serons plus séduits par les trompeurs mi-
rages dont veulent nous éblouir les ambitieux et
les désastreux bienfaiteurs de l'humanité.

VI

L'ARMÉE HAÏTIENNE

O Piéride aux yeux pers, Clio, qui reçus de ta
vénérable mère Mnémosyne les dons enviés des
chantres des peuples, écoute favorablement les
prières d'un mortel perplexe; abandonne pour
quelques instants ton divin sommet cher aux fabricants d'huile, et que ton frère Phœbus Apollon,
automédon céleste, dirige un de ses rayons vers
Lutèce, joyau de Gaïa, et te conduise à la demeure
de ton obscur adorateur. L'Erynnie Influenza, soûle
de larmes, a rejoint dans le sombre Hadès les
mânes de ses innombrables victimes, et pourvu
que tu échanges ton blanc peplum de lin contre
une pelisse de Révillon, tu n'auras pas à subir les
âpres morsures de l'hiver séquanien. J'immolerai
pour toi le tendre volatile ténorisé suivant l'or-
thodoxe rite de la maîtrise Sixtine, et, ceignant ses
flancs virginaux de bandelettes de lard, je chargerai
ma vieille vestale culinaire de le rôtir en ton honneur. Je t'offrirai les prémisses d'une amphore de

Moët, et implorerai la permission de boire le reste
à ton impérissable gloire! L'agape achevée, nous
prendrons place auprès du poêle orné d'une faïence
ciselée par l'immortel artiste dont j'ignore le nom.
Alors, dépouillant ta gravité solennelle, ô inspira-
trice des chantres des nations, tu me dicteras des
accents dignes des héros que je glorifie! Que si tu
restes sourde à mes supplications, le calame d'acier
se desséchera entre mes doigts inertes, et, recu-
lant devant la phalange de généraux que je ne puis
affronter qu'avec ton secours, je n'aurai pas la sa-
crilège audace d'Ajax fils d'Oïlée; mais je fuirai
honteusement, m'écriant avec effroi, tel que le
grenadier de 1815 : « Ils sont trop! »

Le premier dimanche du mois a lui sur la capitale antiléenne; un silence recueilli succède pour
un jour aux bruits laborieux de la semaine; les
voies désertes ne sont animées que par quelques
animaux errants, ânes estropiés brayant lamenta-
blement au ciel embrasé, pourceaux qui, tels de
joyeux tritons sur les flots, lutinent gracieusement
et disparaissent tour à tour dans la poussière
pieusement respectée des édiles et sous les flaques
bourbeuses dont les sombres reflets reposent
agréablement l'œil fatigué par l'éblouissante lumière dont le soleil inonde la nature. Les élus de
la fortune sont allés respirer l'air plus frais des
mornes voisins, et leurs concitoyens moins favorisés de Plutus se livrent au repos réparateur,

nécessaire après six jours d'oisiveté acharnée!

Soudain, le silence est troublé par de sourds grondements venus du fond de la cité ; ils s'approchent, et l'on perçoit des roulements confus de caisses vides qui s'entrechoquent ; ils approchent encore, et l'on peut entendre une série de sons maigres et plaintifs, émis sur une même note, et qui les accompagnent faiblement. Un épais nuage de poussière s'élève devant cette musique étrange, et l'enveloppant comme d'un voile impénétrable, cache l'orchestre séraphique et mystérieux.

Cependant le peuple ouvre ses cases, et contemple la colonne de poussière ambulante ; elle débouche sur le champ de Mars, et, subitement diaphane, laisse enfin entrevoir les héros qu'elle protégeait contre les indiscrets regards des mortels. Saluez, peuples et pasteurs des peuples! Inclinez-vous, et ahuris par le spectacle, unique sur la terre, qui va se dérouler à vos yeux, confessez tous l'admiration béate qui va se glisser dans vos cœurs ! C'est la garnison de Port-au-Prince, l'élite de l'invincible légion haïtienne, de l'armée de dix-huit mille généraux et douze cents soldats, qui défile triomphale devant vos fronts courbés sous une religieuse terreur.

Plan... plan... plan... plan... plan... grondent six tambours à intervalles longs et inégaux; fui... fui... fui... fui... fui... répond scrupuleusement un fifre timide. Conduits par cette

belliqueuse fanfare, dix-sept héros suivent, nonchalants et incurieux de cette pacifique manifestation. Leurs glorieux visages respirent un mâle néant
intellectuel, propice aux combats atroces; leurs
têtes, qu'un crin abondant ceint d'un nimbe crépu,
sont ornées de coiffures variées, illustres débris
des guerres civiles, découvertes ardues dans des
bric-à-brac archaïques. L'un porte crânement
penché sur l'oreille un shako défoncé, seul reste
d'un artilleur du premier empire; l'autre méprisant
l'altière coiffure militaire, a le chef enfoncé sous
un large chapeau de paille, qu'un long et fidèle
service a, de blanc, rendu noir; un troisième,
Achille enflammé d'ardeur, est coiffé d'un antique
casque de pompiers; un quatrième arbore un képi
de garde nationale, dont la visière a pris une retraite
acquise dans de glorieuses luttes. Plusieurs, ennemis d'une vaine jactance, ont la tête entourée d'un
foulard rouge ou jaune, dont les cornes menacent
la voûte azurée. Leurs costumes, éloquents témoins
de la fragilité de la toile et du drap, sont l'imposant
assemblage de loques multicolores : celui-ci, fier
de ses muscles vigoureux, n'est vêtu que d'une
chemise et d'un pantalon; la chemise n'a qu'une
manche, et le col, que le temps destructeur a dé-
taché, retombe sur la poitrine en un jabot qui
n'est pas dépourvu de grâce ; le pantalon a souf-
fert, de nombreuses cicatrices l'attestent! Et, avide
de fouler sans intermédiaire le sol libre de sa

patrie, le héros va, les pieds nus, sur la poussière ardente. — Un autre, plus enclin aux ornements trompeurs, est accoutré d'une casaque trop courte et d'un pantalon trop long; l'une est veuve d'une basque et de tous ses boutons, l'autre a les deux extrémités artistement dentelées par l'usage; les pieds chaussés de pantoufles brodées d'arbres rouges et d'oiseaux verts, le guerrier va, salué sur son passage par les regards admiratifs de ses humbles contemporains. — Celui-là, héritier des gloires ancestrales, porte le bonnet à poil de son grand-père et la tunique de gala de son père, général en chef d'un poste militaire défendu par trois hommes, chers au cœur superbe de Mars! La tunique, emblème des hautes dignités, est affligée de plusieurs blessures dont les bords retombent douloureusement jusque sur les chevilles; le collet d'or, insigne du généralat, brille au cou du héros, et est encore rehaussé par deux galons de sergent, sardines épiques cousues sur les manches; le pantalon taillé dans un fin drap gris quadrillé selon la mode, flotte à droite sur une sandale, et à gauche sur une haute botte éculée. Et le guerrier va, insensible aux regards envieux des pékins, plèbe vulgaire. Son voisin a été affublé d'une écharpe de garde champêtre, ornement martial qui efface l'indignité de son costume civil en toile grise.

La plupart de ces intrépides défenseurs des lares haïtiens sont galonnés d'or et d'argent; selon que

la fortune a laissé tomber sur eux ses regards favorables, ou qu'elle a détourné sa vue de leurs
mérites dignes de son attention, ils portent plus ou
moins de galons et d'épaulettes; un lieutenant a
six galons, son colonel n'en a que deux; le grade
importe peu. O rare et touchante tolérance! O douce
consolation pour le subalterne!

L'armure de ces jeunes héros est un musée ré-
trospectif de l'art militaire; le premier porte un
rifle, arme redoutable aux tigres des jungles; le
deuxième est armé d'une escopette, vestige du
grand siècle; celui-ci porte un fusil de chasse à
tabatière; celui-là, un Lefaucheux léporicide; le
suivant, une carabine américaine à trente-cinq
coups. Nombreux sont ceux qui portent des sabres,
car ils sont officiers; quelques-uns, moins bien
partagés, n'ont qu'une baïonnette ou un grand
coutelas nommé manchette (*macheta*) arme nationale des Haïtiens; d'autres, farouches adeptes
d'Hercule, ont pour armes leur cocomacaque,
rejeton de la massue du dieu qu'asservit Omphale.

L'art triomphe en la variété que l'on admire dans
la manière dont ils portent leurs redoutables engins
de guerre. L'un met son fusil sur l'épaule droite,
l'autre le place sur l'épaule gauche, celui-ci porte
son rifle en bandoulière, celui-là tient sa carabine
au bout du bras allongé vers le sol; plusieurs, joi-
gnant l'élégance à la force, passent leur fusil derrière le cou, les deux mains retenant l'arme meur-

trière. Les sabres sont également portés de diverses façons : sur l'épaule, comme un fusil; pendants, comme une canne; où tenus des deux mains et battant les cuisses; ou bien encore, simplicité des temps héroïques, ils reposent dans leur fourreau.

Ils sont dix-sept, les vaillants! neuf officiers, mêlés fraternellement à leurs huit soldats; ces chefs et soldats valeureux vont par deux, par trois, par six, selon les sympathies qui animent leurs cœurs superbes. L'alignement, frein que ronge le courage, leur est inconnu, et ils vont confusément, bande magnanime !

Ils sont dix-sept, les braves! et, bien que la loi militaire fixe le nombre de cinq cents hommes par régiment, ils composent seuls, grâce à leur vaillance, un régiment de l'invincible légion. Les six tambours sont brisés et ne rendent que des résonnances rauques et voilées ; le fifre essoufflé fait jaillir de son instrument, en guise de notes, des jets de poussière. Qu'importe ! les huit soldats et les neuf officiers comptent cinq généraux dans leurs rangs, et ils ont deux drapeaux déchiquetés dans les glorieuses luttes civiles; et, sur la poudreuse et ardente savane, ils vont nonchalants, conduits par l'héroïque fanfare! Plan... plan... plan... plan... grondent les six tambours; fut... fut... fut... réplique le timide fifre.

Rrran... rrran... rrran... rataplan... rrran... grognent les cinq tambours crevés; ta la ra ta ra ta ta,

chantent les deux clairons vert-de-grisés jusqu'au pavillon. Le cuivre aigre et criard saigne les oreilles ;
un point d'orgue interminable domine chaque note
qui va descrescendo, et donne à « la Casquette du
père Bugeaud » l'allure d'un *De profundis*. Le régiment du génie militaire apparaît ; il offre la même
variété de costumes, d'armes et d'attitudes que le
précédent ; généraux et soldats, il compte trente-
deux hommes. Mais, comme signe distinctif, un
sapeur s'avance derrière la musique. Oh ! ce sapeur ;
un poème de Scarron illustré par Callot ! haut de
six pieds, surmonté d'un gigantesque bonnet à
poil, il a les jambes et pieds nus, et tient à la main
la hache de rigueur ; grâce au long manche dont
elle est munie, il peut s'en servir comme d'une
canne pour appuyer son himalayesque construc-
ture. Le régiment du génie militaire le suit et passe
endormi par la *complainte* de la « Casquette ».

Vivifi... vivifi... vivifi... vivifi... module le fifre
solitaire, suivi de la quinzième phalange noire, composée de vingt-deux hommes à la virile prestance.
Qu'ils sont nobles sous leurs bigarrures, ces héros
chers aux immortels ! L'un, guerrier illustre, est né
un soir à sept heures dix minutes ; à sept heures et
quart ses talents militaires l'avaient déjà élevé au
grade de général aux armées de la république ;
mais, trahi par l'inconstant destin, il n'a qu'un
fourreau de sabre pour armure, et traîne dans la
poussière ses pieds patriciens, à la plante racornie.

— Un autre, vétéran des luttes homériques, fut le
compagnon de l'immortel Soulouque ; aide de camp
de ce valeureux chef, il combattit sous ses yeux
les Dominicains impurs ; c'est devant lui que le
souverain, vexé de ce que la poudre, immergée
dans un torrent, fût ensuite rebelle à l'étincelle si-
liceuse, laissa tomber de ses lèvres dédaigneuses
cette sentence terrible : « Ces blancs nous trompent toujours ; ils nous vendent maintenant de la
poudre qui a déjà servi ! » Et le vétéran exalte l'in-
domptable ardeur des jeunes héros, en leur rappe-
lant que le Dieu des armées l'ayant abandonné, le
prince au cœur d'airain se retira majestueusement,
au pas de course. — Celui-ci, simple général de brigade, occupe ses doigts agiles, pendant les jours ouvrables, à coudre des sacs de café chez un négociant,
et vit des généreuses oboles qui tombent dans ses
mains belliqueuses ; aujourd'hui, jour de gloire, il
a endossé sa tunique bleue dont une large lacune est
comblée par un lambeau jeune adapté au moyen
de la ficelle dont il coud les sacs ; et il salue fièrement les citadins pâmés. — Celui-là cite son passé
glorieux : il fut chauffeur à bord d'un navire ; cette
fonction incandescente lui a valu le commandement
suprême d'un vaisseau de guerre haïtien ; mais le
redoutable bâtiment vient de sombrer sous les flots
amers, brisé par l'explosion de sa machine ; peut-
être le commandant n'avait-il été chauffeur qu'à
bord d'un navire à voile ?... Il est entré dans le quin-

zième régiment, et, armé d'un revolver, il se recueille pour l'avenir. Et, délaissant les bancs et
hamacs sur lesquels il monte une garde ronflante,
le quinzième régiment suit son fibre solitaire.
Vivifi... vivifi... vivifi... vivifi...

Zim! zim! zim! Poum!... Zim! Poum!... Poum! zim!
La musique du palais National accompagne les phalanges prétoriennes qui veillent sur les jours du
président. Soixante fils de Mars s'avancent pêle-
mêle; généraux pour la plupart, ces braves sont
confondus par l'égalité de grade en une horde bi-
garrée et somnolente. Quelques-uns, jeunes généraux espoir de la patrie, ont été incorporés à la
suite d'une escapade au lycée; d'autres, venant au
marché de la ville, ont été priés d'entrer dans les
rangs illustres de la légion, et s'y sont décidés sous
les pressantes instances des cocomacaques persua-
sifs. Car tel est le mode de recrutement, dédaigneux
de l'aveugle tirage au sort. — L'un des guerriers porte
sur son visage l'empreinte des noirs soucis, vau-
tours du cœur des héros ; il a égaré son brevet de
général, et, bien que, âgé de quarante ans, il ait
déjà quarante fois douze mois de généralat, il rede-
vient simple soldat, le brevet, signe indispensable
de l'honneur, ayant entraîné ses capacités militaires
dans sa perte à jamais déplorable. — Un autre,
vêtu d'un uniforme gris qui fut rouge, est armé
d'un sabre démesuré, arme d'un Titan, qu'il porte
suspendu à l'épaule par une bretelle de pantalon.

Les soixante prétoriens, conquérants des guenilles, de la terre, vont ainsi, Callots déambulants, à la suite des six virtuoses, charme cacophonique du palais National.

Derrière eux viennent deux régiments. Le chef de l'État, dont les profonds desseins exigent une armée nombreuse pour être exécutés, a chargé les lieutenants fidèles qui commandent aux arrondissements, de faire appel au patriotisme des habitants. Leur voix a été entendue, et les campagnards se sont empressés... de se cacher dans les mornes; mais, traqués par les sbires, ils ont été conduits au chef-lieu d'arrondissement, et hermétiquement incarcérés jusqu'à ce qu'un navire soit venu les prendre et les transporter à la capitale. Avec ces patriotes ardents, on a formé deux nouveaux régiments, les régiments des « volontaires ». Sous les habits ruraux qui cachent à demi leur nudité paradisiaque, ils avancent docilement, persuadés par l'éloquence de cocomacaque que déploient les généraux, orateurs puissants, qui les commandent. Saluons donc ces « hardis volontaires », surnommés *rasoirs* par leurs concitoyens en extase.

Les régiments continuent à défiler; ils se suivent et se ressemblent, et comme des hordes gitanes, ils somnolent derrière la musique languissante et lymphatique.

Brrou... brrou... brrou... brrou! La cavalerie arrive; sans souliers, inutiles accessoires de cavaliers indomptables, vêtus de lambeaux juxtaposés, armés d'instruments divers, les terribles centaures n'ont pas besoin de fanfare et suivent l'infanterie les naseaux aux reins. Ils ne sont que vingt-sept, les héros aux fougueux coursiers, mais, plus braves que cinq régiments, ils en forment six!

La garnison entière est enfin réunie sur le champ de Mars; chaque régiment prend position, et l'armée s'allonge sur les limites de la plaine qu'elle enceint, rempart imposant et terrible. Les généraux en chef placent leurs guerriers; quelquefois, Thersite au cœur ulcéré, un soldat traite son chef d'imbécile et, le repoussant dans le rang, prend le commandement de la troupe; mais ils sont tous des héros, et ces faits anodins ne peuvent attirer leur attention tout entière aux débits de tafia qui longent la plaine militaire. Lorsque ces trois cents hommes ont reçu leurs places respectives, ils rompent les rangs et se dispersent à travers les cafés en plein air, ne laissant sur la plaine déserte que les tambours, innocentes victimes d'un ingrat abandon.

Tout à coup, les rran et les plan roulent de tous côtés, appelant à leurs rangs les vaillants buveurs. Le général commandant la place arrive au galop. O Jupiter, maître des dieux et des hommes, qu'il est beau, ce chef de preux! Au milieu des sordides loques de ses soldats, élite de la terre, il caracole sur un superbe coursier, et étale aux regards un

costume éclatant et somptueux. Cet homme ne peut
être de la même race que ses guerriers effilochés!
D'où vient cette splendeur, ô Jupiter tonnant? Per-
mets à la Pythie, interprète sacrée de ton fils Apollon, de nous dévoiler ce mystère!

Soucieux du bien-être de ses soldats, ce héros généreux, désirant leur éviter les sueurs que des uniformes complets feraient ruisseler sur leurs corps
immaculés, garde par devers lui les sommes que lui
remet l'État pour l'habillement des troupes; et, dévouement sublime! il se sacrifie seul, et consacre
une partie de ces sommes à se faire confectionner
des uniformes magnifiques, employant le reste en
largesses à sa famille; mais, modeste à l'excès, il est
suivi de deux ordonnances en guenilles, qui essouf-
flent pour le suivre leurs montures efflanquées.

Il parcourt la plaine de son regard dominateur,
et, afin de faire constater à l'univers son autorité
et sa belle voix, il commande en galopant à tort et
à travers : « Poté amme! » Et l'armée remue lentement les fusils, en sens divers, l'un contre
l'épaule, l'autre à terre. La seule condition exigée
pour que le commandement soit exécuté, c'est que
les fusils, secoués *ad libitum*, produisent un certain
bruit de ferraille. « Amme ba ! » reprend le général
commandant. Et les fusils sont de nouveaux chan-
gés de position, appliqués contre la poitrine sous
les bras croisés, mis sur une épaule, etc., mais tous
retentissants. « Poté amme! » répète le général; et

les fusils s'agitent encore avec une sage lenteur.

Le général satisfait repart, brillant météore, suivi péniblement par ses ordonnances piteuses, et les soldats retournent aux débits de boissons. — Un moment après, les roulements recommencent; les régiments se reforment. Le général commandant en chef La Commune débouche sur le champ de Mars, suivi de trois ordonnances dont les haillons jurent avec son splendide uniforme.

Dieux immortels! Quelle riche parure, et qu'il est digne d'admiration, ce noble cavalier! Sa vertu, son désintéressement sont dignes d'être transmis à la postérité, car, non moins généreux que le commandant de place, il n'impose pas au soldat agile un équipement incommode et lourd: mais, conservant avec zèle l'argent qui lui est remis pour l'équipement de l'armée, il ne recule devant aucune dépense pour s'équiper lui-même, à la grande gratitude des soldats. Les sommes qui restent sont respectueusement employées par lui à payer des « équipes » d'ouvriers qui lui édifient de bonnes maisons de rapport. Peuples futurs, érigez des statues équestres en souvenir de cet illustre guerrier, protecteur de l'humanité contre les étoffes sudorifiques.

A son tour, il galope à travers la place, en faisant exécuter les plus bizarres évolutions aux carabines, par les mêmes commandements : « Poté amme! Amme ba! Poté amme! » A peine a-t-il tourné le dos que les guerriers reprennent le chemin des esta-

minets; dix minutes plus tard, les tambours tous-
sent de plus belle, les clairons glapissent, et le
général en chef commandant l'arrondissement fait
son entrée en scène, accompagné de quelques
généraux suivis d'une quinzaine d'ordonnances.
L'Olympe s'est-il charbonné la figure pour venir
caracoler sur la savane? Répondez, cieux et terre!
Et que les nations prosternées apprennent de vous
l'origine de cette cavalcade ignare mais étincelante.
Le chef de la troupe, général expérimenté, connaît
les défauts du soldat, et d'une main discrète et
ferme tout à la fois, sait appliquer le remède aux
maux qui corrompent les armées; la sobriété est,
selon lui, la clef de voûte de l'édifice militaire, le
gage certain des victoires immortelles; plus le soldat sera sobre, plus il sera redoutable! Et s'il peut
arriver à ne plus manger et à ne plus boire, il sera,
tel qu'Achille, capable de se battre un contre mille!
Donc le général, percevant du trésor public les
sommes qui sont affectées aux rations militaires,
en prélève les quatre cinquièmes, rationnant les
portions déjà congrues de ses illustres guerriers. Ce
système philanthropique d'amélioration militaire,
pratiqué avec un zèle au-dessus de tout éloge, for-
tifie rapidement les hommes dans l'art de la mendicité et des rapines, et les oblige à s'ingénier diver-
sement pour gagner leur pitance et leur tafia. Le
général, qui veut constater si l'affection que lui
portent ses hommes n'est pas centuplée par ces

sages mesures, a fait réunir, un matin, la garnison, et lui a annoncé qu'il allait donner sa démission. « Non, général, vous ne ferez pas cela! » clament tous les soldats. Ému, le chef déclare qu'il cède à leurs prières; quelques gallons de tafia arrosent cette scène patriarcale et le commandant d'arrondissement tond encore les rations. Quelle infatigable armée au jour des combats! Et malheur, trois fois malheur aux villes conquises! S'il y reste deux pierres l'une sur l'autre, que Jupiter me tonitruifie! — Les compagnons de ce généreux commandant ont amassé des tas de gourdes, grâce à leur dévouement, à leur abnégation, à leur zèle pour le bien-être des armées haïtiennes. Habituant les hommes à mépriser les biens de la terre, et à vivre demi-nus et affamés, ils ont ouvert des boutiques où leurs aristocratiques familles ont pu vendre au détail les rations données par l'État pour ses défenseurs. Quant aux deniers de l'armée, ils les ont consacrés à embellir la République de nombreuses et confortables demeures qu'ils louent à des prix excessivement respectables. Sapristi! mons Jupiter, ta foudre, telle que la poudre de Soulouque, est-elle figée dans ta main vengeresse?

La petite manœuvre d'usage est nécessaire à l'amour-propre du commandant d'arrondissement; il exécute un moulinet formidable avec son sabre, en criant : « Poté amme! Amme ba! Poté amme! » Et les fusils sont mollement agités par les héros rationnés.

Les rangs sont désertés encore une fois, mais enfin, un signal est donné; tous reviennent à leur place, et les tambours, fifres et clairons, roulant, sifflant et sonnant en un charivari déchaîné, se mêlent aux sons discordants de la musique présidentielle qui fourrage un allégro quelconque.

Le chef de l'État apparaît, l'uniforme bordé d'argent, et monté sur un magnifique coursier; au son des rran, fi, plan, zim, poum! il se découvre, et, le claque à la main, parcourt le front des troupes, suivi d'une innombrable multitude de généraux qui, se faisant accompagner par leurs ordonnances, galopent, enchevêtrés en une horde fantastique, macabre, aveuglante, ahurissante!

La terre en a frémi, l'air en est infecté!

Lorsqu'il a fait le tour du champ de Mars, le président se met au centre. Tous les généraux à cheval l'entourent, il leur adresse quelques paroles insipides, pour suivre le cérémonial usité, et donne le signal du défilé. Les régiments s'ébranlent lentement, s'écoulent mollement, sirupeuses phalanges; les rran et les fui deviennent de plus en plus rares; et, tandis que l'armée va reprendre son service de garde sur les bancs et hamacs aux macules suspectes, le maître parcourt les rues de la capitale, remorquant toujours la horde bariolée, et rentre enfin dans son palais, où il donne une audience solennelle aux différents corps de l'État.

VII

INSTRUCTION PUBLIQUE, RELIGION, MÉDECINE

Grotesque à la surface et sinistre au fond, le peuple haïtien, sous quelque face qu'on l'envisage, présente ce mélange de sauvagerie et de ridicule. Dans la vie privée, il est aussi pédant qu'en public; on trouverait difficilement à Haïti deux membres d'une même famille qui se tutoient: dans leur rage d'imiter servilement les usages de la haute société européenne, les Haïtiens n'emploient que le « vous », aussi bien entre camarades d'école qu'entre frères et sœurs, enfants et parents. Un citoyen de quinze ans écrit gravement à son père :

« J'ai reçu votre lettre du 28 expiré (!); l'amour d'un père est utile à son fils; de mon côté, c'est une attraction morale qui m'attire vers vous... »

Les éphèbes noirs sont élevés dans des lycées nationaux et des écoles primaires. L'enseignement est gratuit à tous les degrés; des écoles supérieures et secondaires de jeunes filles sont établies dans

les principales villes. Les enfants qui les fréquentent
sont les filles pauvres, car les familles qui ont quelques ressources envoient leurs enfants aux écoles
des sœurs de la Sagesse et des religieuses de Cluny ;
il en est de même pour les garçons, qui vont de
préférence aux écoles des frères de l'instruction
chrétienne. Ces religieux, n'étant payés par le gouvernement qu'en promesses, ont été obligés d'ouvrir des classes non gratuites, et, donnent, moyennant une modique rétribution, une instruction
primaire qui suffit largement aux jeunes généraux
qui veulent devenir ministres.

Les lycées nationaux ont la prétention de donner
à leurs élèves l'enseignement secondaire classique.
Les diverses classes suivies en France sont représentées dans ces établissements où l'on peut voir
des rhétoriciens sondant sans résultat les arcanes
de l'*Epitome historiæ sacræ*, et confondant dans
une même ignorance toutes les langues, mortes ou
vivantes.

Nous avons déjà vu les états de service d'un des
directeurs de lycées haïtiens. De même qu'ils nais-
sent généraux, ils sont savants en venant au monde ;
un jeune moricaud de dix-sept ans est nommé directeur du lycée de Port-au-Prince, parcourt rapidement la hiérarchie, arrive au ministère, et précipité
par une révolution, devient vagabond jusqu'à ce
qu'un retour de fortune le fasse remonter sur l'eau.
Un fait suffira pour donner une idée des capa-

cités directoriales : un journaliste ami du progrès ayant fulminé contre l'ignorance des fonctionnaires de l'instruction publique, on émit le projet de procéder par voie de concours au choix des directeurs de lycées ; quelques concurrents s'inscrivirent : l'épreuve devait être... une dictée orthographique.

Les directeurs, peu soucieux des beautés d'Homère et de Virgile, leur préfèrent les charmes plus palpables de leurs concitoyennes ; la plupart d'entre eux vivent en concubinage au lycée même, et se *placent* tour à tour avec les dulcinées de leur âme érotique, donnant aux élèves l'exemple édifiant du respect des vieilles traditions africaines.

De même que dans les autres administrations, le *job* est la plus importante occupation des directeurs de lycée ; ils se font allouer des sommes respectables pour achat de matériel et de livres classiques, et en dérobent les trois quarts. Chaque directeur a dans son lycée un certain nombre de pensionnaires boursiers, pour chacun desquels l'État lui donne cent francs par mois ; ces enfants sont nourris exclusivement de haricots rouges et de riz, et le directeur a un bénéfice de quatre-vingt-dix francs par mois sur chaque boursier ; le lycée de Port-au-Prince a soixante boursiers ; il arrive que pendant six mois les bourses sont vacantes, et qu'il n'y a que quinze ou vingt boursiers présents à l'établissement ; le directeur n'en perçoit pas moins le montant des soixante bourses. On ne doit donc pas s'étonner que les généraux de tout ordre, les fonctionnaires de toutes les administrations intriguent à l'envi pour obtenir ces postes lucratifs. Si le ministre veut faire procéder à une enquête sur l'administration d'un lycée, le directeur intimide les enquêteurs qui s'empressent de décliner l'honneur qui leur est accordé.

La rentrée des classes, après les vacances qui sont données tantôt en août, tantôt en décembre, n'est jamais fixée ; dans les lycées de province, les professeurs et élèves, épars dans les mornes et les villes de la côte, ne sont informés de la rentrée que deux mois après qu'elle a eu lieu. Une messe solennelle du Saint-Esprit est célébrée en présence de sept ou huit enfants et d'un ou deux de leurs maîtres, puis on se dit au revoir jusqu'au mois suivant : la rentrée est faite.

Le moindre prétexte suffit pour suspendre les cours ; non seulement les lycées et écoles sont désertés en temps de révolution, c'est-à-dire un an sur deux ; mais encore, une fête quelconque, une pluie qui survient font vaquer les classes pendant deux ou trois jours. Le manque de souliers est un terrible ennemi de l'exactitude des élèves et des professeurs ; ceux-ci viennent, du reste, quand bon leur semble ; souvent, sous le prétexte de service de garde militaire (ils sont généraux, cela va de soi), ils ne donnent signe de vie que le jour de l'émarge-

ment. Les directeurs se gardent bien de remédier
à cet état de choses : moins ils ont d'élèves présents, plus ils réalisent de profits sur le montant
des bourses. En cela comme pour le reste, ils
donnent l'exemple, et de temps à autre, ils mettent
la clef sous la porte et disparaissent pendant une
quinzaine de jours sans donner avis à qui que ce
soit.

. Il est facile de concevoir les résultats d'un tel
état de choses ; le désordre règne en maître dans
tous les lycées ; élèves et professeurs changent de
rôles : on lit sur les murs des affiches informant
que MM. Marc-Aurèle, Aristodème et Fabius, élèves
de troisième ou de rhétorique, donnent des leçons
de *science* à tant par semaine ; les bâtiments scolaires subissent aussi les conséquences de cette
administration vraiment *libre* ; les murs s'écroulent,
des cabinets installés sur pilotis, en mer, s'effon-
drent, entraînant au fond de l'onde salée un élève
qu'on sauve péniblement.

Chaque année, le ministre désigne deux ou trois
citoyens, avocats et épiciers, pour constater les
progrès réalisés pendant une laborieuse année
d'études ; ces examens donnent lieu à des scènes
désopilantes, les examinateurs, professeurs et
élèves, s'escrimant à qui mieux mieux en questions et réponses fantastiques. Dans un des lycées
de la République, un inspecteur des écoles procé-
dait en personne à l'examen annuel ; le professeur

de rhétorique était un Français, et l'inspecteur voulait lui inspirer une respectueuse admiration pour ses talents et son érudition : sous le prétexte d'interroger les élèves, il s'étendait en dissertations à perte de vue sur les lettres et les sciences, et abordait les questions qu'il posait lui-même avec une assurance d'autant plus grande qu'il l'avait puisée depuis huit jours dans des livres classiques compulsés avec ardeur. Lorsque l'examen arriva à l'enseignement du grec, il commença à parler d'Aristote, de Platon et de Démosthène, récitant la liste des ouvrages de ces auteurs avec un sang-froid imperturbable; le professeur français le laissait dire; il put enfin placer quelques interrogations grammaticales. Comme il faisait conjuguer à ses rhétoriciens le verbe actif *luô* (je délie) il demanda successivement les temps de l'indicatif et de l'impératif; arrivé au subjonctif, il fut interrompu par l'inspecteur qui questionna l'élève :

— Récitez-moi le plus-que-parfait du subjonctif!

L'élève reste coi, et regarde son professeur d'un air étonné; mais l'inspecteur voulant montrer son savoir universel, dit à l'élève :

— Allons! récitez : *lu... lu... lu...* ajoute-t-il pour indiquer au jeune homme la première syllabe du mot.

L'élève lui répond enfin :

— Inspecteur, il n'y a pas en grec de plus-que-parfait du subjonctif!

11.

L'inspecteur se retourne inquiet vers le professeur qui lui dit en souriant :

— C'est parfaitement exact.

Furieux, le haut fonctionnaire quitte la place, et laisse l'examen s'achever paisiblement

Les rhétoriciens ne sont pas tous aussi instruits que celui dont je viens de parler. J'ai entendu quelques-uns de ces grands élèves faire des réponses dans ce genre.

— Charlemagne n'est pas mort. L'Autriche est une île de la mer Caspienne.

Et l'un d'eux, auquel on demandait où est placée la colonne vertébrale, répondit :

— Dans le pied droit!...Non! dans le pied gauche, reprit-il vivement en voyant sourire les examinateurs.

Le personnel enseignant n'est guère plus lettré que les enfants qu'il doit instruire, et le gouvernement s'empresse de confier les classes supérieures aux jeunes gens de dix-sept ou dix-huit ans qui reviennent des écoles européennes, sur les bancs desquelles ils ont en général usé plus de fonds de culottes que de témoignages de satisfaction. Il suffira, pour éclairer le lecteur sur le degré moyen d'instruction des professeurs haïtiens, de copier cette lettre adressée par l'un d'eux à un collègue fortuné :

« Collègue, je suis pris au gênement, et mon opinion me dirige vers vous pour que vous me *prettiez* trois gourdes ».

Nous avons vu qu'un écrivain vantait les calculs scientifiques d'un savant indigène ; cet illustre astronome s'était en effet proposé d'étudier une éclipse de lune qui eut lieu en 1888. Mais comme un vulgaire carabinier, l'éclipse arriva deux heures en retard sur les prévisions du savant, qui se consola en publiant des explications insensées sur ce retard de notre inexact satellite.

L'enseignement dit primaire est plutôt primitif ; les religieux français dont j'ai déjà parlé ont ouvert plusieurs écoles, et rivalisent de dévouement pour élever la jeunesse haïtienne. Ces missionnaires, dignes de tous les respects, sont seuls à obtenir quelques résultats ; mais au prix de quels efforts, de combien d'ennuis, de déboires et d'affronts !

Au milieu et au-dessus de toutes ces écoles, qu'est donc le « secrétaire d'État à l'instruction publique » ? D'abord, il est général ; puis il a la confiance du président ; une bande de journalistes thuriféraires, entretenue à ses frais, célèbre ses exploits et ses *projets* de réformes ; enfin, il donne des bourses d'études pour Haïti et pour la France, des emplois à ses amis, et il a l'entreprise générale des *jobs* de son « département ». Ce n'est pas peu de chose ! Mais quant à ses capacités littéraires ou scientifiques, ne m'en demandez pas l'énumération ; lorsque par hasard, il sait lire et écrire, il a tout ce qui est nécessaire pour diriger son ministère. Un de ces ministres me disait un jour que son vénérable chef Salomon avait su donner au pays un crédit « cent fois plus supérieur qu'il y a quatre ans ». Et, selon lui, c'était l'essentiel.

En 1886, un ministre haïtien se concerta avec son cousin, directeur du lycée de Port-au-Prince, pour procurer à ce dernier un voyage d'agrément et faire un bon *job* par la même occasion. Il s'agissait de venir en France recruter dans l'université et l'enseignement libre un personnel enseignant pour les lycées haïtiens; et, afin que ce personnel pût donner aux jeunes nègres une instruction solide, sans être entravé par le manque de livres ou de matériel scolaire, le délégué était aussi chargé d'acheter une cargaison complète d'ouvrages classiques, d'appareils de physique et de chimie, d'instruments de musique pour former des fanfares scolaires, etc., etc. Disons tout de suite que le recrutement des professeurs n'était que le prétexte choisi par les deux cousins pour obtenir l'énorme crédit qui leur fut alloué pour l'achat de ce matériel. Après s'être reposé pendant quelques mois des fatigues de la traversée, le général directeur s'occupa de sa mission. Agréé par le président Grévy, autorisé par les ministres de l'instruction publique et de la guerre, il inséra quelques annonces dans les journaux parisiens. Les professeurs étaient alléchés par les plus brillantes promesses; en outre du traitement fixe que leur assurait le contrat qu'ils signaient, ils recevaient du délégué haïtien l'assu-

rance que des cours supplémentaires, des avantages
pécuniaires particuliers, des leçons nombreuses
leur donneraient le moyen de réaliser de rondelettes
économies pendant les cinq années de leur séjour
à Haïti. Les universitaires étaient favorisés tout
particulièrement, car le ministre de l'instruction
publique de Paris leur délivrait un congé illimité
avec traitement, de sorte que les années passées à
Haïti comptaient comme service fait en France, et
figuraient pour les droits à la retraite.

Arrivés à Haïti en mars 1887, les malheureux
professeurs virent toutes leurs espérances s'écrouler
en moins de vingt-quatre heures ; dès leur débar-
quement, ils eurent à lutter contre la mauvaise foi
du gouvernement haïtien qui prétendait les payer
en gourdes et non en espèces d'or françaises ou
des États-Unis. Quelques-uns furent retenus en
gage dans un hôtel pour des sommes dérisoires
dues à l'hôtelier par le gouvernement lui-même.
Alors qu'on leur avait promis qu'en qualité d'*étrangers* ils auraient des avantages accessoires à leur
traitement, les ministres de l'instruction publique
répondaient insolemment à leurs demandes qu'ils
n'étaient que des *étrangers* et que les augmentations
n'étaient pas faites pour cette catégorie de fonctionnaires. Traités en ennemis, en parias, ils subirent des
déboires et des tribulations inénarrables ; les journaux haïtiens emplissaient à l'envi leurs colonnes
d'articles haineux dans lesquels ces professeurs

étaient voués au mépris, à l'exécration et aux violences de la population. Payés irrégulièrement, et quelquefois impayés pendant deux et trois mois, ils ne trouvaient nulle part de protection contre les multiples violations de contrat dont le gouvernement se rendait coupable. Le directeur qui les avait amenés fut obligé de fuir non à cause d'eux, mais à cause de sa parenté avec son cousin le ministre, égorgeur impitoyable des ennemis de Salomon. Enfin, la plupart purent quitter ce funeste pays, ou obtenir des congés temporaires que le gouvernement transformait en renvois définitifs. Les autres ne purent partir, et ils sont encore là-bas, en but aux affronts de toute sorte, aux attaques et aux insultes de la République entière, liguée contre eux comme s'ils étaient atteints d'une lèpre contagieuse; et, en effet, ils ont apporté à Haïti une maladie inconnue des habitants : le savoir, l'expérience et l'exactitude, toutes choses envers lesquelles l'Haïtien professe une horreur héréditaire. Il est inconcevable que, malgré leurs réclamations réitérées, malgré les nombreux articles des journaux français qui ont pris leur défense, le gouvernement français ne soit pas intervenu énergiquement pour les arracher à la situation intolérable qui leur est faite depuis trois ans. Peut-être pourrons-nous discerner les causes de l'indifférence de notre gouvernement, en étudiant dans un prochain chapitre, les agissements des représentants de la France à Haïti.

La seule école professionnelle d'Haïti est une école de médecine. Pour être admis à en suivre les cours, les étudiants doivent être âgés de seize ans au moins, et produire un certificat de moralité. Ce sont là les seules capacités et études préliminaires exigées des futurs docteurs. Cinq ou six rebouteux nègres professent des cours dans cette école; les étudiants subissent un examen de fin d'études et, selon leurs protections plus ou moins puissantes, ces études durent deux, trois ou cinq ans. Les professeurs se réunissent, d'autres docteurs aussi éminents leur sont adjoints, et l'on procède aux examens. La plupart des matières sur lesquelles on interroge les candidats ne leur ont pas été enseignées; ils n'en reçoivent pas moins le diplôme de docteur, et il ne leur reste plus qu'à obtenir du président la licence d'exercer, licence indispensable et qui n'est accordée qu'aux amis. Le gouvernement alloue à chacun des étudiants une bourse ou *ration* hebdomadaire; mais il arrive fréquemment que le directeur de l'école détourne à son profit le montant des rations, malgré les doléances des étudiants.

Il y a à Haïti un certain nombre de docteurs et d'avocats pourvus de diplômes accordés par les facultés françaises; je sais bien que, sur ces diplômes, il est formellement stipulé que les impétrants ne pourront les utiliser qu'à Haïti. Il n'en est pas moins regrettable que de jeunes ignares puissent

arriver en leur pays, et faire preuve, sous le couvert de ces parchemins, d'une honteuse ignorance
que l'on s'empresse d'étendre à toutes les facultés
françaises. Qu'on leur accorde d'autres faveurs,
mais qu'on cesse de leur donner par complaisance
ces diplômes « bons pour Haïti », qui nuisent à la
bonne réputation de l'enseignement supérieur de
nos facultés.

Un petit nombre de médecins étrangers sont établis à Haïti, ils ont à passer sous les fourches cau-
dines d'un *grand jury médical central* qui ne ménage
pas les tribulations à ces intrus dont il redoute la
concurrence. Quelques charlatans viennent aussi,
de temps à autre, parcourir la République ; j'en ai
connu quatre, Mexicains d'origine, et réunis en association ; ils parcouraient les Antilles en vendant une
mixture de pétrole et de plâtre ; c'était, disaient-ils,
la panacée universelle, le « régénérateur de l'humanité », qui guérissait également la syphilis et
les cors aux pieds, les fièvres pernicieuses et la
colique. Le directeur de la troupe assurait, dans
des prospectus lyriques, avoir visité la « mayeur
partie de l'Amérique, et avoir guéri sur son passage
les maladies incurables les plus diverses, avec
la seule application de ses spécifiques indiens
végétaux ». J'ai préféré le croire que d'aller y
voir.

Les médecins haïtiens sont, pour la plupart phar-
maciens, et tout habitant peut ouvrir une pharmacie

sans études préparatoires. Le plus renommé des
médecins de Port-au-Prince est un grand nègre,
décoré de la Légion d'honneur, et qui, pour montrer
combien le gouvernement français a eu la main
heureuse en lui accordant cette distinction, fait
élever ses enfants dans le duché de Bade, en déclarant dédaigneusement que l'instruction et l'éducation que l'on reçoit en France sont insuffisantes.
— On amena un jour chez moi un Français qui
venait d'être assailli à coups de couteau; le juge
de paix arriva, accompagné du directeur de l'hôpital
haïtien; ce médecin en chef examina les cinq blessures de mon hôte, et prononça doctoralement qu'en
raison du nombre et de la gravité des blessures,
il n'hésitait pas à déclarer que ce cas d'*assassina-
tion*... lui paraissait... *nocturne*!!! — Pour clore cet
aperçu des médecins haïtiens, je dois conter une
aventure qui m'arriva pendant un séjour à Haïti.
J'étais souffrant depuis quelques jours; un excellent
général de ma connaissance soupçonna que l'on
m'avait fait absorber quelque poison lent; je vis
arriver, un matin, un grand diable de nègre, pieds
nus, débraillé, et à l'attitude pontificale; il était conduit par un petit domestique de mon ami le général.

— Le *géal*, me dit cet enfant, a annoncé à ce
monsieur que vous êtes malade *en pile* (beaucoup)
et l'envoie pour vous guérir.

Mon docteur était entré délibérément, et me regardait bien en face, avec un air protecteur qui

m'amusait. Il s'avance, et, me prenant la main, il la garde un instant, réfléchit, et me dit :

— Vous êtes malade!

Je lui réponds que je ne le suis plus.

— Oui, mais vous l'avez été! me réplique-t-il.

Je dus en convenir. Mon empirique m'expliqua alors que le général l'envoyait pour guérir tous mes maux.

— Je ne suis pas docteur, dit-il modestement; je sais tout, et rien ne me résiste.

Il parlait avec une assurance telle, que je fus aussitôt convaincu et me décidai à le consulter sur le malaise que j'éprouvais; il me montra sa cheville affreusement enflée, et me dit :

— Vous voyez cela; *eh bien, je sais ce que c'est!*
Et il me regardait, pour jouir de mon admiration.

— Qu'est-ce donc? lui demandais-je.

— Cela vient d'un coup, en tombant de cheval.

Je compris qu'il avait une bonne entorse, et lui parlai enfin de ma maladie; il m'interrogea gravement :

— D'où souffrez-vous?

. — De l'estomac.

— C'est bien cela; vous vomissez après vos repas?

— Oui.

— C'est bien cela; et aussitôt après avoir mangé, n'est-ce pas?

— Non, deux ou trois heures après.

— C'est bien ce que je disais.

Et mon homme s'enfonce dans le fauteuil que je lui avais offert, et prononce solennellement ces mots :

— Je sais ce que c'est : vous avez la bisquette tombée !

C'était dit d'un ton qui n'admettait pas d'observation. Me sentant incapable d'en faire, je lui dis :

— Diable, monsieur, c'est grave, ce que vous me dites là ! la bisquette tombée !

— Oui ! répondit-il.

Désireux cependant de connaître la nature de cette terrible chute de bisquette, je lui demandai encore :

— Monsieur, j'ai consulté les plus illustres docteurs pour savoir ce qu'était la bisquette tombée, aucun d'eux n'a pu me renseigner ; peut-être serai-je plus heureux avec vous?

— Parfaitement ! la bisquette tombée, c'est.... c'est votre maladie !

— Parbleu, monsieur, lui dis-je émerveillé, vous êtes vraiment un habile homme et je vous enverrai toutes les bisquettes.

Je me levai alors, et donnant deux ou trois gourdes à mon docteur, je le remerciai ; il me dit qu'il chargerait le général de préparer les remèdes qui devaient me guérir, daigna encore me serrer la main, et joignit à cette marque d'honneur cet adieu familier :

— Bon magasin, monsieur, bon magasin !

Ce bonjour ne m'étonna point, car, à Haïti, un magasin est la seule chose qui rende un homme heureux et respecté.

Le savant homme tourna les talons d'un air superbe, en demandant au petit garçon qui l'avait amené une sorte de liane qui lui servait de ceinture, et qu'il avait enlevée en arrivant, ne voulant pas se présenter ainsi ficelé devant un nouveau client. Et je restai rêveur, cherchant toujours ce que pouvait être la fameuse bisquette.

Jusqu'en 1860, le clergé catholique haïtien n'était composé que d'individus sans foi ni loi, *ordonnés* par eux-mêmes, aventuriers chassés de tous les continents et échoués sur cette île peu chrétienne. La célébration des offices ressemblait à la fameuse messe des sots du moyen âge, et lorsqu'on entrait chez ces étranges apôtres, ils vous présentaient une négresse : « Ma gouvernante... » et une demi-douzaine de jeunes néophytes : « *Nos* enfants ». En 1860, après de longues hésitations, la cour de Rome signa un concordat avec la république haïtienne ; cet acte créait un archevéché à Port-au-Prince, quatre évêchés dans les départements, garantissait aux prêtres français qui viendraient évangéliser la population un traitement de douze cents francs et la protection des autorités locales. Trois ans plus tard, un premier archevêque était installé à Port-au-Prince, et un séminaire se fondait en Bretagne pour alimenter le clergé haïtien. La mission des *pères* est un sacrifice de tous les instants ; ceux qui desservent les cinq ou six principales villes souffrent des fatigues meurtrières, chevauchant sans cesse à travers les bouges infects des faubourgs, parcourant chaque jour dix ou quinze lieues à travers les mornes, sous le soleil foudroyant, la poussière asphyxiante ou les pluies torrentielles. On peut cependant dire qu'ils sont favorisés, si l'on envisage l'existence des prêtres qui habitent les petites localités ; ces derniers, outre les fatigues habituelles, passent leur vie dans la famine, car, pour réconforter leurs corps habitués à la saine et fortifiante nourriture de l'Europe, ils ne trouvent que des bananes, du riz, du poisson fumé et quelques poulets. Il ne faut donc pas s'étonner si les prêtres français ne vivent en moyenne que quatre années à Haïti. malgré le climat relativement salubre. La certitude de succomber rapidement dans ce pays ne trouble nullement leur sérénité, et, *sans une seule exception*, ce n'est que chez eux que l'on trouve une hospitalité franche, gaie, un accueil honnête et vraiment français.

Le clergé d'Haïti éprouve de grandes difficultés dans sa mission apostolique. Tout d'abord, le pays est voué à un simulacre de franc-maçonnerie, dont les adeptes rivalisent d'odieux procédés à l'égard des prêtres. Détournée de son but humanitaire et social, la franc-maçonnerie haïtienne n'est qu'une association d'ivrognes, et ses exploits ne se comptent que par les pintes de rhum et de tafia qui sont ingurgitées. Les dissensions éclatent continuellement et les schismes se répètent chaque jour, les chefs voulant tous à la fois être les grands maîtres.

Cet obstacle n'est pas le plus grand qui rende difficile la tâche des missionnaires; il en est un autre contre lequel, en dépit de leurs efforts et de leur courage, ils ne peuvent lutter avec succès et qui obstruera toujours les voies de leur mission civilisatrice. J'arrive à la question qui a toujours eu le don d'exaspérer les Haïtiens, prodigues d'injures envers ceux qui ont l'audace de dévoiler leurs mœurs fétichistes. Mais, après bien d'autres écrivains, *infâmes détracteurs de la race noire*, je dirai nettement ce qui se passe dans la république des nègres.

Parmi les superstitions barbares et homicides qui ensanglantent l'intérieur de l'Afrique australe, l'une des plus répandues est celle qui fait du serpent le symbole de la divinité. Un savant haïtien, désireux d'assigner à sa religion une antique origine, a invoqué les peuples disparus, leur attribuant une aveugle adoration à l'égard du boa, qu'il nomme *boa constructor*. (Pourquoi pas boa... de construction?)

La *couleuvre*, nommé *houdó* par les Africains transportés à Saint-Domingue, est donc l'idole à laquelle sacrifient les Haïtiens, sectateurs de la reli-

gion nommée *vaudou*. Les forces de la nature, les
éléments bons et mauvais sont divinisés par ces
fétichistes sous le nom de *lois*. La loi est donc pour
eux synonyme de divinité. La couleuvre est enfer-
mée dans un tabernacle nommé *sobagui*, sorte de
cage qui est placée dans le temple, autel grossier
qu'ils nomment le *h'onfor*. Une multitude d'amu-
lettes, de pierres et d'objets façonnés sont doués
de vertus merveilleuses, et sont appelées ouangas,
ouaris et zémés. Cette religion a ses prêtres : les
uns nommés hougans ou *caprelatas*, vont à travers
le pays, portant les cheveux tressés en nattes
comme marque de leur caractère sacré, et débitent
aux indigènes toutes sortes de remèdes secrets, de
ouangas et de sortilèges pour les usages les plus
divers. Les autres, plus nombreux, sont les *papa-
lois* ou pères (prêtres) des lois (divinités). Ils sont
les chefs religieux des groupes de fidèles, et dirigent toutes les cérémonies du culte. Tour à tour
médecins et grands pontifes, ils sont les véritables
maîtres de l'esprit des populations et se nomment,
suivant les régions, papa-lois, bizangos, ouinbin-
dingues, etc.; ils vendent aussi des ouangas et des
points ou sortilèges. Leurs ouailles les redoutent à
juste titre, car la moindre désobéissance est suivie
de meurtre ou d'empoisonnement à bref délai.
Aussi, la terreur qu'ils inspirent leur donne-t-elle
un pouvoir occulte et illimité sur tout le territoire
haïtien. Ils sont aidés par une favorite, nommée

maman-loi, manbo ou houangan. Cette prêtresse
a pour fonctions l'organisation et la haute direction
des cérémonies du vaudou, dont le papa-loi est le
grand prêtre sacrificateur.

Une foule de coutumes superstitieuses sont
familières aux sectateurs du vaudou; certains
aliments frappés de *tabou*, comme chez quelques
peuplades polynésiennes, sont interdits à tous les
membres de telle ou telle famille. L'une ne doit pas
manger de melon, l'autre, de chevreau; celle-ci
d'aubergine; celle-là, de chair de tortue, etc., sous
peine d'être atteinte d'un virus morbide que ces
divers aliments renferment et inoculent à ceux-là
seuls auxquels il est interdit d'en manger. Les ju-
meaux, nommés *marassas*, sont des objets de véné-
ration publique, et leur naissance donne lieu à une
foule de cérémonies grotesques et sauvages.

Sous l'influence des sentiments féroces que leur
inspirent les lois et papa-lois, les sectateurs du
vaudou commettent les crimes les plus abominables pour satisfaire leurs passions ou même leurs
simples caprices. Grâce à la connaissance de sucs
végétaux, les uns foudroyants, les autres lentement
destructeurs, ils pratiquent les empoisonnements
les plus odieux; tel poison tue immédiatement la
victime; tel autre infiltre dans ses veines une lente
gangrène. On a vu des individus qui, sous l'action
de certains poisons, tombaient en une catalepsie
identique à la mort; on les enterrait, et plus tard,

on les retrouvait dans les mornes, employés à des travaux pénibles, et incapables de rébellion, le poison les ayant rendus fous. Il est arrivé que des *blancs*, décédés à Haïti, fussent déterrés par les nègres qui, leur brisant le crâne, en arrachaient la cervelle et la mangeaient, non par haine, mais, au contraire, pour acquérir l'intelligence du défunt. L'envoûtement se pratique fréquemment : le papa-loi façonne une grossière image de celui qu'il veut exécuter; il l'attache au temple ou H'onfor, et par divers maléfices absurdes et grassement payés, il *prend l'âme* de l'envoûté. Celui-ci ne s'en porte pas plus mal, et s'en tire à bon compte.

Les scènes horribles du vaudou ont lieu chaque nuit sur tous les points du territoire; malheur au profane, et surtout au blanc qui est surpris dans le voisinage du H'onfor : il est massacré sans pitié. La maman-loi a préparé la fête; à la nuitée, deux cents ou trois cents nègres et négresses se réunissent dans la clairière qui va être le théâtre de la cérémonie; les tambours sacrés, houn, hounter et houn-tor-gri, appellent les fidèles; en outre de ces trois tambours, on en apporte un immense, l'assautor, fait d'un gros tronc d'arbre, et couvert de la peau d'un papa-loi. Ces instruments sont accompagnés du néclésin, triangle en fer qui, battu, a la propriété d'évoquer les lois et les saints.

La cérémonie commence par une orgie de tafia; les danses se forment, accompagnées des tambours

et les danseurs hurlent le chant du Vaudou : « In-
terrogez le cimetière, il vous dira qui de nous ou
de la mort lui donne le plus grand nombre d'hôtes ! »
Et un chant étrange, incompréhensible :

> Eh! eh! bamba! heu!
> Canga bafio té
> Canga moune dé lé
> Canga do ki la
> Canga li!

La fureur alcoolique augmente rapidement;
hommes et femmes déchirent leurs vêtements, et
leurs corps noirs, éclairés par des torches fumeu-
ses, s'agitent frénétiquementcomme des ombres
infernales; le papa-loi saisit alors la victime dont
le sacrifice doit appeler sur les fidèles la bien-
veillance des lois; l'être humain, *chevreau sans
cornes*, selon l'expression consacrée, est quelquefois adulte, et plus souvent un enfant; hébété
d'avance par une boisson stupéfiante, il est enlevé
par le victimaire qui lui plonge son couteau dans
la gorge; le sang jaillit, il est recueilli dans un
vase sacré; puis l'horrible coupe fait le tour de
l'assistance qui la vide avec jouissance; quelquefois
la fureur frénétique est telle que plusieurs assistants
se précipitent sur la victime, déchirent ses membres
de leurs dents, et sucent avidement le sang qui
bouillonne hors des veines; le corps du supplicié
est ensuite disloqué, coupé, et cuit dans une mar-
mite spéciale; dans un autre récipient, bout du

maïs moulu; le hideux repas est distribué, le tafia
l'arrose, et la scène devient telle qu'il est impossible de la décrire, la langue française ne contenant
pas d'expressions pour peindre ces vertigineuses
fêtes. Le don Pedre, danse africaine spéciale à ces
cannibales, et dont le nom seul éveille de sinistres
lueurs et d'infernales pensées dans les yeux et le cœur
des Haïtiens; l'alcool, les miasmes humains qui
s'exhalent des corps, le tourbillonnement de tous ces
êtres féroces, animent les esprits d'un vertige indescriptible; insensibles aux blessures, les monstres
se balafrent le corps, plongent les mains dans le
maïs bouillant, tombent sur la tête de cinq ou six
pieds de hauteur, avec de sinistres hurlements de
joie; en même temps ils sont en proie à une épou-
vantable surexcitation sensuelle, et les accouple-
ments les plus horribles se répètent de tous côtés,
et la forêt devient le réceptacle de toutes les immondes jouissances de la brutalité animale. Cela
dure plusieurs heures, sans discontinuer un seul
instant, sans que les lugubres tambourins cessent
d'exciter de leurs sons hypnotisants ces corps épi-
leptiques, ces brutes inassouvies, dont les instincts
féroces, centuplés par la fièvre, semblent atteindre
une intensité surhumaine. Leur fureur atteint un
tel paroxysme que, lorsqu'ils célèbrent certains
services, fêtes qui durent jusqu'à dix-sept jours, ils
ne font plus cuire les victimes, mais les saisissent
vivantes, les déchirent et s'en arrachent les mor-

ceaux qu'ils dévorent encore palpitants. Lorsque
le jour arrive ils rentrent dans les cases voisines
et se reposent de la scène d'anthropophagie à laquelle ils viennent de prendre part.

On peut évaluer à quarante personnes le chiffre
quotidien des victimes du vaudou haïtien. Les Européens, toujours en éveil, gardent avec soin leurs
enfants, et, malgré leur surveillance, un certain
nombre d'enfants blancs ont disparu, victimes des
cannibales. L'aveuglement féroce qu'inspire ce culte
sanguinaire et ses prêtres sauvages, est tel, que
les femmes assistent la plupart du temps aux festins où l'on dévore leurs enfants, et vont jusqu'à
prendre leur part du hideux repas. J'ai connu,
d'autre part, une malheureuse négresse dont le
mari était mort parce que le papa-loi, comme hono-
raires de ses soins, exigeait d'avance qu'on lui don-
nât un enfant de sept ans ; le père y consentait volontiers, mais la mère avait refusé, s'était vaillament
défendue, et avait préféré perdre son mari que de livrer son fils aux cannibales.

Telle est la religion du vaudou, pratiquée par tous
les Haïtiens, quelle que soit leur situation de fortune ou leur degré d'instruction. Je doute que, sur
une population d'environ deux cent mille adultes, il y
ait mille indigènes arrivés à l'âge de quarante ans
sans avoir pris part à des scènes de cannibalisme. Et,
dans tous les cas, ce ne sont pas les membres de
la haute société qui s'en abstiennent ; à leur retour

d'Europe, où en sortant de cérémonies guindées, ils courent à ces saturnales, et se livrent au vaudou avec une fureur d'autant plus grande que leur situation les oblige en public à une réserve relative, contraire à leur naturel. Les fiers fonctionnaires, les hauts titulaires des administrations, les ministres et les présidents eux-mêmes sont, aussi bien que les portefaix, sectateurs fervents du culte africain ; une maman-loi arrêtée dit à ses gardiens : « Qu'on avertisse l'empereur Soulouque que s'il ne me fait pas *larguer* à l'instant, je bats mon tambourin, et l'oblige à venir s'agenouiller devant moi ! » Et on la relâche avec une respectueuse crainte. A la mort d'une parente du président Salomon, des scènes de vaudou furent célébrées dans divers quartiers de Port-au-Prince. Geffrard, Boisrond-Canal et Légitime sont les seuls chefs haïtiens qui aient eu une sincère horreur pour le cannibalisme. Soulouque donnait l'exemple de la ferveur, et, lorsqu'il entendait le sinistre tambourin, il délaissait la direction de son empire, arrêtait la marche de ses troupes, et accourait prendre part aux danses diaboliques et aux repas sauvages. Salomon prenait conseil des papa-lois, et leurs sortilèges absurdes, leurs prophéties malsaines et intéressées étaient trop souvent les motifs des mesures despotiques qu'il prenait contre ses sujets. Malgré les périls qu'encourent les imprudents qui, poussés par une curiosité irrésistible, essayent d'assister à ces horribles scènes, quelques-uns n'ont pas craint de s'exposer à servir de supplément au festin du vaudou, et sont parvenus à dérober aux Haïtiens le secret de leur fétichisme, secret qui est aussi le mobile réel, héréditaire, inné, de leur haine pour le progrès, la civilisation, le christianisme et le *blanc*.

Les Dominicains, voisins des Haïtiens, ont toujours repoussé de leur territoire le monstrueux vaudou; les prêtres français s'épuisent en continuels efforts pour déraciner le hideux fétichisme; les indigènes les laissent dire, écoutent leurs sermons d'un air doucereux, semblent parfaitement convaincus, et ne renoncent pas à un seul des rites du vaudou. Bien plus, un grand nombre de ces cannibales, hommes ou femmes, ne se font aucun scrupule de suivre les offices catholiques, de communier, d'assister aux cérémonies religieuses avec assiduité, et d'aller ensuite passer leurs nuits à célébrer la couleuvre. Les papa-lois font preuve de condescendance envers les prêtres qu'ils appellent leurs *collègues*; les chapelets et scapulaires que portent un grand nombre d'Haïtiens sont généralement achetés en gros par les émissaires des papalois, qui les débitent en détail, ajoutant à la bénédiction des prêtres les momeries et incantations du fétichisme. Officiellement, le vaudou est proscrit et pourchassé par le gouvernement; chaque jour on lit dans les journaux des réclamations contre

les sectateurs qui se livrent à leurs danses furieuses
et homicides dans les faubourgs et jusqu'aux portes
de la ville de Port-au-Prince. Mais ces vertueux gou-
vernants, ces pieux journalistes s'empressent, à
certains jours, de se rendre aux rendez-vous et à
l'appel des tambourins. Les Haïtiens savent fort
bien que si, en France et en Europe, il leur est aisé
de convaincre le public de leurs sentiments humains et civilisés, ils ne prennent même pas la
peine de prouver aux étrangers résidant à Haïti la
fausseté des assertions de ceux qui ont décrit leur
fétichisme ; la seule preuve indéniable consisterait
à faire assister les étrangers aux cérémonies du vaudou, cérémonies que les Haïtiens ne nient pas, mais
qu'ils affirment n'être souillées que du meurtre de
chevreaux. Or, *jamais* un Haïtien n'a consenti à
emmener avec lui un Européen aux clairières et
dans les jardins écartés où ses congénères célèbrent
leurs *lois*. Grâce au courage de quelques voyageurs,
grâce à la sagacité d'étrangers qui ont pu, en ras-
semblant patiemment tous les indices, tous les
documents qu'ils ont pu trouver, arriver à une connaissance approximative du culte du vaudou, et à
une certitude absolue du cannibalisme qui ensan-
glante ses cérémonies, il est enfin possible de donner quelques renseignements précis sur cette religion d'anthropophages. En brûlant des bougies en
l'honneur des mânes de leurs ancêtres africains,
les nègres d'Haïti n'accomplissent pas seulement un

rite respectueux, ils affirment aussi le maintien des traditions fétichistes et cannibales qui, à des milliers de lieues de distance sont un sinistre trait d'union entre eux et leurs frères du Dahomey et du centre de l'Afrique.

VIII

LA LITTÉRATURE ET LA PRESSE

Le peuple haïtien est mis au courant des grands
événements qui se passent dans la République par
un *Moniteur officiel*. Cet organe gouvernemental
est affecté à la publication des lois, décrets, circulaires, ordres du jour et comptes rendus parlemen-
taires. En réalité, il ne contient que les lois que le
président veut bien faire connaître, quelques passages des séances des Chambres, et surtout des
réclames commerciales et annonces de tout genre.
Ce n'est guère qu'un mois après une séance que le
public en connaît officiellement quelques incidents
sans intérêt.

Mais le gouvernement a toujours à sa solde un
certain nombre de journaux, les quatre cinquièmes
de ceux qui se publient à Port-au-Prince. La subvention qui leur est accordée n'est pas dissimulée,
et ils n'éprouvent aucun embarras à reconnaître
qu'ils ne peuvent se soutenir que grâce aux fonds
qui leur sont alloués par l'État. Ils encensent le

président et ses ministres, célèbrent leurs exploits,
défendent les mesures les plus iniques, et disparaissent tous subitement, dès que le président
tombe. Comme chaque crise présidentielle est occu-
pée par un intermède révolutionnaire, une multitude de feuilles de chou surgissent de tous côtés ;
· elles ont une existence éphémère, cherchent à se
trouver des protecteurs généreux, font paraître
deux, trois numéros, dix au maximum, et l'on n'en
entend plus parler. Leurs titres bruyants — *Foudre*,
Argus, *Fusion*, *Réforme* — leur ont attiré une douzaine de lecteurs, c'est un gros succès. Le journal le
plus en vogue à Port-au-Prince ayant, au lendemain
de la chute de Salomon, raconté les détails de cette
journée orageuse, son agent exultait en répétant à
qui voulait l'entendre qu'il avait vendu *trente* exem-
plaires de plus qu'il n'en écoulait chaque semaine
(les journaux haïtiens sont tous hebdomadaires).

Les polémiques les plus grotesques sont sans
cesse engagées entre ces journaux ; ils s'envoient
les uns aux autres les hontes de leurs rédacteurs,
et font de la *presse* un *pressoir* à scandale. Des
lettres signées d'hommes connus sont insérées,
et leurs véritables auteurs trouvent tout simple de
se contenter de reconnaître ces faux, quelques semaines après les avoir commis. Mais, en somme,
ils sont plus burlesques que dangereux ; sur les
manchettes et sous le titre, sont imprimées diverses
sentences tirées de Chateaubriand, Bastiat, Rous-

seau, et des rédacteurs eux-mêmes; convaincus de
la grandeur et de l'utilité des absurdités qu'ils publient, ils prétendent tout connaître, tout conseiller
et l'un d'eux écrivit des articles où il exprimait la
stupéfaction qu'il avait éprouvée en apprenant que
le président négligeait la lecture de son journal :
« Le président ne lit pas les journaux! » Les plus
grandes calamités menaçaient la République par
suite de ce manque de déférence à la presse indigène. La plupart de ces organes de l'opinion ne sont
remplis que de longues dissertations creuses, emphatiques, et affectant une majesté métaphysique.
« Pas de phrases, rien que des faits, tel est notre
programme! » s'écrie l'un d'eux en tête de son premier numéro ; et cette fière déclaration est suivie
de quatre pages d'élucubrations abstraites et inin-
telligibles. De temps à autre, un journaliste, entraîné
par la vanité et la suffisance au delà des limites de
la prudence, ose critiquer les actes du gouvernement : un *communiqué*, bien senti, lui est adressé
par l'autorité qui interdit en même temps, et secrètement, augérant et à l'imprimeur de lui continuer
leurs services. Le bouillant Aristarque disparaît,
et se garde bien de se plaindre.

Le plus populaire des journaux de Port-au-Prince
(il n'en paraît que trois ou quatre en temps ordinaire), celui qui est le plus en communauté d'idées
avec la population, est rédigé, dirigé, imprimé,
corrigé et distribué par un seul homme, qui est

encore consul général de l'autre république de
nègres, de Libéria, et propriétaire d'un bazar universel. Son journal est rempli pour un bon tiers,
par une multitude de réclames *pro domo suâ*; chaque
colonne contient quelques annonces relatives aux
produits variés dont il est l'agent dépositaire. A la
suite d'un article sur la politique, est une réclame
pour le Rob Lechaux dont il a un dépôt; plus loin
c'est un dépôt de librairie, puis de la bière, des
boutons de manchettes, des meubles, des képis de
généraux, des statues de saints et saintes, etc...
Ainsi émaillé, son journal est une image de son
bazar. Il conte à ses lecteurs ses petites mésaven-
tures de journaliste, de consul et de commerçant,
se plaint d'être obligé de chasser, à coups de revolver,
en pleine douane, les employés et autres pillards
qui prélèvent une dîme illégale sur des bouteilles
de bière : « Ils l'ont bue, s'écrie-t-il, et il me faudra
quand même payer les droits d'entrée ! » « J'ai été
malade cette semaine, le journal s'en ressent, »
dit-il modestement. Un autre jour : « Il a plu, les
typographes ne sont pas venus, de là les nombreuses coquilles d'imprimerie de ce numéro. » Il
s'écrit lui-même des lettres de félicitations, et se
prodigue les plus chauds éloges, les plus flatteurs
encouragements. Bref, il est mille fois plus amusant à lire que les insipides dissertations psychologiques de ses confrères.

Les journaux haïtiens, dont le plus grand format

est à peine égal à la moitié de celui de nos journaux, se vendent cinquante centimes le numéro; les abonnés reculent devant ce prix exorbitant auquel les journalistes vendent leur prose, et ils se font tirer longuement l'oreille pour payer l'abonnement; les agents de journaux en province gardent régulièrement les sommes qu'ils perçoivent, et les malheureux directeurs de ces feuilles s'épuisent vainement en appels de fonds.

« Nous allons augmenter notre format, dit l'un d'eux; mais pour cela il faut que nos agents de province se décident à nous envoyer l'argent des abonnements; car le journal ne peut vivre de l'air du temps. Dans ce pays il faut être subventionné, et avoir l'épine dorsale flexible, et, tonnerre d'un dieu! nous ne l'aurons jamais!... Honni soit qui mal y pense! »

La langue française est, je l'ai déjà dit, le langage officiel des Haïtiens, mais, en fait, ils n'emploient que le patois créole. Quatre expressions fondamentales suffisent pour tous les besoins de l'existence à Haïti, et leur connaissance donne la clef de toutes les conversations créoles :

Pas connai (ne pas connaître ou ne pas savoir);
Pas vlé (ne pas vouloir);
Pas gagné (ne pas avoir);
Pas capab (ne pas pouvoir).

Comme il n'existe dans l'idiome créole ni temps, ni modes, ni désinences personnelles, ces quatre

locutions, précédées des divers pronoms *moin* (moi),
ou (vous, on ne tutoie pas à Haïti), *li* et *yo* (lui et
eux), sont le fond de la langue.

Un certain nombre de chansons créoles sont familières aux habitants; elles sont presque toutes
consacrées à l'amour; voici une des meilleures :
une jeune fille vient trouver le consignataire d'un
vaisseau prêt à partir; son amoureux s'est embar-
qué pour la France, et elle voudrait le suivre :

> Bonjour, monsieur le Consignataire;
> Je viens pour vous adresser une *pétition*.
> Il me serait bien doux de partir...
> Les femmes de France sont trop intrigantes;
> Elles donnent leur cœur pour de l'argent!
> Mais nous autres Port-au-Princiennes,
> Nous donnons notre cœur par amitié.

Mais le consignataire repousse sa *pétition* et elle
se lamente :

> Adieu foulards! Adieu madras!
> Adieu grains d'or, adieu colliers chou !...

Des milliers de proverbes créoles (thermomètre
intellectuel des peuples, dit un écrivain haïtien)
sont usités par les indigènes qui peuvent faire de
longs discours, entretenir des discussions suivies,
en n'employant exclusivement que ces sentences
dont la plupart ne sont que la traduction libre des
proverbes étrangers, mais parmi lesquels quelques-unes sont très originales.

En voici quelques exemples :

Zafé mouton, pa zafé cabrite.

Les affaires des moutons ne regardent pas les chevreaux.

Chin gagné quatre pieds, li pa couri nan quatre chimins.

Le chien a quatre pieds, mais il ne court pas sur quatre chemins à la fois.

Lévite dra pa cui béf.

Une redingote de drap n'est pas du cuir de bœuf. (Les soldats surtout en savent quelque chose.)

Quand ravette fait danse, li pas jammain invité poule.

Quand les ravets dansent, ils n'invitent jamais de poule.

Toute pouésson mangé moune, cé requin seul qui poté blâme.

Tous les poissons mangent les hommes, c'est le requin seul qu'on en accuse.

Ou gagné soulié, ou palé béf mal !

Vous portez des souliers et vous dites du mal du bœuf !

Lor code nan pied poule, ravette fait li explication.

Lorsque la poule est attachée, le ravet s'explique avec elle.

Cé lor fontaine tarie ou connai ça d'lo vaut.

C'est lorsque la fontaine est tarie que vous connaissez la valeur de l'eau.

Bel enterrement pas paradis.

Jété blié, ramassé songé.

On oublie ce qu'on jette, on pense à ce qu'on ramasse.

L'agent cé l'esprit pou toute moune.

L'argent, c'est de l'esprit pour tout le monde.

Sac vide pa jammain rété douboute.

Un sac vide ne peut jamais se tenir debout.

Moune pauve pas capab malade.

L'homme pauvre ne peut pas être malade.

Vente plein dit patate la chaiche, grangou dit laissai moin ouai toujou.

Le ventre plein dit : cette patate est desséchée, le grand appétit dit : laissez-moi toujours la voir.

Villemain a dit que « le style de l'Haïtien ressemble à l'enflure de nos jeunes rhétoriciens ». Les Haïtiens en masse ont protesté contre cette opinion. Et moi donc ! Il est absolument impossible de mettre les compositions de nos rhétoriciens en parallèle avec les insanités débitées par les Haïtiens. Les jeunes Européens ont suivi sept ou huit années d'études sérieuses avant d'entrer en rhétorique; la forme de leurs dissertations est encore embarrassée, elle est même quelquefois prétentieuse; mais le fond est assez solide, ces jeunes gens ont déjà acquis une certaine instruction, ils expriment des idées qui peuvent n'être pas très justes, mais qui ne sont que très rarement grotesques; et on ne peut comparer leurs travaux à l'incohérente et vide prose des écrivains haïtiens, qui joignent à un défaut complet de bon sens une ignorance qui les ferait exclure de nos classes les plus élémentaires. Il serait puéril de disserter sur ce sujet; je préfère donner des extraits des divers genres littéraires cultivés par les Haïtiens; le lecteur y puisera une notion claire de la tournure générale de leur style, et cette lecture lui procurera quelques instants de gaieté, ce qui, pour lui et pour moi, sera un double avantage.

Un des usages les plus familiers aux chefs haïtiens est celui des proclamations, adressées au peuple, à l'armée et au pays : en temps de paix, ils n'en publient qu'une par jour; mais, pendant les révolutions, c'est une débauche d'ordres du jour et de proclamations, souvent inspirés des allocutions napoléoniennes; quelques-uns sont même la reproduction fidèle des discours militaires du premier empire; d'autres sont simplement absurdes : elles sont de pure fabrication indigène.

Deux ou trois régiments, c'est-à-dire trente ou quarante hommes, non plus revêtus des *uniformes* (?) de gala qu'ils arborent pour la grande revue mensuelle, mais à peine couverts de loques bigarrées, servent d'escorte au proclamateur; devant chaque établissement public ils s'arrêtent, et, au milieu de leurs conversations, cris et disputes, le proclamateur clame d'une voix tragique la lecture du message présidentiel. Cette scène est excessivement curieuse à voir; cette bande de moricauds sales, couverts de vermine, vêtus de haillons crasseux, armés de bâtons, de morceaux de fusils, bavarde, joue, court de tous côtés, tandis que le crieur officiel, à grands éclats de voix, débite la majestueuse prose du président ou des ministres, avec accompagnement de tambours, fifres et clairons :

« Légitime (ou tout autre président)... (Roulement de tambour, sonnerie de clairons, moulinet de sabres exécutés par les généraux de l'escorte.) « Adresse au peuple! Haïtiens! Grâce au Dieu des armées et aux courageux efforts de mes lieutenants...» Le publicateur déclame sans tenir compte de la ponctuation ou du sens des phrases; il s'arrête avec un éclat de voix superbe au milieu d'un mot, fait une pause, et reprend la fin du mot comme s'il commençait une phrase. La lecture terminée, il énumère les signatures : « Le président : Légitime! »(Roulement, sonnerie et moulinet de sabres.) « Par le président, le secrétaire d'État à la guerre et à la marine, X...! » (Simple roulement). « Le secrétaire d'État à l'intérieur, Y...! » (Roulement.) «Le secrétaire d'État aux relations extérieures,Z...!». L'un d'eux, dans le feu de la déclamation, lut un jour devant moi, en énumérant les ministres : « Le secrétaire d'État aux *révélations* extérieures! » Personne ne broncha dans l'auditoire, qui crut *que c'était arrivé.*

Les proclamations emphatiques de ces chefs sont précédées de titres pompeux :

LIBERTÉ OU LA MORT!

RÉPUBLIQUE HAÏTIENNE

> Quartier général, le 1er février 184...
> au XL de l'Indépendance, et 1er de
> la régénération.

« Charles Hérard aîné, chef d'exécution des volontés du peuple souverain, au commandant de la 1re division de l'armée populaire.

» Une révolution unique dans les annales du monde s'opère et va changer la face d'Haïti! (Il s'agissait de renverser un président). Secouant la poudre des champs, j'ai arboré la cocarde régénératrice... »

Ces fières paroles et cette cocarde n'empêchèrent pas Hérard d'être déchu pendant qu'il s'amusait à guerroyer contre les Dominicains.

Un général en chef, qui, sous le gouvernement de Légitime, tenait boutique avec les rations de ses soldats, et vendait aux ennemis munitions et capitulations, faisait régulièrement publier à Port-

au-Prince de magnifiques proclamations dans le
genre de celle-ci :

« Soldats!

» Je vous avais promis de vous conduire à la
victoire, et vos premières entreprises ont été fructueuses! Ayez donc foi dans la sagesse et l'expérience avec lesquelles je dirige vos pas. Bientôt, le
dieu des armées bénissant nos armes, le triomphe
complet ne tardera pas à couronner vos efforts,
car nous défendons une cause juste, une cause
sainte, celle des libertés publiques ! »

Huit jours après ce pompeux manifeste, ce vil
coquin pilla le trésor, se vendit à l'ennemi, essaya
pendant la nuit de renverser son président dans
une échauffourée et s'enfuit en Europe, à bout de
trahisons.

D'autres proclamations, aussi prétentieuses, sont
plus burlesques :

« Les deux armées se sont rencontrées; après
un terrible combat de deux heures, qui a coûté la
vie à un homme, nos troupes ont emporté d'assaut
le camp ennemi. »

Que le lecteur veuille bien croire que je copie
textuellement dans le *Moniteur officiel*; il pourrait
facilement supposer que je veux le mystifier.

Voici une autre proclamation :

« Aujourd'hui, s'élevant au sublime sentiment d'indépendance, les citoyens de Vallière viennent de pousser le cri de l'indissoluble fraternité! Les ennemis ont lancé contre nous toutes leurs forces ; la leçon a été terrible : trois tambours, un clairon et divers autres objets sont restés au pouvoir des forces du gouvernement. Honneur aux généraux A**, B**, C**, D**, etc... Honneur à... Honneur aux... etc. »

Toutes ces adresses pompeuses au peuple et à l'armée se terminent par des kyrielles de vivats que scandent un à un les tambours, fifres, clairons et moulinets de sabres : « Vive l'indépendance haïtienne! Vive l'union de la famille haïtienne! Vive la constitution! Vive la souveraineté du peuple! Vive l'unité nationale! etc. » Lorsque ces proclamations sont lues en séance par les chefs eux-mêmes on les accompagne bruyamment : « Musique et canon! » disent les journaux, après avoir cité les vivats.

Après les allocutions belliqueuses, citons quelques passages des oraisons funèbres. En voici une prononcée à la mort d'une petite fille de cinq ans :

« Mourir en pureté comme à ton âge, le dernier jour est le plus beau ; la fièvre n'a duré *sur* elle que cinq jours; elle était sympathique et promettait d'être une perle. »

13.

Pour une brave négresse qui tenait un débit de tafia :

« C'était la dame la plus travaillante du monde; elle était la meilleure liquoriste du pays; c'était une femme forte! »

Enfin pour un général quelconque, ce panégyrique dont la seconde partie est simplement exquise :

» X***, doué d'une solide instruction, est mort; il est à regretter qu'il ait cessé de vivre; notre pays, qui n'est pas riche en intelligences, perd un de ses enfants qui eût pu lui être utile. »

Les douze ou quinze gribouilleurs d'Haïti pourraient composer des boniments pour les charlatans des places publiques, et obtenir un certain succès; mais les vingt ou vingt-cinq ouvrages qui composent l'inventaire de la littérature haïtienne « depuis les temps les plus reculés jusqu'à nos jours », ne sont que des compilations sans ordre, sans méthode, des amas indigestes de notes et de plagiats, ou des suites de tirades emphatiques, dénuées de sens et dans lesquels la syntaxe, l'orthographe, la logique et la rhétorique sont impitoyablement martyrisées, à la plus grande gloire des auteurs, qui ne manquent jamais d'insérer leur portrait « placide et sympathique », dit l'un d'eux, en tête de

leurs collections d'insanités. En outre, ils ont la
manie assommante de citer à tout propos les phi-
losophes les plus abstraits, Herbert Spencer, Hégel,
Kant, les économistes les plus métaphysiques, et
d'encadrer des chapitres entiers de ces auteurs dans
la prose pédante du terroir, afin de montrer une
érudition et un esprit transcendants.

La poésie a quelques représentants à Haïti; plats,
sans rythme ni mesure, les vers de ces disciples
d'Orphée sont puérils et prétentieux comme leurs
auteurs. Je vais en donner quelques échantillons.

Dans le genre élégiaque d'abord :

> O muse solitaire,
> Quelle affreuse douleur
> Pour ton aimable mère
> Qui va mourir d'horreur!

Un autre veut prier sur « l'autel de son cœur
sans mélange ». Quelques-uns ont forgé des comé-
dies ou drames en vers; fades, languissants, étroits,
comme les cerveaux dont ils sont sortis, ces chefs-
d'œuvre dramatiques sont pour la plupart des pas-
tiches d'auteurs européens. Lorsque les écrivains
indigènes veulent abandonner l'imitation servile
de leurs modèles, et se hasardent à voler de leurs
propres ailes, c'est pour écrire des inepties dans
ce genre. Un personnage quitte la scène en disant
à ses interlocuteurs :

— Excusez, je vous prie.

Tous les autres lui répondent :

— Faites !

« Un grand nombre de mes ouvrages se sont perdus, écrit un auteur haïtien ; le drame de *Dessalines*, d'abord composé en prose, puis en grande partie versifié, est d'autant plus regrettable pour moi qu'il était tout à fait dans le genre moderne ; l'action se passait successivement aux Gonaïves, au Cap, aux Cayes, à Marchand et à Port-au-Prince ».

La critique littéraire a de nobles adeptes haïtiens ; mais on ne les comprend pas aisément. Voici une opinion sur le romantisme :

« Le romantisme est le seul genre raisonnable. Le père du classique, le vieil Homère, comme Ossian, n'était qu'un romantique. Tant pis pour les modernes qui l'ont copié servilement (en connaît-il beaucoup ?) au lieu de voler sur les traces du Dante, du Tasse, de Milton, de Shakespeare, de Corneille et de Molière ! »

Un pamphlétaire, qui se décerne le titre de Rochefort d'Haïti « car, dit-il, à l'esprit gaulois j'allie toutes les qualités de l'homme d'État », trouvait que tout était pour le mieux sous le règne de Salomon. Dès que ce chef fut tombé, il publia les pamphlets qu'il avait, dit-il, ciselés pendant ces années d'oppression et qu'il avait courageusement gardés en portefeuille pour les publier au jour de la régénération.

En voici quelques-uns :

> Oui, je le jappe et le beugle,
> Délaisser borgne cheval
> Pour prendre cheval aveugle,
> Vient d'un peuple qui voit mal !
> O sublime auteur des Psaumes !
> C'est bien le cas où nous sommes !

* * *

> Le cœur armé comme un preux sur la brèche,
> Préfère, ami, vivre honorablement
> De simples fruits ou de banane sèche
> Que de te voir perpétuellement
> Assujetti par la reconnaissance
> Au déshonneur de certaine puissance.

* * *

> Dans Port-au-Prince, gai la veille,
> Juste à l'équinoxe du mois
> De septembre quatre-vingt-trois,
> Grâce au vieillard qui pour nous veille,
> L'œil effrayé vit des exploits
> Qu'onc n'avait entendu l'oreille.

Quel Juvénal ! chaque mot emporte le morceau !

Dans un genre plus noble, je ne connais guère de poète haïtien et ne trouve à citer que ce passage d'un panégyrique en vers, prononcé dans un temple en l'honneur de l'abbé Grégoire, le célèbre conventionnel qui fut, on le sait, un ardent ami des noirs :

> Son âme s'envola en forme cylindrique,
> Pour se mêler à l'atmosphère phosphorique !

Je ne puis m'empêcher d'exprimer encore une fois la crainte que le lecteur croie à une mystification de ma part. Je ne mets aucun parti pris dans le choix de ces spécimens littéraires, je les recueille au hasard parmi ceux que j'ai pu me procurer, je les cite et copie scrupuleusement, et ils donnent bien l'exacte moyenne de la valeur et du ton habituel des auteurs haïtiens. Si le lecteur vient à lire quelques ouvrages haïtiens écrits avec bon sens et dans lesquels la langue française et l'orthographe soient respectées, il peut être assuré que ces écrits ont coûté une bonne somme d'argent à celui qui les a signés.

Si de la poésie nous abordons les prosateurs, nous retrouvons une phraséologie creuse, emphatique, boursouflée, des élucubrations phénoménales, que l'on ne peut croire sorties d'une cervelle humaine et saine.

Voici le style d'un journaliste reporter :

« Un pilote qui se trouvait dans un canot se jeta à l'eau pensant se sauver plus vite qu'en godillant; il a disparu. On suppose qu'un requin a pu l'entraîner, et *qu'ayant pris peur* en face d'un aussi farouche adversaire, *il n'a plus reparu* à la surface des eaux. »

Un docteur, maintenant! Comme on l'accuse de n'avoir pas reconnu que la fièvre jaune sévissait en rade, il écrit :

« Je suis médecin du port, j'ai fait mon devoir

et me pique de cet amour-propre; j'ai prodigué les malades des soins de l'art! »

Un magistrat en querelle avec le commandant de la commune publie cette riposte :

« Le commandant de la commune dit qu'il lui est tombé sous les yeux une note intempestive. A vrai dire, c'est un mot qui retombe sur ses antécédents et le suffoque par tant de vérités. Comment, vous osez parler de la théorie du temps passé; c'est hors de saison. Elle ne détruira, dites-vous, nullement votre patriotisme dont le courage est un fait acquis prouvé par le libre arbitre. O audace des hommes! En définitif, avouez que vous avez du *toupé*! vos entrailles ont dû être tressaillies. »

Un article de polémique :

« Si puissante qu'elle soit, je ne crains pas les attaques du journal *la Sentinelle*. Vous pâlissez... Je dépose la plume! »

Un autre :

« Vous voulez donc réduire la révolution à s'armer d'une plume de fer, à en aiguiser le tranchant et à en faire un rasoir? vous voulez donc la réduire à saisir un tison, à en embraser les colonnes des journaux et à vous écraser sous leurs feux croisés?

C'est affreusement méchant et d'une remarquable
infernalité ! »

Un autre :

« Je m'arrête, et désormais je ne répondrai que
le pistolet ou le sabre à la main, et déchirant le
voile de l'anonyme qui fut assez transparent, j'en
disperse les lambeaux dans les airs! »

Un autre encore :

« Encore une apparition en colonne! Encore une
charge que le journal va battre sous les doigts du
lecteur. Après le boulet qui frappa le monstrueux
article qui m'attaquait, je m'étais volontairement
replié, mais une impérieuse voix sortie d'en haut
m'ordonne de me reporter en avant pour brûler
ma dernière amorce. J'entre en matière. Le lendemain du soir que le 1er décembre s'élança de la
presse... »

Un biographe vexé écrit :

« C'est à vous, messieurs les grands écrivains
d'Haïti qui vous donnez les gants de nous inter-
préter notre passé que vous n'avez point vu. »

Voilà beaucoup de polémique! Elle tient en effet
la plus grande place dans la littérature d'Haïti; car
il faut toujours à l'Haïtien une marotte à laquelle
il puisse adresser des imprécations; incapable de

composer, même d'une façon médiocre, des ouvrages sérieux, didactiques, techniques, ce fougueux
amant de l'indépendance ne se complait que dans
les diatribes. Quand elles ne sont que grotesques,
passe encore ; mais il en est un grand nombre dont
je ne pourrais citer un passage sans que le lecteur
ferme le livre, de dégoût ; la plupart des écrivains
d'Haïti semblent en effet tremper leur plume dans
les flaques bourbeuses de leurs rues. Je préfère
amuser le lecteur, tout en l'éclairant sur les gens
de lettres *nègues.*

Voici quelques pensées et souvenirs d'un grand
homme haïtien :

« Toute assemblée sans frein est effrénée, a dit
un penseur ; cette proposition est inébranlable. —
Un mauvais ange, sinistre malfini, plane sur la
terre haïtienne, et y sème des graines empoison-
nées dont la germination doit produire l'ombre
de la mort. — Lorsqu'un peuple a subi toute
sorte d'épreuves tyranniques, son cœur devient
un œuf horrible que couve la haine et où ser-
pente la vengeance. — L'Haïtien qui vient de
France n'est souvent qu'un amphibie qui a le pied
sur le sable et l'autre dans la mer. — Haïti, sous
l'éperon de la dictature, ayant traversé hier les
plus sauvages horreurs, souffre aujourd'hui d'une
autre façon ; elle est doctoralement et froidement
législatyrisée. A force d'étude, de savoir et d'esprit,

au bon sens de nos pères avons-nous dit adieu ? Quittant le nom de Port-au-Prince pour le reprendre encore, Port-Républicain, cette capitale qu'un despote appela Port-aux-Crimes, veut-il désormais, en face du fantôme de la patrie, s'appeler Port-aux-Vices? Hélas! après nous être longtemps nourris de papier-monnaie et avoir réussi à vivre en dépit de la corruptocratie dégénérée en dilapidarchie, nous voyons à l'horizon poindre un nouveau malheur ! l'empruntomanie parlementaire, sinistre météore ou plutôt cyclone formidable, ayant pour auxiliaires le monstrueux agiotage et la mauvaise foi hideuse aux glissantes écailles, menace de submerger notre frêle nationalité! »

J'ai gardé pour la fin les délicats, les raffinés et les précieux. Voici la copie textuelle d'un spécimen de lettres déliquescentes adressées régulièrement par l'un d'eux aux journaux de Port-au-Prince :

« Au patriote X***, sénateur de la patrie haïtienne, phosphorescent et triangulaire vers le progrès, et à tous les patriotes apothéosés, enfin les tutti de la cité centrale majeure.

» Embaumé compatriote et coefficient politique, consanguinocrate et ami,

» L'alarme est tirée et le tocsin a sonné ; c'est donc l'invasion du regret. Je sens le besoin de vous raisonner le clairon du qui-vive qui doit être répercuté dans les vallons intimes de l'antiquité de l'amitié qui nous unit. Un mois s'est écoulé depuis que je roule dans l'abdomen de la cité souveraine, et dont, je vas flotter le Labarum du lever-pieds où je dois regagner mes pénates; je dois franchement remercier la quintessence de vos sentiments supramagnanimes à mon endroit; oui certes, vos applaudissements de sympathie m'ont jeté dans une jubilation des plus immensurées; en effet, vos accueils sont bien pectoraux à mon individualité. Inutile de vous remémorer que je pars, mais je suis empoisonné par le fiel du regret le plus amer. Si, Dieu aidant, je ne tarderai de nouveau pour vous sonner le clairon d'un prochain voyage d'ici, j'ai aussi à remercier les dames, les étoiles polaires, qui ont demandé à faire ma connaissance qui les a attiré comme l'aimant magnétique attire le fer. Je fis avec une transcendance d'esprit mon entrée en cette ville, foyer de toutes les intelligences nées; vous avez vu que toute la presse a fait des ovations à mon ·diosyncrasie embaumée de l'amour national. Je m'empresse de porter à votre connaissance les paroles que j'avais l'honneur d'adresser à Son Excellence le président de la République : « Président, » en me déménageant de mon précieux colis indi- » viduel rien que pour venir vous saluer, je n'ai » fait qu'accomplir un devoir en honneur chez toutes » les nations civilisées. Je suis imbu, président! » Les vicissitudes guerroyant contre l'existence du » chef de l'État emblème de la vieillesse comme

» vous; veuillez, je vous prie, président, présenter
» ma gratitude empressée à madame votre épouse,
» l'os de vos os, la chair de votre chair, cette étoile
» polaire qui n'a point de fixité dans l'horizon. Je
» dois retourner avec l'auréole de la gloire natio-
» nale; parce que, pendant mon circuit ici, je n'ai
» fait qu'être consubstantiel à tous les hommes
» apothéosés. »

Ouf !

Sans nul doute, la lecture de ces divers extraits
de la littérature haïtienne a provoqué chez le lecteur des étonnements, des sourires et même de
francs éclats de gaieté. J'ai, moi aussi, bien souvent
pouffé de rire en écoutant et en lisant les orateurs
et les écrivains d'Haïti. Mais je ne cache pas que ce
plaisir n'a eu qu'une courte durée; je me suis vite
lassé de ces continuels crocs-en-jambe donnés au
bon sens, à la prosodie et à la grammaire; je ne
puis donc dissimuler le soulagement et la vive satisfaction que j'éprouve à clore ici l'étude des mœurs
haïtiennes. Il me reste à dépeindre brièvement la
population exotique d'Haïti, à citer quelques incidents des relations internationales de cet État, et à
résumer les principales révolutions qui ont périodiquement troublé la République des nègres. Ce ne
sera pas la partie la moins instructive de cet ouvrage, et elle me permettra de me rapprocher peu
à peu du monde civilisé.

IX

LES RÉVOLUTIONS D'HAÏTI

En 1789, la colonie française de Saint-Domingue
avait acquis une prospérité extraordinaire, et était
justement appelée le Paradis des blancs, et la Perle
des Antilles. Sa population était divisée en quatre
classes : 1° les colons, maîtres des plantations, sei-
gneurs omnipotents ; 2° les *petits blancs*, européens
peu fortunés, artisans ou commerçants de détail ;
3° les affranchis, noirs et mulâtres libérés ; 4° les
esclaves, au nombre de près de six cent mille. Les
premiers symptômes du soulèvement des esclaves
se manifestèrent dès que les commencements de
la Révolution française furent connus des habitants
de Saint-Domingue. Quelques mulâtres formèrent
des complots, vite réprimés. Ces répressions ne
calmèrent pas l'effervescence des esprits, et, en
août 1791, une insurrection générale fut organisée
tant dans le Nord qu'à Port-au-Prince. Un premier
combat, livré entre les rebelles et l'armée coloniale,
se termina par la victoire de ceux-là, et fut suivi
d'un traité conclu entre les colons et les affranchis,

chefs de l'insurrection. Ce pacte précaire ne devait avoir qu'une existence très courte : les esclaves du Nord, après avoir célébré au fond des bois des cérémonies africaines au cours desquelles ils avaient juré d'obéir à leurs chefs, s'unirent sous le commandement d'un certain Jean-François, ancien esclave, qui, affublé d'un uniforme chamarré de galons, de broderies et de décorations, prit le titre de généralissime et *grand amiral* (ses volontaires se nommaient *suisses*). Le promoteur et l'instigateur de cette insurrection était Toussaint Louverture, esclave et cocher de l'habitation Bréda. L'incendie de l'habitation Noé, propriété de la famille de Noé, dont un des descendants fut le caricaturiste Cham, fut le signal du soulèvement; les plantations pillées, les maisons incendiées, les planteurs égorgés impitoyablement, tels furent les débuts de cette lutte qui, en cinq jours, transforma la plaine du Nord en un immense désert de ruines. La ville du Cap put repousser les insurgés; l'anarchie fut à son comble, et la Constituante envoya trois commissaires pour rétablir l'ordre dans la colonie; ils ne purent que constater leur impuissance : les noirs, enivrés par le pillage, le massacre et l'incendie, et fanatisés par les sauvages allocutions de leurs chefs et papa-lois, ne voulaient plus se soumettre, et, persuadés que les talismans les rendaient invulnérables, ils se précipitaient au-devant des boulets et des balles. Les commissaires se décidèrent à retourner en France pour éclairer le gouvernement sur la situation alarmante de notre colonie. L'Assemblée législative délégua une nouvelle commission, dans laquelle figurait Sonthonax, qui, par son attitude inqualifiable, parut favoriser les rebelles; il se sépara de ses collègues et cette mésintelligence fut fatale à l'autorité qui était nécessaire à la commission pour obtenir la soumission des esclaves. L'insurrection se propagea rapidement; de nombreux combats, peu meurtriers, inspirèrent aux noirs une confiance illimitée dans leur force; sur ces entrefaites, quelques-uns de leurs chefs se livrèrent aux Espagnols, et cette circonstance semblait devoir aider les commissaires dans leur œuvre de pacification, lorsque Sonthonax, à l'improviste, proclama, en août 1793, la liberté générale des noirs. Ses collègues furent obligés de suivre son exemple, et, à la fin de cette année, il n'y avait plus d'esclaves dans la colonie.

Pendant ces luttes et ces déchirements, les Anglais et les Espagnols, aidés de transfuges nègres, s'étaient emparés d'un grand nombre de ports de notre île; les Anglais purent même prendre possession de Port-au-Prince; la Convention, justement émue de la conduite des commissaires, les rappela en France par un décret d'accusation et, le 4 février 1794, elle abolit solennellement l'esclavage dans toutes les colonies françaises.

Le gouvernement espagnol, auquel Toussaint

Louverture s'était vendu, l'avait nommé colonel;
Toussaint déserta les rangs de l'armée espagnole,
et se mit au service du général Laveaux, qui dirigeait l'armée française à Saint-Domingue. Une
mutinerie ayant éclaté, Laveaux fut emprisonné,
et, sauvé par les bandes de Toussaint Louverture,
il nomma ce dernier général de brigade et en fit
son lieutenant. Peu de jours après, Sonthonax, qui
avait pu se disculper devant le Directoire, revint
à Port-au-Prince et éleva Toussaint au grade de
général de division. Une sanglante insurrection
dans le Sud, provoquée par la jalousie de Sonthonax
à l'égard d'un mulâtre très populaire, et qu'il voulait faire arrêter, fut signalée par un massacre général des blancs dans la ville des Cayes. A la suite
de cette affaire, Toussaint Louverture, qui aspirait
à être seul maître dans la colonie, se débarrassa
de Laveaux et de Sonthonax en les faisant élire
députés de Saint-Domingue à Paris, et les obligea
à s'embarquer pour la France.

Toussaint ne rompait pas avec le gouvernement
français; le Directoire avait confirmé sa nomina-
tion de général de division, et lui avait donné des
ordres pour chasser les Anglais de notre colonie;
il les combattit d'abord, puis se laissa séduire par
leur chef, le général Maitland, qui l'excitait secrètement à secouer la domination de la France. L'audace du général noir augmentait chaque jour, et
il marcha enfin sur le Cap; l'armée française qui

occupait cette ville, deux mille habitants ou fonctionnaires, la quittèrent et revinrent en France.

Un dernier sujet d'inquiétude s'opposait à la domination de Toussaint dans Saint-Domingue : il avait un rival dans son ancien lieutenant Rigaud ; celui-ci, très populaire, très puissant, était mulâtre, et Toussaint avait voué une haine implacable à cette classe de nègres ; il les accusa de trahison, et, dans une violente invective prononcée du haut de la chaire de l'église de Port-au-Prince, il les désigna à l'exécration de leurs frères noirs. La guerre éclata entre les deux chefs rivaux ; Rigaud remporta d'abord quelques succès ; Toussaint, furieux, fit massacrer indistinctement toute la population mulâtre du Cap, puis forma une armée considérable, écrasa la faible troupe de Rigaud, et lui enleva toutes les positions qu'il occupait dans le Sud. Traqué par ses ennemis, Rigaud put s'embarquer et se réfugier à Saint-Thomas, une des Antilles danoises.

Ce dernier succès fit de Toussaint Louverture le maître incontesté de la colonie ; il en profita pour envoyer à la mort tous ceux qu'il soupçonnait de sympathies envers Rigaud ; Dessalines, son fidèle lieutenant, fut le féroce exécuteur de ses sentences, et les villes du Sud furent impitoyablement dépeuplées. On estime à dix mille le nombre des victimes qu'il fit périr durant cette première guerre civile.

Arrogant, sauvage, ignorant, Toussaint fut

14

enivré par les victoires remportées sur ses rivaux ;
il mit en vigueur des règlements terribles, et les
noirs, devenus libres, subirent sous son gouvernement de tigre un joug plus dur, plus cruel que
celui qu'ils venaient de secouer. Son ambition ne
connaissait plus de bornes ; il fit arrêter le représentant de la France et l'embarqua après une longue
détention ; puis il somma la partie espagnole de
l'île de se soumettre à son pouvoir ; le gouverneur
de cette colonie ayant refusé d'obtempérer à cette
sommation, Toussaint marcha sur Santo-Domingo,
s'en empara, et établit, dès 1801, son autorité sur
l'île entière.

Cependant, le général noir se disait encore le
représentant de la France ; mais il se conduisait en
souverain indépendant, en autocrate dégagé de
toute sujétion. Il fit rédiger et promulguer une
constitution qui lui conférait le gouvernement à
vie, le droit de nommer son successeur et tous les
fonctionnaires de l'île. Conduits par le fouet, le
bâton et le pistolet, torturés et massacrés sur un
simple caprice de Toussaint, les nègres étaient
plus malheureux que pendant leur esclavage.

Le chef et ses lieutenants n'appliquaient qu'une
seule peine à toutes les infractions : la mort. Les
plantations semblaient renaître, les colons voyaient
avec une secrète joie la prospérité agricole que ce
régime de fer allait amener dans la colonie ; Toussaint affectait une dévotion scrupuleuse, une pru-

derie farouche, et chassait de ses réceptions les négresses qui y venaient décolletées. L'organisation, toute brutale, qu'il établissait avec une rigueur inouïe, et qui aurait infailliblement abouti à un soulèvement général contre sa tyrannie, fut interrompue par l'arrivée d'un corps expéditionnaire envoyé par Napoléon. Le premier consul, indigné de la trahison cauteleuse du chef noir, avait envoyé une flotte de quarante navires, et vingt-cinq mille hommes. L'expédition était dirigée par Leclerc, beau-frère de Bonaparte.

La première division de la flotte se présenta devant le Cap. Toussaint avait confié le commandement de cette ville au nègre Christophe; celui-ci, désespérant de lutter avec succès, mit le feu à sa propre maison, donnant ainsi le signal d'un incendie qui réduisit en cendres la ville entière. L'armée expéditionnaire, débarquée sur plusieurs points, put s'emparer de presque toutes les villes du littoral. Toussaint, accouru de Santo-Domingo, eut une entrevue avec un envoyé de Napoléon; il repoussa tout moyen de conciliation, et déclara son intention de combattre à outrance l'armée française. La lutte fut opiniâtre. Mais Leclerc, marchant de succès en succès, s'empara de toutes les villes de l'intérieur et des côtes, reçut la soumission d'un grand nombre de généraux de Toussaint, et remonta vers le Nord. Il mit le siège devant la formidable et inaccessible position du Morne de la

Crète à Pierrot; après trois semaines de combats et de bombardement, il s'en rendit maître, et cette suprème victoire décida le triomphe complet de l'expédition française ; Christophe, Dessalines et les autres lieutenants de Toussaint se rendirent au général français, et Toussaint lui-même vint enfin, en mai 1802, faire sa soumission et se démettre du pouvoir qu'il avait usurpé par d'astucieuses et cruelles manœuvres.

Notre colonie était enfin rentrée sous notre domination. Quelques semaines après la reddition de Toussaint, Leclerc fut informé que le chef noir préparait une nouvelle insurrection et s'enquérait des progrès de la fièvre jaune dans l'armée française. Le général Brunet, chargé de s'emparer de Toussaint, invita le rebelle à une entrevue, le fit appréhender, et ce triste promoteur de l'indépendance haïtienne fut transporté en France, et interné au fort de Joux, où il mourut après quelques mois de détention.

La pacification de l'île paraissait définitive; mais la fièvre jaune, cette alliée dont s'informait Toussaint, se déclara dans les rangs de notre armée; nos soldats, exténués par le climat, succombèrent par milliers sous les atteintes du terrible fléau; la famine se joignit à la fièvre jaune; la situation du corps expéditionnaire fut atroce; les vivants ne suffisaient plus à enterrer les morts; Leclerc fut lui-même emporté par le fléau, le 2 novembre 1803; Rochambeau, qui le remplaça, essaya, avec le petit nombre d'hommes valides qui lui restaient, de lutter contre l'insurrection des noirs, qui, enhardis par nos calamités, s'étaient soulevés en masse sous le commandement de Dessalines. Ce chef, digne successeur de Toussaint, réunit ses troupes au nombre de vingt-sept mille hommes, et s'empara du Cap ; écrasés par l'épidémie, réduits à une poignée d'hommes, hâves, exténués, les survivants de l'expédition française s'embarquèrent pour la France. La colonie de Saint Domingue était perdue pour nous.

Les Haïtiens, inspirés par une admiration et une reconnaissance aveugles envers Toussaint, n'ont gardé que le souvenir de ses trahisons envers la France, et ont célébré ses exploits ; ils s'accordent généralement à dire qu'il fut un des plus grands diplomates, un des plus savants capitaines de l'histoire ; qu'il avait lu dans les saintes Écritures que sa place était marquée dans le grand drame révolutionnaire, etc.

En somme, leur admiration se comprend, et ils obéissent au plus naturel et au plus louable des sentiments en glorifiant le premier auteur de leur indépendance.

Il est cruel de dire que leurs panégyriques les plus enthousiastes ont été dépassés en lyrisme par un Français. M. Schœlcher, qui semble oublier sa couleur et le nom de sa patrie dès qu'il s'agit des nègres, a proféré les plus grossiers outrages à l'adresse des

14.

colons français et du corps expéditionnaire envoyé
par Napoléon. Faussant de parti pris l'histoire de
cette lutte, il va jusqu'à prétendre que les Français
furent les agresseurs; mais, l'esclavage existant à
Haïti, contre qui aurait été dirigée l'agression des
Français ? M. Schœlcher, dans un enthousiasme
qui peut être complètement désintéressé, exalte
Toussaint Louverture, déclare qu'il fut pris pour
modèle par Napoléon Ier, et que le modèle fut infini-
ment plus grand et plus noble que son imitateur.
Ce sont là des puérilités; mais le cœur saigne, lorsqu'on entend, dans un dithyrambe éperdu, M. Schœlcher célébrer la fièvre jaune, déclarer avec volupté
que, sous l'étreinte du fléau, « les Français ne bou-
geaient plus! » et que le hideux vomito a accompli
une œuvre sainte « en se rangeant du côté du bon
droit » aidé des fatigues et de la famine. Les Haïtiens eux-mêmes, prodigues d'insultes envers les
vaincus de 1803, ont eu la pudeur de ne voir en la
fièvre jaune « qu'une puissante auxiliaire ». Les
allégations et les exécrables glorifications du pané-
gyriste de Toussaint ne demandent pas même à
être réfutées; le simple récit de cette guerre montre
suffisamment que Toussaint Louverture fut un vrai
chef de sauvages africains; qu'il trahit à plusieurs
reprises, tour à tour ses frères, ses alliés et ses
maîtres; qu'il n'usa du pouvoir qu'il avait acquis
que pour être le bourreau de ses congénères. Mais
ces faits, évidents, multiples, indéniables, n'em-

barrassent guère l'ami des noirs : le nègre est Dieu et Schœlcher est son prophète, — prophète mal inspiré, semble-t-il, car son Dieu n'est pas encore sorti des ténèbres de la barbarie africaine.

Les nègres de Saint-Domingue venaient de conquérir à la fois leur indépendance et une patrie. Le 1er janvier 1804, les chefs se réunirent aux Gonaïves, et, sous la présidence de Dessalines, ils proclamèrent la liberté des Haïtiens, et signèrent l'acte suivant :

LIBERTÉ OU LA MORT !

ACTE D'INDÉPENDANCE

ARMÉE INDIGÈNE

Gonaïves, le 1er janvier 1804,
Au 1er de l'Indépendance.

« Aujourd'hui, 1er janvier 1804, le général en chef de l'armée indigène, accompagné des généraux, chefs de l'armée, convoqués à l'effet de prendre les mesures qui doivent tendre au bonheur du pays ; après avoir fait connaître aux généraux assemblés ses véritables intentions d'assurer à jamais aux indigènes d'Haïti un gouvernement stable, objet de sa plus vive sollicitude : ce qu'il a fait par un discours qui tend à faire connaître aux puissances étrangères la résolution de rendre le pays indépendant, et de jouir d'une liberté consacrée par le sang du peuple de cette île ; et, après avoir recueilli les avis, a demandé que chacun des généraux assemblés prononçât le serment de renoncer à jamais à la France, de mourir plutôt que de vivre sous sa domination, et de combattre jusqu'au dernier soupir pour l'indépendance.

» Les généraux, pénétrés de ces principes sacrés, après avoir donné d'une voix unanime leur adhésion au projet bien manifesté d'indépendance, ont tous juré à la postérité, à l'univers entier, de renoncer à jamais à la France, et de mourir plutôt que de vivre sous sa domination.

» Fait aux Gonaïves. »

(Suivent les signatures.)

Le même jour, une décision de ces généraux éleva Dessalines au gouvernement général d'Haïti, et ces actes furent publiés avec pompe dans toutes les villes de la nouvelle République.

Depuis cette journée mémorable, Haïti a été gouvernée par dix-neuf chefs, dont un roi et deux empereurs. Voici leurs noms et les divers dénouements qu'ont eu leurs pouvoirs :

DESSALINES meurt assassiné.
CHRISTOPHE se suicide, traqué par ses ennemis.
PÉTION conserve le pouvoir jusqu'à sa mort.
RIGAUD se laisse mourir de faim.
BORGELLA est banni d'Haïti.

Boyer abdique et s'exile.

Hérard est déchu et banni.

Pierrot est déchu puis banni.

Guerrier meurt empoisonné.

Riché meurt empoisonné.

Soulouque est déchu et banni.

Geffrard est déchu et banni.

Salnave est fusillé.

Nissage Saget démissionne à la fin de la durée de son mandat.

Domingue est déchu, blessé et banni.

Septimus Rameau (son vice-président) est tué, et mutilé.

Boisrond abdique.

Salomon est déchu et obligé de s'exiler.

Légitime est renversé et s'exile.

Hippolyte le président actuel.

Ainsi, sur dix-neuf chefs, deux seulement, Pétion et Nissage Saget, ont échappé à la déchéance, à l'exil et à la mort violente. Je pourrais borner à cette triste constatation l'histoire des révolutions haïtiennes; elle en est en effet le tableau fidèle et explicite dans sa sommaire énumération. Néanmoins, avant de tracer le récit de la dernière révolution, je crois utile de citer quelques-uns des événements qui ont marqué cette longue traînée de crimes, d'incendies et de guerres civiles.

Dessalines, dès le mois de février 1804, décréta

la confiscation de tous les biens, meubles et immeubles, des colons; un second décret ordonna le
massacre de tous les Français, et le gouverneur
général parcourut l'île pour faire exécuter lui-même
cet ordre odieux. Il forma ensuite un ministère
dérisoire, dans lequel il appela quelques-uns de
ses lieutenants; la plupart ne savaient ni lire ni
écrire. Toutes les administrations furent également
livrées à des brutes cupides qui recevaient cet
unique mot d'ordre : « Plumez la poule, mais prenez garde qu'elle ne crie. »

Le titre de gouverneur général ne suffisait plus
à l'ambition de Dessalines; il chargea ses aides de
camp de se rendre dans chaque arrondissement, et
d'intimer aux généraux l'ordre de signer un acte qui
lui déférait le titre d'empereur d'Haïti; la cérémonie du sacre eut lieu le 8 octobre 1804. Comme
ses officiers le priaient de créer une noblesse, il
répondit, fier et farouche : « Je suis le seul noble
en Haïti! ». La partie de l'Est était encore gouvernée par le général français Ferrand; Dessalines
marcha contre ces dissidents, arriva jusqu'à Santo-
Domingo, mais fut obligé de lever le siège et d'abandonner l'expédition. Il se consola de cet échec
en faisant rédiger par ses secrétaires une superbe
constitution impériale, suivie d'une série de lois
organiques.

Le peuple était maintenu sous un régime barbare. Le tyran s'emparait des caisses publiques, et

tandis que le pays était en proie à une misère déplorable, il construisait une ville superbe à laquelle il donna son nom. Les dilapidations étaient pratiquées par tous les fonctionnaires. Dessalines entretenait dans chaque ville des concubines qui avaient l'autorisation officielle de puiser à discrétion dans les caisses de l'État. Les cruautés de l'empereur, ses boutades sanguinaires, son despotisme déréglé, poussèrent ses familiers à se défaire de lui ; ils étaient eux-mêmes menacés continuellement par le maître, qui parlait souvent, avec une sinistre ironie, de les faire mettre à mort. L'insurrection éclata dans le Sud ; Dessalines devenu comme fou de fureur, proféra les plus épouvantables menaces contre les insurgés, et convia ses soldats à « marcher avec lui dans le sang jusqu'aux Cayes », mais, le 17 octobre 1806, il tomba dans une embuscade, et une décharge de mousqueterie mit fin à l'existence de ce fauve.

Pétion et Christophe, lieutenants de Dessalines, et chefs de l'insurrection, briguèrent simultanément le pouvoir. Ils présentèrent chacun à la Constituante un projet de constitution conforme à leurs vues personnelles. L'Assemblée, désireuse de les satisfaire tous deux, adopta la constitution de Pétion et nomma Christophe président de la République. Mais celui-ci ne pouvait supporter une constitution contraire à ses sentiments despotiques, à ses visées absolutistes. Il déclara Pétion et ses amis traîtres

à la patrie, et marcha contre eux. Il dominait dans
le Nord, et Pétion résidait à Port-au-Prince. Ce
dernier réunit à la hâte ses partisans, fut vaincu,
et rentra à Port-au-Prince. Christophe vint assiéger
cette ville ; mais repoussé plusieurs fois, il retourna
dans le Nord, et assouvit sa rage sur ses propres
sujets. Ce genre de .onsolation a été adopté par la
plupart des successeurs de Christophe, et les malheureux Haïtiens n'avaient qu'à tendre la gorge
lorsque leur chef venait d'éprouver un échec.

Le Sénat, réuni à Port-au-Prince, nomma Pétion
président ; Christophe conserva le pouvoir dans le
Nord. Pétion, devenu seul maître à Port-au-Prince,
par suite de l'ajournement illimité du Sénat, n'usa
de son pouvoir dictatorial qu'avec la plus grande
modération.

La guerre continuait entre Christophe et Pétion
qui vit, en 1810, surgir un nouvel embarras ; Rigaud,
déporté en 1802 par Leclerc, et revenu à Haïti, avait
été chargé par Pétion d'un commandement important ; ambitieux, sans scrupules, il fomenta la révolte du Sud, qui l'acclama comme président.
Pétion ne conservait plus sous sa domination que
le département de l'Ouest.

C'est à ce moment que Christophe prit le titre
de roi d'Haïti ; ce nouveau monarque institua une
noblesse chamarrée, et nomma un de ses affidés
archevêque, afin de se faire sacrer solennellement ;
continuant dans son royaume le système de terreur

et d'oppression pratiqué déjà par Toussaint Louverture et Dessalines, il fit édifier, sur la haute mon-
tagne de Ferrières, son château de Sans-Souci,
édifice colossal et généreusement pourvu d'ou-
bliettes, de cachots, de pièges meurtriers; les avenues de cette demeure royale étaient semées de
clous à quatre pointes, de sorte qu'une d'elles
était toujours dirigée en l'air. La construction de
Sans-Souci coûta la vie à trente mille sujets de
Christophe, et ce château ne fut, pendant le règne de
ce tyran, qu'un repaire d'assassins et de bourreaux,
un théâtre de crimes et de débauches dont le récit
terrifie l'imagination.

A la fin de septembre 1811, Rigaud, dégoûté du
pouvoir, se laissa mourir de faim; Borgella, qui
lui succéda, fut vite renversé et Pétion réunit de
nouveau le Sud et l'Ouest sous son autorité. Christophe, qui s'était préparé longuement à terrasser
la République du Sud, marcha de nouveau contre
Pétion; vaincu, il fit brûler en sa présence tous
ses prisonniers, fit égorger sur son passage tous
les Haïtiens qui étaient pris, fit massacrer les mulâtres sur tout le territoire, et épouvanta son royaume
par de continuelles atrocités. La République de
Pétion, sagement administrée, prospérait au contraire et conquérait l'estime universelle.

Louis XVIII tenta deux fois de faire reconnaître
par les Haïtiens sa souveraineté nominale; ses
délégués échouèrent; l'un d'eux fut même mis à

15

mort comme espion. Tranquilles désormais sur
leur indépendance, les Haïtiens pouvaient devenir
une véritable nation. Pétion aida Bolivar à secouer
le joug espagnol ; une nouvelle constitution lui
conféra la présidence à vie, et cet acte fut suivi de
mesures propres à relever le niveau intellectuel du
pays. Le président, dont le patriotisme éclairé était
toujours à la recherche d'innovations heureuses,
ne survécut pas longtemps à la prolongation illimitée de son pouvoir ; une fièvre pernicieuse l'emporta, le 29 mars 1818, et sa mort fut un deuil
pour toute la République. Les Haïtiens perdaient
en lui le chef le plus intègre, le plus humain, le
plus désintéressé qu'ils aient eu.

Les chefs militaires, dont Boyer, un des amis de
Pétion, avait su acquérir le dévouement, l'impo-
sèrent à l'Assemblée nationale qui, sous la menace
des baïonnettes, l'élut à l'unanimité. Le nouveau
président activa énergiquement les opérations militaires contre Christophe ; le tyran du Nord, frappé
de paralysie partielle, fut bientôt dans l'impossibilité de diriger ses troupes ; abandonné de ses
lieutenants, se voyant perdu, il se tua d'un coup
de pistolet au cœur. Boyer n'eut qu'à se présenter
devant le Cap pour que les habitants, heureux
d'être délivrés du joug inhumain qui les avait
écrasés pendant quinze ans, l'accueillissent avec
enthousiasme. Haïti tout entière ne forma plus dès
lors qu'un seul État.

Boyer conserva le pouvoir jusqu'en 1843. Sous son gouvernement, la situation d'Haïti vis-à-vis de la France fut définitivement réglée par un traité conclu en 1838; déjà, en 1825, Charles X avait signé une ordonnance aux termes de laquelle il concédait aux Haïtiens leur pleine indépendance; mais nos anciens esclaves n'avaient pas voulu accepter cette concession, et, après des difficultés sans nombre, le traité de 1838 reconnut leur autonomie, et les obligea en retour à payer en trente ans une indemnité de soixante millions de francs pour les colons dépossédés. En 1822, la partie espagnole de l'île s'était réunie à la République haïtienne. Les conspirations incessantes, les attentats répétés chaque jour contre la vie de Boyer, les discordes sans cesse renouvelées, aboutirent enfin à une prise d'armes dans l'Ouest et le Sud; l'incendie de Port-au-Prince ouvrit la série des révolutions présidentielles d'Haïti et, en 1843, Boyer, abandonné de tous, abdiqua et partit pour l'exil.

Pendant neuf mois, le pouvoir fut vacant et le pays ravagé par la guerre civile. Hérard, enfin élu président, vit aussitôt la partie de l'Est se détacher d'Haïti pour former un État distinct sous le nom de République dominicaine; la révolte ne tarda pas à éclater, encouragée par l'absolue nullité du président. Le 3 mai 1844, après quatre mois de présidence précaire, Hérard fut déchu tandis qu'il guerroyait contre la Dominicaine. Guerrier lui succéda puis Pierrot, puis Riché; chacun de ces trois chefs ne conserva le pouvoir que quelques mois; l'un fut déchu, les deux autres empoisonnés.

Le Sénat, réuni pour procéder à l'élection présidentielle, et mettant d'accord les divers candidats, élut, sur la proposition d'un plaisant, un inconnu, Faustin Soulouque, pauvre hère à qui un soldat venait de refuser l'entrée de le salle des séances de cette auguste assemblée. On ne se doutait guère que ce fervent sectateur du Vaudou, cette brute grotesque, qui ne savait ni lire ni écrire, allait pressurer et terrifier le pays pendant douze années, tout en lui conquérant une impérissable renommée de bouffonnerie extravagante. La chronologie de ce règne ne contient que ces rubriques : pillages et incendies des villes, fusillades et massacres des habitants. Soulouque, désireux d'acquérir les lauriers des grands capitaines, entreprit deux campagnes contre la Dominicaine, et s'y couvrit d'une immortelle réputation... de ridicule. En 1849, il avait troqué le fauteuil étroit de président contre un trône impérial, et s'était entouré d'une cour de ducs, de princes, de marquis, bons moricauds qui, tout en transportant sur leurs têtes les sacs de café, ou en débitant la morue fumée, se donnaient consciencieusement les noms les plus pompeux : ducs de la Seringue, de Marmelade, de Limonade, marquis du Dondon, du Sale-Trou, etc. Cette cour fut balayée en 1859, et son illustre chef, réfugié piteusement dans un consulat, fut heureux, pour prix de ses crimes et de ses exactions, de n'être frappé que de la déchéance et de la confiscation de ses biens.

Le chef de la révolution, Geffrard, fut aussitôt élu président de la République restaurée. De nombreuses conspirations, mal endémique d'Haïti, furent formées contre ce chef d'État; une de ses parentes fut atrocement mise à mort par ses ennemis; il la vengea en faisant fusiller seize membres de l'opposition; sous sa présidence, fut signé, en mars 1860, le concordat entre Haïti et le saint-siège. De 1860 à 1867, les incendies, les complots et les fusillades furent pour ainsi dire quotidiens; la garde prétorienne du palais s'allia enfin à la population insurgée et Geffrard s'enfuit à la Jamaïque.

Salnave, qui avait pris, à la chute de Geffrard, le titre modeste de protecteur de la République, fut, naturellement, élu président. Son pouvoir dura deux ans et demi, qu'il employa à lutter en désespéré contre ses rivaux, changeant de ministres chaque jour, révoquant et brisant tous les fonctionnaires, jusqu'à l'archevêque français de Port-au-Prince; il s'enfuit enfin, après avoir incendié sa capitale; poursuivi et pris par les sicaires du gouvernement provisoire, il fut ramené à Port-au-Prince et fusillé sur le péristyle de son palais incendié.

Nissage Saget, Domingue et Nord Alexis briguaient simultanément la présidence; la crainte mutuelle qu'ils s'inspiraient, le désir d'éviter à leurs candidatures le sort qu'avaient eu celles des candidats supplantés par Soulouque, les amena à pactiser; ils convinrent d'occuper l'un après l'autre le pouvoir pendant quatre ans. Nissage Saget, le premier élu, éprouva bien quelques difficultés, se vit obligé de brûler de-ci de-là quelques villes pour *apaiser* les mécontents, mais enfin, il arriva au terme de son quadriennal, et put, en démissionnant, adresser une belle proclamation dans laquelle il engageait vivement l'Assemblée nationale à lui donner pour successeur son compère Domingue, auquel pour plus de sûreté, il avait confié d'avance le commandement en chef de l'armée.

Domingue fut en effet appelé à la présidence, en juin 1874; il fit publier une nouvelle constitution, et faible, circonvenu par ses familiers, il nomma vice-président son neveu Septimus Rameau. Celui-ci, type de ces potentats africains, châsses vivantes habitués à ne pas souffrir l'ombre d'une contradiction, à ne rencontrer aucune résistance à leur orgueil sans bornes, sembla s'être juré de dévorer la République entière; son despotisme froid et cruel, ses caprices sanguinaires, son avidité ruineuse démembraient le pays; il se fit délivrer par l'Assemblée nationale une autorisation d'emprunter soixante millions de francs, et put en détourner une grande

partie; l'agitation des esprits, les sourds murmures
avant-coureurs de l'insurrection, lui furent un
avertissement dont il tint compte en faisant transporter sur le quai tout le trésor de l'État, qu'il se
proposait d'emporter pour soulager les douleurs
de l'exil. Avant qu'il eût pu s'embarquer, la révolution éclata; le samedi saint, en 1876, le peuple
se rua à l'assaut du palais National; Domingue et
Rameau tentèrent de gagner la légation de France,
le président, blessé, put s'y réfugier; son neveu,
massacré dans le rue, fut traîné jusqu'au quai,
mutilé et abandonné pendant plusieurs jours, *pene
infixo intra dentes*, se décomposant à vue d'œil sous
les regards de ses concitoyens triomphants.

Nord Alexis, le dernier des trois larrons, tenta
de s'emparer du pouvoir, souleva le Cap, mais fut
rapidement vaincu par les troupes de Port-au-Prince
et Boisrond Canal fut élevé à la présidence, le
17 juillet 1876. Pendant ses trois années de gouvernement, Boisrond se vit continuellement menacé
par les conspirations et les rébellions partielles, et
il dut chevaucher sans trêve à travers le pays, pour
étouffer les insurrections qui éclataient de tous
côtés. Intelligent, actif, énergique même dans les
moments critiques, ce président était victime de sa
magnanimité; son excessive clémence, loin d'apaiser les compétitions criminelles d'ambitieux sans
scrupules, était pour eux un encouragement à la
sédition, et, pour ses amis, un motif d'énervement

260 AU PAYS DES GÉNÉRAUX — HAITI.

et de défection. Le plus rude assaut livré à son pouvoir fut la prise d'armes de Boyer Bazelais.

Comme j'arrive ici à la dernière période de l'histoire d'Haïti, il convient d'esquisser la situation des partis politiques de ce pays.

Les présidents, depuis quatre-vingt-cinq ans, n'ont pas cessé de proclamer que la paix régnait dans la République, que l'ordre était maintenu, et que l'union de la famille haïtienne était de plus en plus intime. Cependant, une haine inextinguible a de tout temps divisé les Haïtiens en deux camps bien distincts : les noirs et les mulâtres; les guerres civiles, loin d'apaiser les passions des partis, ont laissé dans tous les rangs de la nation des rancunes implacables, qui éclatent à chaque motif de querelle. Depuis une vingtaine d'années, les Haïtiens sont groupés en quatre partis politiques :

1° Les libéraux (mulâtres modérés) qui désirent un gouvernement oligarchique, et par conséquent composé surtout de mulâtres, ces derniers étant généralement les plus éclairés de la nation;

2° Les ultra-libéraux (mulâtres intransigeants) qui ne veulent accepter que des mulâtres dans le gouvernement;

3° Les nationaux modérés;

4° Les nationaux-ultra.

Ces deux derniers partis, formés de l'élément noir de la population, ont à l'égard des libéraux les sentiments que ceux-ci professent à leur endroit.

Boisrond Canal était le chef respecté des libé-raux modérés; il avait un ennemi irréconciliable dans Boyer Bazelais, mulâtre comme lui, et chef des ultra-libéraux. Exalté par un criminel fanatisme politique, Bazelais avait résolu d'arriver au pouvoir par tous les moyens; déjà, il avait tenté de faire assassiner Boisrond, lorsque ce patriote revint de l'exil; il avait en effet envoyé en commandant d'arrondissement de Jacmel l'avis suivant : « Boisrond débarquera tel jour; faites-le fusiller. » Le consul de France, ayant eu connaissance de cet ordre, guetta l'arivée du steamer, se rendit précipitamment à bord, et avertit Boisrond qui ne débarqua pas. Devenu président, Boisrond tenta une réconciliation et offrit un portefeuille ministériel à Bazelais. Le vindicatif mulâtre refusa dédaigneusement, et prépara le soulèvement de ses partisans. Le 30 juin 1879, ils prirent les armes, résolus à escalader de force le pouvoir; le pays partageait alors ses sympathies entre Boisrond, Bazelais et Salomon; ce dernier, chef des nationaux-ultra, refoula provisoirement son ambition, et aida Boisrond à vaincre la révolution; Bazelais se réfugia à Kingston. A peine était-il parti que Salomon, se retournant contre le Président, lui suscita mille embarras, rendit impossible le gouvernement du pays, et obligea en peu de temps Boisrond à se démettre de ses fonctions. Écœuré, dégoûté des hommes et des choses, le chef de l'État abdiqua

15.

tristement. Un gouvernement provisoire, formé
des partisans de Salomon, s'empressa de passer
les rênes du pouvoir à ce général qui se fit élire
président d'Haïti pour sept ans.

Ancien ministre des finances de l'empereur Soulouque, qui lui avait conféré le titre de duc de
Saint-Louis du Sud, Salomon avait été exilé en
même temps que son souverain; son ambition
effrénée, ses passions aveugles et cruelles, ses instincts de désordre et de violences, avaient déjà
troublé la république d'Haïti. Issu d'une des nombreuses familles Salomon qui habitent le Sud, il
s'était entouré, dès sa jeunesse, d'un cercle d'admi-
rateurs dévoués, d'une légion de partisans, gens
sans foi ni loi, et résolus à pousser leur chef au pouvoir, dans l'espérance de prendre part au pillage des
finances publiques. Implacable envers ses adversaires, ennemi mortel de la classe des mulâtres,
Salomon ordonnait de sang-froid les insurrections
et les tueries, mais le courage lui faisait absolument défaut. Lâche et veule devant le danger personnel, il laissait les siens succomber pour lui;
dans une échauffourrée, poursuivi par une troupe
de mulâtres, il se cacha sous un lit et ses amis ne
purent le déloger de cette retraite qu'à coups de
pied. Pendant son séjour à Paris, il s'était amou-
raché d'une Française; arrivé au pouvoir, il en fit
la présidente d'Haïti. Bien souvent il avait répété
qu'il ferait payer cher à sa patrie les vingt années

d'exil que lui avaient valu ses complots et ses crimes. Il tint parole ; les huit années de son règne furent la période la plus désastreuse de l'histoire d'Haïti. Le trésor fut régulièrement dilapidé, les emprunts s'accumulèrent, et le pays fut mis à deux doigts de sa perte.

En 1883, Bazelais, encouragé par le mécontentement des Haïtiens, débarqua à Miragoâne, une des villes du Sud, et une grande partie du pays se souleva à son appel ; pendant six mois, Haïti fut à feu et à sang ; les villes insurgées étaient décimées, les lieutenants de Salomon, et principalement le général Manigat, se livrèrent à d'atroces boucheries ; à Jacmel, la population ayant capitulé sur la promesse formelle d'une amnistie générale, Manigat, à peine entré dans la ville, fit fusiller les principaux citoyens. Le 22 septembre, Salomon, inquiet des progrès de l'insurrection, résolut d'anéantir Port-au-Prince. Les soldats, sous le prétexte de châtier les rebelles, reçurent l'ordre d'égorger la population entière ; pendant deux jours, la ville fut livrée au carnage ; le corps diplomatique, indigné, envoya au président un ultimatum, menaçant de faire bombarder Port-au-Prince, et tout d'abord le palais présidentiel, s'il ne faisait cesser ces massacres. Le tyran dut obtempérer à cette injonction, et il fit rentrer ses égorgeurs dans leurs casernements.

Le palais National et la villa Solitude, dont Salo-

mon faisait sa demeure favorite, étaient des lieux
maudits, théâtres d'intrigues criminelles, de violences inouïes, de scènes sauvages de fétichisme.
Le président avait une sœur, véritable tigresse,
qui, comme lui stérile, concentrait toute son activité en passions haineuses. La femme de Salomon,
cette blanche, cette Française exécrée de la famille
du président, faillit cent fois périr de la main de
ses parents ; les tentatives d'empoisonnement pratiquées sur elle obligeaient Salomon à veiller continuellement sur la vie de cette malheureuse femme,
pour qui cette existence de transes perpétuelles
était un cruel châtiment de ses frivoles désirs de
domination.

Pendant huit ans, Salomon fit peser sur les Haïtiens, nation amoureuse de changement et de
licence, un joug de fer. Il n'avait pas prononcé le
mot célèbre : « l'État, c'est moi ! » mais il prouvait
par tous ses actes qu'il entendait gouverner seul,
à sa guise, et sans contrôle. Il avait complètement
annihilé le Sénat et la Chambre des députés, qu'il
considérait comme des assemblées uniquement
destinées à ratifier et enregistrer ses volontés. Les
élections se faisaient d'après ses instructions, et
nul ne pouvait poser sa candidature sans avoir
reçu préalablement l'estampille du maître. Les
plus hauts fonctionnaires tremblaient devant lui.
Il voulait que tout passât par ses mains, et descendait aux moindres détails de l'administration. La

raison en est qu'il se défiait de tout le monde, et qu'il était si jaloux de son pouvoir, qu'il aurait cru en perdre une partie s'il avait laissé à d'autres le soin des moindres affaires. Sa méfiance était telle, que, quelles que fussent les personnes qu'il recevait, les seuls objets placés sur son bureau étaient deux énormes revolvers, à portée de sa main. Brutal, outrecuidant, ce Néron noir, d'une taille et d'une encolure gigantesques, la face criblée de trous de variole, portait sur toute sa personne une marque de sauvagerie africaine, bien qu'il eût passé une quinzaine d'années en Europe et se fût appliqué à se donner un vernis de civilisation. Doué de brillantes facultés, il fut peut-être le plus capable, le plus habile des hommes d'État haïtiens, et on lui eût pardonné son despotisme, s'il s'en était servi pour ramener à Haïti la prospérité matérielle, s'il eût employé son pouvoir sans bornes à faire du bien, malgré elle, à sa patrie. Mais l'égoïsme qui remplissait son âme ne laissait place à aucun sentiment noble. Pourvu qu'une tranquillité assurée par la terreur régnât à Haïti, qu'il pût jouir en paix de son omnipotence, et piller le Trésor à sa fantaisie, il était satisfait. Ses ministres amassaient impunément des fortunes scandaleuses. Ce fut surtout dans les derniers temps de son règne que l'on vit ses familiers puiser à l'envi dans les finances publiques, gaspiller le trésor avec d'autant plus d'avidité, que, sentant venir la fin, ils jugeaient

nécessaire de se hâter. La corruption était à l'ordre
du jour, et députés et sénateurs rivalisaient de bassesse et de servilité, grassement récompensés de
leur ignominie par des gratifications occultes.

On peut aisément se faire une idée de l'irritation
qu'un pareil état de choses entretenait dans le public, qui était au courant de tout ce qui se passait,
et quelle somme de haines Salomon amassait contre
lui. Les citoyens les plus capables étaient systéma-
tiquement exclus de l'administration et des carrières libérales ; les fusillades de 1880 avaient laissé
chez les parents et amis des victimes des ressenti-
ments implacables ; une foule d'Haïtiens n'attendaient qu'un moment favorable pour tirer vengeance des cruautés commises par les salomonistes
en 1883 ; la patience du peuple était donc à bout, et
il ne faut pas s'étonner que la révolution se soit
consommée avec autant de rapidité. Quand un
homme veut être seul maître, et maître par la terreur, dans un pays, au jour du danger il reste seul.

Dès le commencement de 1888, Salomon avait
pu s'apercevoir du mécontentement des esprits, et
quoique ses amis lui cachassent une partie de la
vérité, il avait pressenti dès cette époque qu'il
n'était pas aussi fort que par le passé, et il s'était
ému des sourdes menées dirigées contre lui. On
en voit en effet la preuve dans des discours assez
étranges qu'il tenait dans ses audiences du dimanche.
Sa puissance, disait-il, était inébranlable et la paix

régnait partout. Néanmoins, il se plaignait, parlait de complots qu'il saurait bien réprimer parce qu'il était encore valide et non disposé à céder sa place à un autre. Il avait alors pour ministre de la guerre un noir du Cap, à qui il avait donné une de ses nièces en mariage, et on lui prêtait le projet de faire de cet homme un vice-président destiné à lui succéder un jour. D'un autre côté, deux personnages attiraient l'attention du public : le général Manigat, digne élève du président, et le sénateur Légitime, autour duquel se groupaient tous les Haïtiens de bonne foi.

La décrépitude manifeste du président, qui avait près de quatre-vingts ans, encourageait les mécontents ; un malaise général pesait sur les esprits, et le 24 mai 1888, Salomon put croire que la révolution éclatait : un coup de fusil tiré sur le marché fut le signal d'une panique indescriptible ; les habitants couraient de toutes parts, les magasins se fermaient, et les pavillons étaient hissés sur toutes les demeures des étrangers. La garnison de Port-au-Prince, réunie précipitamment, fit des patrouilles à travers la ville, les aides de camp du président parcoururent les rues à cheval, la carabine au poing, et Salomon lui-même fit une tournée dans la capitale. Le calme sembla renaître ; mais le président avait pu comprendre le véritable état des esprits, la surexcitation du peuple, la lassitude du pays, et l'hostilité de quelques-uns de ses lieutenants.

Le malaise allait toujours grandissant, et les Haïtiens ne cachaient plus qu'à demi les projets qu'ils formaient contre le dictateur. Celui-ci devint de plus en plus inquiet et soupçonneux; il fit arrêter et incarcérer un certain nombre de personnages, et, dans ses audiences, il menaça de faire fusiller du monde *en pile* (en masse), disant que beaucoup de gens lui paraissaient fatigués de vivre. Il laissa publier des listes de proscription, et, d'après les conseils de son entourage, il força Manigat et Légitime à s'exiler. Ils s'embarquèrent tous deux le même jour; Légitime publia en partant un manifeste amer, dans lequel il protestait contre l'ostracisme qui le frappait, et déclarait que s'il avait dû accepter l'exil, il refusait l'argent que lui offrait Salomon pour aller vivre à l'étranger.

La précaution prise par le despote était inutile; le calme ne revint pas dans Port-au-Prince, et le mécontentement ne fit que s'aggraver. A chaque instant c'étaient des paniques, des coups de fusil, des courses affolées d'habitants des campagnes encombrant les rues qui aboutissaient au marché; les maisons se fermaient, et les patrouilles ne cessaient de parcourir la ville. Port-au-Prince avait été déclaré en état de siège, chacun voyait que Salomon, malade, n'était plus maître de la situation, et l'on s'attendait à tout instant à quelque événement tragique.

Le 4 juillet, vers midi, le feu prit dans la salle

des archives de le Chambre, au moment où les
députés allaient entrer en séance. En quelques minutes, comme si l'endroit eût été choisi à dessein,
les flammes, favorisées par une forte brise, se
répandirent dans tout le corps du bâtiment et enve-
loppèrent les maisons voisines. Les orifices des
bouches d'eau, oxydés, ne purent être ouverts, et
l'incendie, se propageant avec une effrayante rapidité, dévora plusieurs rues. A cinq heures, tout
était terminé : neuf cents maisons avaient disparu,
et une immense plaine couverte de décombres
fumants remplaçait un des quartiers les plus importants de la capitale.

Trois jours après, le 7 juillet, le feu prenait de
nouveau dans les maisons de Légitime et du ministre de la justice, et anéantissait en quelques
heures un autre quartier de Port-au-Prince. On peut,
sans exagérer, dire que ces deux incendies ont détruit le tiers de la ville, et causé une perte de douze
millions de francs.

L'épouvante fut à son comble ; chacun s'attendait à de nouveaux désastres. Les habitants s'en-
fuyaient sur les hauteurs, les riches emmenaient
leurs meubles et leurs effets sur des chariots, les
pauvres transportaient leurs hardes sur leurs têtes.
C'était un déménagement universel. Les autorités
reçurent l'ordre de s'opposer à ce mouvement, et
les rues furent barrées par des escouades de soldats.

Quelle était la cause de ces terribles incendies ?

Était-ce le hasard ou la malveillance? Une enquête
fut ordonnée, mais n'aboutit à aucun résultat. Pour
donner le change à l'opinion publique, on fusilla un
malheureux sans jugement. Le président crut devoir,
en des discours embarrassés et tortueux, mettre
les incendies sur le compte de l'imprudence et du
vent. Mais l'opinion publique ne s'égara point et les
attribua nettement à des mains criminelles. Sans
crainte d'être taxé de parti pris, on peut mettre ces
abominables forfaits sur le compte des salomonistes, dont le plus grand nombre, gens de sac et
de corde, prévoyant la fin d'un régime qui les enri-
chissait, crurent faire un coup de maître et terroriser la ville en l'anéantissant. Ils croyaient, en
accumulant les ruines, consolider à jamais la puissance de leur chef; il aurait régné désormais sur
des ruines, mais il aurait régné, peu leur importait
le reste !

Peu de temps s'écoula depuis ces deux journées
néfastes jusqu'à la chute de Salomon ; les tentatives d'incendie se renouvelaient chaque jour, Salomon faisait rassembler à Port-au-Prince les régiments des villes voisines; la colère du peuple
grondait plus forte à chaque moment; les plus
indifférents se tournaient contre une tyrannie qui
ne reculait pas devant les crimes les plus atroces,
et qui, sans doute, pour se maintenir, allait se
porter aux dernières extrémités et mettre tout à
feu et à sang.

Telle était la situation des esprits, quand l'ancien président Boisrond-Canal abandonna sa maison de campagne et vint à Port-au-Prince offrir son secours à ses concitoyens en péril. La révolution avait dès lors trouvé son chef. Boisrond, accepté de tous, prépara vigoureusement la chute du tyran. Sur ces entrefaites, on apprit que, le 5 août, le Cap s'était mis en insurrection et que ce mouvement était dirigé par le commandant d'arrondissement de cette ville, le général Séide Thélémaque. Cet exemple fut suivi par toutes les villes du Nord dont les troupes se réunirent pour marcher contre la capitale.

Boisrond comprit qu'il ne devait pas se laisser devancer par le Nord, et qu'il ne fallait pas donner à Salomon le temps de tenter un coup de main. Le 10 août, vers neuf heures et demie du matin, le populeux quartier de Bel-Air donnait le signal de l'attaque; en un clin d'œil la ville fut en armes; l'arsenal est enlevé après deux heures de combat, les administrations et postes militaires sont occupés sans coup férir, et, vers une heure de l'après-midi, le palais National est cerné de tous côtés. Une vive fusillade s'engage entre les révolutionnaires et les défenseurs du président; la lutte se serait inévitablement terminée par un assaut général du palais, et par le massacre de ses habitants, quand, sur les instances des résidents de France et d'Angleterre, Salomon se décida à signer son abdication; ses ministres l'avaient presque tous abandonné, l'un d'eux, le prévaricateur en chef, s'était même réfugié au consulat dès le matin. Le président monta en voiture avec sa femme, sa sœur et son chef de cabinet; il traversa la ville escortée des ministres de France, d'Angleterre et des États-Unis, qui le protégeaient par leur présence, et gagna le port au milieu des cris et des malédictions du peuple. Quoique grand officier de la Légion d'honneur (pourquoi?) il ne se rendit pas à bord d'un vaisseau de guerre français alors à l'ancre sur la rade, sans doute par ressentiment contre le ministre de France, qui lui paraissait favoriser la révolution. Mais il demanda un refuge au vaisseau anglais le *Canada*, qui le transporta à Cuba, non pas immédiatement, car il fut obligé de passer deux jours en rade de Port-au-Prince, comme si la Providence, en le laissant quarante-huit heures devant ce pays où il avait régné en despote et qu'il quittait en fugitif, eût voulu remplir pour lui la coupe d'amertume, et augmenter en son âme abattue la force des regrets, la honte de l'expulsion, la douleur du départ et la crainte des justes représailles. De Cuba, il se rendit en France et mourut, deux mois après, à Paris, au milieu d'atroces souffrances. Telle fut la fin de cet homme dont l'existence avait été si tourmentée, et à qui la fortune avait tour à tour prodigué ses plus brillantes faveurs et ses plus poignantes disgrâces.

Aussitôt après l'embarquement de Salomon,

Boisrond-Canal, s'adjoignant les hommes qui
avaient pris la part la plus active à la révolution,
parcourut la ville, recommandant aux citoyens le
calme et la modération. Le jour même, il fit publier
une proclamation au peuple et à l'armée, ainsi que
l'acte suivant :

« Boisrond-Canal, considérant que devant la
lassitude de la nation haïtienne, la ville de Port-
au-Prince, d'accord avec la population du Nord,
s'est spontanément soulevée, et dans un moment de
suprême indignation a renversé un gouvernement
qui déshonorait le pouvoir, décrète : Louis-Étienne-
Félicité-Lysius Salomon, traître à la patrie et par-
jure à son serment constitutionnel, est déchu de
la présidence de la République d'Haïti. »

Puis il envoya dans tout le pays des délégations
chargées de recueillir l'adhésion du peuple à la révolution, et décréta la formation d'un comité révolutionnaire de vingt-cinq membres. Séide Thélémaque,
prenant le titre de général en chef de la révolution,
avait déjà envoyé une proclamation dans laquelle
il disait en substance que nul n'avait plus de droits
que lui à la présidence, mais qu'il s'inclinerait devant la volonté du peuple. Un steamer fut spécialement affrété pour se rendre à Kingston et en
ramener Légitime qui, le 15 août, débarqua à Port-
au-Prince, et fut l'objet d'ovations enthousiastes,

au cours desquelles des milliers de coups de fusil
furent tirés en signe d'allégresse, et tuèrent ou
blessèrent un certain nombre de personnes. Ces
armes provenaient pour la plupart du pillage de
l'arsenal, et avaient été importées d'Amérique par
Salomon, en prévision des luttes à venir.

Le premier moment d'effervescence passé, la
révolution, qui pendant les deux ou trois premiers
jours avait été un véritable réveil de la dignité na-
tionnale, devint une piteuse et ridicule parodie.
La chasse aux emplois, les récriminations perfides,
les dénonciations intéressées, les vengeances personnelles commencèrent à sévir sur tout le pays.
Le comité des vingt-cinq avait été dissous dès le 13,
et remplacé le 17 par un autre comité de vingt-
deux membres, qui ne dura également que quelques jours.

Le 24 août, le général Séide Thélémaque entra à
Port-au-Prince avec toute son armée. Ces sept ou
huit mille hommes défilèrent à travers la ville,
semblables aux hordes de Tamerlan, et campèrent
sur le champ de Mars. On n'avait pas été sans
quelque appréhension au sujet de l'arrivée de ces
troupes. On craignait, des deux côtés, que la jactance des nouveaux arrivants, la vanité pointilleuse
des Port-au-Princiens n'amenassent de terribles
conflits au sein de la ville. Les esprits perspicaces
pressentaient que la concorde ne pourrait être
durable, et le ministre de France avait consenti à

se rendre à Saint-Marc, auprès de Thélémaque, pour le dissuader d'entrer à Port-au-Prince avec son armée entière. Mais notre représentant échoua dans sa mission, qui ne lui valut que la méfiance des Nordistes et l'affront d'une démarche repoussée, alors que son devoir et la dignité de ses fonctions lui imposaient une stricte neutralité, et lui commandaient d'éviter toute compromission nuisible au prestige qui était alors si nécessaire au salut de ses nationaux et au respect des intérêts français. Séide n'était plus le maître ; il avait derrière lui des partisans fougueux, ivres d'orgueil, et qui, voulant le faire parvenir à la présidence par tous les moyens, le poussaient toujours en avant.

Le second comité révolutionnaire fut aussitôt dissous, et on forma un gouvernement provisoire composé de Boisrond, Légitime et Thélémaque, auxquels on adjoignit, pour compléter le ministère, quatre citoyens choisis dans les principales villes de la République. Le premier soin de ce gouvernement fut de dissoudre les anciennes Chambres, et de convoquer pour le 17 septembre les électeurs afin de former une constituante, dont les membres, au nombre de quatre-vingt-quatre, devaient se réunir à Port-au-Prince le 10 octobre pour procéder à la revision de la constitution et à l'élection d'un président.

Les révocations se multipliaient, la curée des emplois devenait affolée, le désordre régnait par-

tout, et malgré le contrat passé entre le gouvernement déchu et la banque, les fonctionnaires n'étaient
pas payés.

Les élections eurent lieu ; les deux candidats à la
présidence, Légitime et Thélémaque, avaient employé tous les moyens pour faire élire leurs partisans. Il est probable que les constituants élus étaient
en majorité favorables à Thélémaque, car trois départements sur cinq étaient entièrement dévoués à
ce général. Mais la constituante réunie à Port-au-
Prince, ville acquise à Légitime, eût pu être in-
fluencée par les sentiments de la population, et,
cédant à l'intimidation, donner la majorité à
Légitime.

Pendant cette période électorale, les esprits
s'étaient peu à peu surexcités ; Port-au-Prince
était devenu un vaste bivouac, les soldats du Nord
campaient en plein air, dans les rues, sur les places,
sous les vérandas ; par bandes, ils allaient mendier
dans les magasins et maisons particulières ; les
symptômes inquiétants se manifestaient, chaque
jour plus violents ; les esprits sages et clairvoyants,
qui avaient prévu, dès l'arrivée de Thélémaque,
que le séjour prolongé des troupes du Nord à
Port-au-Prince serait une cause de désordres et de
complications sanglantes, ne s'étaient pas trompés ;
c'était à chaque instant des menaces, des provocations, des batailles, des coups de fusil échangés
entre la garnison de Port-au-Prince et les différents

postes occupés par les soldats de Thélémaque. L'hygiène même exigeait le prompt départ de cette armée have, déguenillée, couverte de vermine, et les consuls étrangers avaient menacé de déclarer la ville contaminée, si ces troupes agglomérées n'étaient renvoyées dans leurs foyers.

A la fin de septembre, les soldats du Nord étaient devenus assez arrogants pour arracher les armes des mains des soldats port-au-princiens qu'ils rencontraient; ils insultaient les hommes de la garde du palais, leur répétant : « Vous êtes des lâches! avec un demi-bataillon nous entrerons au palais. » Séide Thélémaque, qui depuis quelque temps avait pris ombrage de la popularité de Légitime, affectait une attitude provocante et hautaine; dans la journée du 28 septembre, il parcourut bruyamment la ville, suivi de nombreux volontaires qui se laissèrent aller à des provocations injurieuses vis-à-vis des troupes de la garnison. La violence était dans l'air, on sentait venir le moment où les fusils allaient partir tout seuls.

Le soir du même jour, vers sept heures, des coups de fusil retentirent tout à coup, suivis d'une vive fusillade entre les deux camps ennemis. Les troupes du Nord dirigèrent alors une attaque en règle contre le palais National, dont le commandant se défendit vaillamment, faisant pleuvoir sur les assaillants une grêle de balles et de boulets. Ce fut pendant toute la nuit un vacarme effroyable,

16

et le matin, la ville épouvantée apprit que le général Thélémaque avait été tué pendant le combat :
installé tranquillement à table, il s'était levé précipitamment aux premiers coups de feu et c'est en
faisant une tournée, et en visitant les postes de
son armée, qu'il avait été atteint d'un biscaïen.

Dans cette fatale échauffourée, quels ont été les
agresseurs? Bien des versions ont circulé à ce
sujet. Quelle que soit la vérité, la mort de Seide
eut des conséquences terribles. Ses partisans, déçus
dans leurs espérances, voyant s'écrouler tous leurs
projets, quittèrent Port-au-Prince et allèrent criant
partout que Thélémaque avait été assassiné, qu'on
avait voulu se débarrasser de lui parce que le succès de sa candidature était assuré et que les Port-
au-Princiens (c'est-à-dire Légitime) n'avaient trouvé
que ce moyen pour triompher.

Ces accusations non justifiées furent rapidement
portées dans le Nord et y produisirent une effervescence, une fureur indescriptible. Les nordistes
publièrent des quantités de récriminations ardentes
contre cette capitale maudite qui voulait éclipser
le reste du pays et s'attribuer à elle seule le droit
de donner des présidents à Haïti. Les agents du
Cap parcoururent les départements du Nord, du
Nord-Ouest et de l'Artibonite, semant les bruits les
plus faux et excitant les populations à la révolte.
Trois membres du gouvernement provisoire, ori-
ginaires du Nord, quittèrent Port-au-Prince, s'éva-

dant furtivement sous de fallacieux prétextes. L'un d'eux, Florvil Hippolyte, accepta des nordistes le titre de chef du gouvernement provisoire, et les villes du Nord-Ouest et de l'Artibonite firent cause commune avec le Cap : c'était la scission, c'était une nouvelle guerre civile qui commençait.

Le 14 octobre, les trente-cinq constituants présents à Port-au-Prince se réunirent ; ils étaient loin de former la majorité, le nombre des membres de la constituante devant être de quatre-vingt-quatre. Ils commencèrent néanmoins leurs travaux. Les débris du gouvernement provisoire se présentèrent devant ce tronçon d'assemblée, et remirent entre ses mains les pouvoirs qu'ils avaient reçu. Les constituants décrétèrent aussitôt, sans discussion, que le pouvoir exécutif était déféré au général Légitime et à un conseil de cinq membres choisis par lui.

Légitime prit aussitôt pour collaborateurs deux des citoyens les plus capables, et leur adjoignit trois de ses partisans ; puis, ayant épuisé tous les moyens de conciliation avec les nordistes, il appliqua toute son activité à pousser la guerre avec vigueur, leva des troupes, les envoya vers l'ennemi et fit déclarer le blocus des villes maritimes du Nord. Mais pour que ce blocus fût effectif, il fallait une escadre. La marine haïtienne ne se composait que de deux bâtiments décorés du nom d'avisos : l'un ne pouvait tenir la mer, et l'autre, à moitié

disloqué, était incapable de résister à l'ébranlement
occasionné par les coups de canon. Cette flotte
aurait difficilement fermé les quatre ports mis en
état de blocus; les petits steamers d'une compagnie
haïtienne de cabotage à vapeur furent réquisition-
nés; ces trois bâtiments, peu propres à des croisières,
furent encore renforcés d'un vieux navire, ruiné
par les rats et la vermine, filant à peine sept nœuds
à l'heure, et que les propriétaires offraient en Amérique comme vieilles ferrailles. Ce misérable bâtiment fut nommé *la Défense*. Avec une telle escadre,
on peut concevoir si le blocus était sérieux, surtout
si l'on se rend compte de l'indiscipline, de l'insouciance des soldats haïtiens, de l'incurie et de l'ignorance de leurs chefs. Les navires allemands, anglais et américains entraient dans les ports bloqués
et en sortaient aussi aisément que si ces ports
n'eussent pas été interdits à la navigation. Il advint
cependant un incident qui fit quelque bruit, la prise
de l'*Haïtian Republic*, navire marchand naviguant
sous pavillon américain. Ce bâtiment avait rendu
de grands services aux gens du Nord, transportant
pour leur compte des armes, des soldats sur différents points de la côte, ainsi que des délégations
chargées d'aller dans le Sud pousser à la révolte
contre Légitime. Capturé à sa sortie de Saint-Marc
dont il avait forcé le blocus, il fut amené à Port-
au-Prince. Légitime, circonvenu par ses amis,
nomma un tribunal de prises, composé de jeunes

gens présomptueux, outrecuidants, et sottement orgueilleux. Pour complaire à la population dont la vanité caressée débordait en invectives, en libelles injurieux, en défis ridicules à l'adresse des États-Unis, ce tribunal prononça la confiscation du navire et de sa cargaison, et condamna ses propriétaires à payer une amende de deux cent cinquante mille francs. Le triomphe bruyant des Haïtiens, l'enlèvement brutal du pavillon américain qui flottait sur le navire, ne furent pas du goût du cabinet de Washington, et, un beau matin, les Port-au-Princiens virent arriver dans la rade deux vaisseaux de guerre, sabords ouverts, mèche au canon, artilleurs aux pièces. L'un de ces vaisseaux alla directement s'accoter à l'*Haïtian Republic*, et, sur l'injonction de l'amiral américain, Légitime dépité et payant seul les ridicules provocations de ses concitoyens, s'empressa de remettre sa capture aux propriétaires qui, retournant le jugement du tribunal des prises, demandèrent à leur tour une indemnité de cinq cent mille francs.

Sur ce navire capturé se trouvaient quatre constituants du Nord, qui allaient prêcher l'insurrection dans le Sud. On les traita magnifiquement. Légitime les fit héberger aux frais de l'État, et ils s'empressèrent de siéger à la constituante dont les membres atteignirent alors le nombre de quarante-trois. Le 16 décembre, la constituante nomma solennellement Légitime, président pour sept ans.

16.

Arrivé au pouvoir dans des circonstances très critiques, ce nouveau chef activa les opérations militaires, et ses armées remportèrent quelques succès. Il faut dire que les combats des Haïtiens ne sont jamais bien meurtriers; chaque camp, atteint d'une frayeur chronique, n'ose avancer, et les soldats, comme les enfants qu'effraye le bruit du coup de fusil, tirent sans viser, cachant souvent l'arme derrière leur dos pour tirer sur l'ennemi. Ils ne sont braves que lorsqu'il s'agit de massacrer des hommes sans défense.

Il est permis de supposer que Légitime aurait terrassé finalement ses adversaires s'il avait été loyalement secondé. Mais ce président, homme foncièrement honnête, laborieux, réformateur de bon sens, animé des meilleures intentions pour le bien de son pays, fut exploité par une tourbe innommable de gens sans aveu, qui, profitant de ce que le président était tout entier absorbé par la guerre, pillèrent les deniers de l'État, ruinèrent le crédit du nouveau gouvernement, volèrent l'argent destiné aux approvisionnements des troupes, et réduisirent la République aux abois. Lorsqu'ils eurent tout dépecé, ils s'envolèrent, comme une nuée de corbeaux, et passèrent aux États-Unis ou en Europe. L'infortuné président, incapable de suffire seul aux besoins de sa cause, vit les défections se multiplier dans son armée, et fut enfin obligé d'abandonner le pouvoir et de s'embarquer pour New-York au moment où l'armée du Nord, victorieuse, rentrait dans cette capitale qu'elle avait quittée quelques mois auparavant, en vaincue et la rage au cœur. Hippolyte, le président des nordistes, fut aussitôt reconnu par toute la république. Déjà des prodromes de rébellion se sont manifestés à la suite de mesures vexatoires prises contre les habitants de l'Ouest et du Sud. Pour tout esprit impartial et éclairé sur les mœurs haïtiennes, la chute de Salomon a été le prélude de plusieurs années de dissensions intestines, qui amèneront le pays à un tel état de misère et d'affaissement, que, tel qu'un fruit trop mûr, il sera prêt à tomber aux pieds de la nation qui voudra le ramasser. Quelle sera cette nation? La France? Je réponds catégoriquement non, sans crainte de voir les faits me démentir. L'Angleterre? L'Allemagne? malgré leurs ardentes convoitises envers Haïti, je ne le crois pas. Les États-Unis? c'est très probable. Dans tous les cas, à ce peuple licencieux et enlizé dans le fétichisme et la paresse, il faut un maître énergique et même brutal.

X

RELATIONS EXTÉRIEURES D'HAÏTI.
SES HÔTES

Avant d'étudier la société exotique établie à Haïti, je dois mettre hors de cause le clergé, les membres des ordres religieux, et un certain nombre d'étrangers, qui, comme les professeurs français dont j'ai parlé, sont venus dans le pays pour un but et un délai déterminé, ou n'y font qu'un séjour transitoire. Les prêtres, les religieux et les religieuses, missionnaires dévoués et désintéressés, consacrent leur existence à l'œuvre civilisatrice, sans se laisser détourner de leur but par les sollicitations, les troubles politiques ou les menaces de fanatiques. Sous la direction éclairée du remarquable et vénéré archevêque de Port-au-Prince, ils répandent sur la nation haïtienne les trésors de charité chrétienne dont leurs âmes sont pleines.

On ne saurait accorder trop de respect et d'admiration à ces jeunes hommes, à ces modestes frères, à ces religieuses, femmes d'un esprit cultivé, d'une

éducation exquise, qui, sortant du séminaire ou
du noviciat, fuyant les agitations qui ont tant nui
à l'Église de France, vont gaiement et résolument à
la conquête des âmes, conquête douce et pacifique
mais hérissée d'obstacles et de périls mortels. — Un
petit nombre d'étrangers, venus pour un court espace de temps, avec des fonctions ou emplois fixés
à l'avance, vivent également à l'écart, fuyant les
compromissions politiques, évitant les promiscui-
tés louches et dangereuses, et ne s'occupant que
d'accomplir avec zèle et impartialité le devoir qui
les a amenés. Enfin, de la règle que je formulerai
tout à l'heure, il convient d'excepter quelques résidents étrangers, très rares, qui se comptent aisément, et dont le nombre n'atteint pas la douzaine.
Hommes parfaitement honorables, ils rehaussent
un peu la bonne renommée de leurs patries, et la
dignité de leur vie est d'autant plus éclatante qu'ils
sont moins nombreux, et qu'ils ne conservent leurs
sentiments d'honneur qu'au détriment de leurs
intérêts particuliers.

Ces diverses exceptions bien nettement écartées,
je puis parler en toute liberté des douze ou treize
cents individus qui composent la population exotique d'Haïti.

Quelques jours après mon arrivée à Port-au-
Prince, je me trouvais en compagnie d'un officier
français et il me donnait quelques renseignements
utiles sur Haïti.

Je lui demandai alors :

— Quels sont les Français que l'on peut fréquenter ici ?

— C'est bien simple, dit-il, au bord de la mer se trouve un débit de boissons, tenu par un Français, ancien communard, qui a quelque peu fusillé les otages ; c'est de beaucoup ce qu'il y a de mieux parmi les Français de Port-au-Prince.

— Diable ! m'écriai-je, voilà qui est encourageant ! Et les étrangers des autres nations ?

— C'est pire, ils n'ont même pas un simple communard à inscrire sur leurs listes, me répondit en riant mon interlocuteur.

Scories de toutes les civilisations, renégats de toutes les patries, réfractaires et déserteurs de toutes les armées, tels sont en effet les exotiques auxquels Haïti donne l'hospitalité. Épaves de l'émigration, ne pouvant s'établir dans les républiques américaines où leur déloyauté ne serait pas tolérée, ils viennent échouer à Haïti, cette terre promise des agioteurs véreux et des aventuriers qui ont jeté toute pudeur par-dessus bord. Tandis que les étrangers qui vont chercher fortune dans les autres pays sont généralement honnêtes, respectueux des lois et n'ont quitté leur patrie que poussés par le manque de travail, par le découragement survenu à la suite de déceptions de toutes sortes, les exotiques d'Haïti, gens de nationalité douteuse et souvent empruntée, sans famille, sans convictions, ne

viennent en ce pays que pour fuir le monde civilisé et donner libre cours à leurs instincts pervers.
Ils flattent les passions malsaines des Haïtiens, les
trompent, les exploitent, se livrent aux trafics inavouables, fomentent les guerres civiles, et, se
mettant aux trousses des ambitieux, les aident, les
poussent dans les menées indignes, préparent avec
eux les criminels coups de main, et ne visent qu'à
troubler les eaux haïtiennes pour y pêcher à leur
aise. Ennemis redoutables de cette République qu'ils
ventousent, ils dissimulent leurs avides passions
sous des caresses félines, approuvent les mesures
désastreuses, et s'efforcent de perpétuer dans le
pays l'ignorance aveugle, la vanité grotesque, dont
ils se font des sources de richesses. Le lendemain
des incendies abominables par lesquels Salomon
et les partisans crurent réduire au silence les esprits irrités, une douzaine d'étrangers, « le haut
commerce », montèrent solennellement au palais
National et félicitèrent le président d'avoir rétabli
l'ordre avec autant d'énergie. Il est douloureux de
confesser que quatre ou cinq Français se trouvaient
dans cette bande; mais quels Français! le plus
distingué d'entre eux, le promoteur de cette manifestation, était un Haïtien qui, pour éviter le châtiment de ses concussions et de sa complicité dans
des complots, s'était fait inscrire un jour sur les
registres de la légation de France, et, de par cette
formalité, avait, paraît-il, acquis de plein droit la

naturalisation française. Les deux cents Français établis à Haïti sont les dignes caudataires de ce chef de file; ils sont presque tous dans l'impossibilité de rentrer en France sous leur véritable nom. Les uns se sont entièrement assimilé les mœurs dépravées du pays; les autres n'ont pas eu cette peine, étant nés Haïtiens, et ayant obtenu, je ne sais comment, la nationalité française. Tous vivent à l'haïtienne et se vautrent dans les orgies et les fêtes crapuleuses des indigènes. Mais aussi, ces derniers voient en eux les *bons blancs*, les seuls bons blancs; ceux qui vivent à l'écart sont des sauvages, des *faux Français*, et leurs compatriotes indignés publient avec tapage que ces Français nouvellement arrivés et déjà pressés de partir ne sont pas dignes de faire partie de la colonie française, « la vraie, la seule colonie », disent-ils avec raison, car elle renferme en effet tous les éléments d'une vraie colonie... pénitentiaire.

Les mœurs privées et publiques des Haïtiens ne sont pas les seuls motifs qui écartent de l'île les étrangers honnêtes. Depuis 1805, l'article fondamental des constitutions a été ainsi formulé : « Aucun blanc, quelle que soit sa nationalité, ne pourra mettre le pied en Haïti à titre de propriétaire, et ne pourra y acquérir aucune propriété. » Cet article, dont les termes ont été quelquefois plus polis, suivant les sentiments des législateurs indigènes, a figuré, sans aucune exception, dans toutes les constitutions, comme le palladium de l'indépendance haïtienne. La femme haïtienne qui épouse un étranger, est, de même, tenue de vendre dans le délai d'un an tous les immeubles qu'elle possédait dans le pays. Les étrangers ont tourné la loi en contractant des baux emphytéotiques, ou en faisant construire, sous le nom de tiers haïtiens, des maisons sur lesquelles ils prenaient des hypothèques en garantie. Mais ces moyens tortueux, qui d'ailleurs ne sauraient équivaloir le droit de propriété, ne sont pas goûtés par tous, et cet article exclusif, vrai symbole de l'horreur des Haïtiens pour l'étranger, est le principal motif de l'isolement dans lequel le commerce étranger abandonne ce pays. Les Haïtiens ne s'en tiennent pas à cette manifestation officielle pour exprimer leurs sentiments envers l'étranger et surtout à l'égard des Français. Toute occasion leur est bonne pour récriminer contre leurs anciens maîtres. Le *Figaro* s'étant avisé de dire que les révolutions haïtiennes étaient généralement accompagnées de meurtres et d'incendies, la presse indigène s'emporta en invectives : « Tout patriote doit vomir sur la tête de ces ennemis toutes les immondices qu'il a dans le ventre ! écrivit un journaliste ; comment ! les Français osent blâmer nos *petites scènes de famille* ! »

Un autre écrivain, non moins affable, a écrit que « les Haïtiens ont heureusement brisé leurs chaînes sur la tête de leurs oppresseurs, cannibales à face humaine ».

17

Les Français traités de cannibales par les Haïtiens, c'est assez joli! Il ne manquait plus au fougueux écrivain que d'invoquer l'homme à la fourchette, et de terminer sa diatribe en convainquant les Français de terminer leurs féroces festins en dévorant la vaisselle!

En 1825, les officiers de l'escadre française qui apportait l'ordonnance de Charles X furent invités à la table du président Boyer; au dessert, leurs convives noirs entonnèrent le *Ça ira!* On voit d'ici la tête des gentilshommes délégués par le frère de Louis XVI.

Un écrivassier, dans la préface d'un libelle haineux, dit avec suffisance :

« J'ai dit quelques vérités à la France... »

Je trouve ces mots simplement exquis, et pour donner à la France le temps de méditer à loisir ces terribles vérités, je passe à une autre question.

Les consuls haïtiens sont en général des représentants dont les fonctions sont toutes platoniques. La plupart du temps, le gouvernement traite les affaires extérieures, conduit les négociations, et conclut les traités et transactions sans même en aviser ses consuls. Cependant quelques-uns de ces agents ont certains droits, certaines prérogatives, en vertu même de leur titre. Il est donc inconcevable que la France tolère à Paris un consul général d'Haïti qui est un Allemand militant, et qui,

dans une lettre tapageuse publiée à Port-au-Prince,
a hautement revendiqué sa qualité de Prussien,
envers et contre tous. Cet homme est évidemment
à même de recueillir, sous le couvert de ses fonctions, des notes, des renseignements, des conversations importantes, soit dans les bureaux, soit
dans les réceptions des ministères. Salomon l'avait
nommé consul général; le nouveau président d'Haïti
doit avoir à cœur de le remplacer par un Haïtien;
il en est qui sont dignes de remplir ces fonctions,
car il est loin de ma pensée, il serait absurde de
prétendre que si la nation haïtienne est vile et sauvage dans son ensemble, elle ne renferme pas
quelques hommes d'honneur et de bon sens, infi-
niment plus rares que dans les autres pays, il est
vrai, mais capables de représenter dignement la
petite République noire.

Les Haïtiens ont pour consul à Paris un Allemand; à considérer l'attitude des consuls français
à Haïti, il semblerait que la France emploie comme
agents en ce pays les pires gens qu'elle peut
trouver.

J'ai connu à Haïti un brave garçon, honnête,
laborieux, plein de cœur et de bonne volonté; il
était envoyé par le chef d'une importante maison
de commission de Paris, pour prendre part à la
gestion d'un comptoir à Port-au-Prince. Voici textuellement quelle fut la réception qu'il eut à la
légation de France, où il venait s'inscrire. Le se-

crétaire du ministre résident le toise d'un coup
d'œil et lui dit brusquement :

— Vous êtes Français? vos papiers.

— Les voici, monsieur.

— Bien; c'est douze francs.

— Pourrais-je présenter mes hommages à M. le
ministre (qu'on voyait se promener dans une salle
attenante)?

— Non, n'a pas le temps.

— Je vous serais bien reconnaissant de me
donner quelques renseignements sur...

— Ça ne nous regarde pas; pardon, je suis occupé,
bonjour.

A quelque temps de là, ce compatriote m'arrive
un soir, ensanglanté; un Haïtien lui avait *servi*
(selon la pittoresque expression locale) cinq coups
de couteau; ceci se passait en province; l'agent
consulaire de France refusa de le protéger, le ministre plénipotentiaire auquel il s'adressa lui fit
répondre qu'il s'en rapportait au *zèle* de l'agent
consulaire, et un témoin, un seul ayant été appelé,
déposa contre le blessé, et assura qu'il s'était lui-
même fait ces blessures (dont deux étaient derrière
la nuque!) Ce témoin était... le commis de magasin
de l'agent consulaire en question. Mon pauvre
compatriote, foudroyé par l'indignation des vertueux magistrats haïtiens, s'estima fort heureux
de n'être pas condamné pour suicide par procura-
tion, ou comme assassiné récalcitrant. Et, pendant

mon séjour dans la ville où se passaient ces faits, à chaque affaire qui est intervenue entre un Français et les indigènes, on voyait arriver régulièrement les commis et ouvriers de cet agent consulaire, qui récitaient les témoignages péniblement enseignés par leur patron, et écrasaient le Français sous leurs affirmations mensongères.

On pourrait croire que la brutalité de nos agents diplomatiques envers les Français honnêtes provient de l'habitude qu'ils ont de voir des gens de mauvais aloi, et du dégoût que leur inspire à la longue les qualités équivoques des individus qui figurent sur leurs registres. Non seulement il n'en est pas ainsi, mais encore, autant ces consuls sont insolents envers les honnêtes gens et font preuve de mauvais vouloir à leur endroit, autant ils sont affables, obséquieux même à l'égard des coquins avérés. Les agioteurs louches, les malfaiteurs les plus tarés, ont leurs entrées à toute heure dans les consulats ; les consuls, les ministres les accueillent avec des marques de respect et de familière sympathie, et les reconduisent jusqu'au seuil des légations, jusqu'au marchepied de leurs voitures, réservant leur hautain mépris, leurs allures cassantes, leurs insolents refus de protection aux nationaux qui ont le tort d'être des hommes d'honneur. Et ce n'est pas à Haïti seulement que les consuls emploient ces indignes procédés ; il n'est guère de pays où la France ne soit représentée de la même façon. Je

dois dire, du reste, que les Français honorables qui
habitent l'étranger, ne se font pas faute de rendre
amplement à leurs consuls dédain pour dédain, et
les excluent rigoureusement de leurs salons et de
leur société. Il n'en est pas moins certain que ces
agents improbes discréditent la France, et que le
déclin du prestige de notre patrie provient en grande
partie de l'attitude coupable de nos représentants.

Un grand nombre de consuls, accrédités par
d'autres nations auprès du gouvernement haïtien,
sont aussi méprisables que les nôtres. La plupart
s'occupent ouvertement d'affaires véreuses, et, selon
l'expression de l'un d'eux, « n'ont plus de méfaits
à commettre ». Plusieurs se sont enrichis dans le
commerce usuraire des feuilles d'appointements.
Il en est même qui, faisant accorder à leurs nationaux des indemnités pour dommages occasionnés
par les guerres civiles, se sont concertés avec eux
pour surélever leurs réclamations pécuniaires, et
partager en secret la somme allouée par le gouvernement haïtien. Un seul d'entre eux est amusant
dans son indignité : c'est ce journaliste, à la fois
publiciste, imprimeur, propriétaire de bazar et
consul général de Libéria, dont j'ai parlé dans un
des chapitres précédents. Les récits de ses exploits
diplomatiques sont amoureusement consignés dans
son journal et valent les charges les plus désopilantes. Un de ses confrères de la presse ayant un
jour manifesté son étonnement de voir le pavillon

du consulat de Libéria flotter simultanément sur le
bazar, sur la maison de la fille du consul, et sur la
case d'une négresse de bas étage qu'il honorait de
ses faveurs, le consul général répondit fièrement,
par la voie de son journal :

« Aurait-on par hasard quelque jalousie contre
le doyen de la presse haïtienne parce qu'il s'est payé
le luxe d'une amie?... Tant pis pour les impuissants,
et puis le doyen de la presse (qu'on se le dise) est
toujours blanc comme neige (???); il sent toujours
le jasmin, la rose et le gardénia. Honni soit qui mal
y pense ! »

Après cette citation, est-il bien nécessaire de dire
que ce consul général est un général haïtien? ..

Dans une ville haïtienne, où j'ai séjourné pendant
quelques mois, voici quelle était la composition du
corps consulaire : Consul de France : un Haïtien,
médecin mulâtre, qui s'est fait naturaliser Français
afin de faire payer ses consultations au taux des
médecins étrangers, et s'est empressé de quitter la
France dès qu'il a eu obtenu ses lettres de naturalisation. Son beau-père, consul général du Portugal
à Port-au-Prince, l'a nommé agent consulaire du
Portugal dans la ville où il réside, bien que, de
mémoire d'homme, un Portugais n'y ait jamais mis
le pied. Ce titre consulaire a valu à notre consul
l'ordre du Christ de Portugal qui, on le sait, a pour
insigne un ruban rouge noué et orné d'une croix
d'or; cet excellent homme a supprimé la croix, et

cette économie a du même coup transformé sa dé-
coration portugaise en nœud de la Légion d'honneur;
il a gravement reçu les félicitations d'un officier de
la marine française, qui lui exprimait sa joie de
trouver un consul colégionnaire. La noblesse de son
origine l'oblige à professer des sentiments dignes
du camp de Coblentz, et il déclare hautement que
la France n'aura que son mépris, tant qu'elle
s'obstinera à conserver la République. Renégat
de sa patrie, insulteur de son pays d'adoption!

Dans la même ville habite un autre agent consulaire de France, titulaire d'une agence établie dans
un port voisin. Ancien employé de magasin, il tient
un petit bazar; comme je me trouvais un jour dans
sa boutique, il me demanda des nouvelles de ma
dépersie (dyspepsie); puis, s'étirant, il me dit :

— Hein! quelle chaleur! mon thermomètre marque
90 degrés.

— Heureusement, lui répondis-je, ce ne sont que
des degrés Farenheit!

— Que me contez-vous là ? ces degrés ne sont
pas.... ce que vous en dites ; ce sont bel et bien
de vrais degrés, mon thermomètre me coûte douze
francs, il est excellent.

Les assistants se joignirent à ce diplomate pour
se moquer de mon ignorance, et, confessant par
mon silence l'erreur profonde que j'avais commise,
je sortis, étouffant avec peine le fou rire qui me
montait à la gorge.

Consuls d'Angleterre, des États-Unis, de Suède et Norvège : deux jeunes gens de dix-neuf ans, agents de la Banque d'Haïti, avec les fonds de laquelle ils opèrent pour leur propre compte les prêts à la petite semaine.

Consul d'Allemagne et de Danemark : un Allemand, brave homme d'ailleurs, mais qui est en état de faillite frauduleuse.

Vénézuéla : un Anglais échoué là, et qui s'est fait naturaliser Haïtien pour avoir le droit d'exercer la profession de recors.

Belgique : Un Haïtien naturalisé Français, homme d'une parfaite honorabilité, et chef d'une des premières familles du pays.

J'ai connu, peu ou prou, et plus ou moins directement, un certain nombre de consuls, et une multitude de leurs victimes; j'estime que les nations les mieux représentées, en général, sont la Hollande, le Danemark, la Belgique et la Suède et Norvège, puis, en seconde ligne, l'Angleterre, le Portugal et l'Espagne. La Russie doit être mise à part : son gouvernement, qui n'a qu'un nombre restreint d'agences diplomatiques, ne nomme à ces délicates fonctions que des hommes d'un honneur, d'une distinction indiscutables. Quant à la France...!

Je n'ignore pas que, seuls, les ambassadeurs, ministres résidents et plénipotentiaires, et, jusqu'à un certain point, les consuls généraux ont titre pour

17.

régler les litiges civils qui s'élèvent entre leurs nationaux et les habitants du pays auprès duquel ils sont accrédités, et que les consuls, vice-consuls et agents consulaires n'ont dans leurs attributions que les affaires commerciales et maritimes. Mais il arrive généralement ceci : Un différend s'élève entre l'autorité indigène et un étranger ; celui-ci s'adresse à son ministre, chargé d'affaires ou consul général qui, inévitablement, charge le consul, vice-consul ou agent consulaire de faire une enquête et de régler l'affaire (qu'on ne perde pas de vue que *tous* les agents consulaires, délégués des consuls, sont des boutiquiers dont l'honorabilité, le savoir et l'intelligence sont absolument inconnus de leurs chefs ; c'est, du reste, la seule excuse que ceux-ci puissent invoquer à l'appui de ces nominations d'employés indignes) ; l'agent subalterne excipe de ses occupations commerciales pour délaisser les intérêts de son client ; par contre, s'il doit s'occuper d'une affaire commerciale, il met en avant les litiges civils dont il est chargé, pour opposer la plus complète indifférence aux plaintes de ses nationaux, et ceux-ci, d'un côté comme de l'autre, n'ont d'espoir que dans l'impartialité très équivoque des autorités et des tribunaux locaux. Grâce à ce système, ils gagnent environ deux procès sur cent ; c'est deux de plus qu'ils n'en gagneraient si les consuls et agents s'unissaient dans leurs affaires, car ces individus, neuf cent quatre-vingt-dix-neuf fois sur mille,

ne s'occupent de leurs nationaux que pour les discréditer, embarrasser leurs causes, et les leur faire
perdre. L'agent consulaire dont j'ai parlé plus haut,
remplit volontiers, auprès des tribunaux haïtiens,
l'office de juge d'instruction dans les procès qui
sont intentés à ses compatriotes, et je l'ai entendu,
dans un procès, demander à donner son avis et
l'exprimer en déclarant « qu'il ne connaissait pas
l'affaire en question, mais que le Français devait
être condamné » (sic).

Il est de toute nécessité, si nous voulons sauver
le peu de prestige qui nous reste, qu'une réglemen-
tation nette, rigoureuse, établisse clairement les
droits et les devoirs *inéluctables* de nos agents diplomatiques, et surtout leur impose l'obligation
absolue de s'y conformer strictement. En outre, il
me semblerait utile, étant donné le nombre élevé
et les professions variées de nos compatriotes qui
émigrent, qu'une notice, affichée dans toutes les
agences diplomatiques et consulaires, et même
insérée au verso des passeports, ou dans une petite
brochure délivrée avec le passeport, leur fît connaître les devoirs qui leur incombent vis-à-vis des
autorités et habitants indigènes, et aussi quels sont
les recours auxquels ils ont droit auprès des divers
fonctionnaires de la hiérarchie consulaire et diplomatique. J'ai pu constater maintes fois que l'ignorance
des uns, l'improbité des autres, amenaient la plupart des conflits qui s'élevaient tant entre indigènes

et étrangers qu'entre nationaux et consuls, et qui
auraient pu être évités si les devoirs et les droits
de chacun avaient été bien et dûment établis par un
règlement uniforme, inviolable, et obligatoirement
connu des parties adverses.

Les relations extérieures du gouvernement
haïtien sont plus hostiles que cordiales; l'inso-
lence et l'imprudente légèreté de la nation, les
convoitises, le dédain des puissances à l'égard
de cette pseudo-république, font des représentants
étrangers accrédités à Port-au-Prince de véritables
agents d'affaires, pour la plupart vénals, et occupés
sans cesse à créer des difficultés aux Haïtiens afin
de tirer d'eux des indemnités, des gratifications
secrètes, des transactions simoniaques. Chaque
guerre civile est suivie d'une avalanche de réclamations étrangères, de demandes impudemment
exagérées d'indemnités pour dommages causés
aux exotiques, qui fondent sur ces révolutions
périodiques les espérances les plus fermes pour
s'enrichir d'un seul coup. Il va sans dire que, de
même que pour tout ce qui concerne leurs attributions, les ministres et consuls ne prennent en
mains que les intérêts des plus véreux de leurs
nationaux, les seuls qui aient l'honneur peu enviable
de mériter les sympathies et l'aide des consuls;
ce trafic d'indemnités donne lieu aux plus scandaleuses combinaisons; les sinistrés, qui ont
d'abord décuplé le chiffre des dommages éprouvés

par eux, doublent la somme pour faire la part
de leurs consuls, et la triplent encore pour que le
ministre haïtien des affaires étrangères ait sa part
du *job*.

Les diverses puissances étrangères n'accordent
pas à Haïti un égal respect. Si le gouvernement
français a souvent reculé devant les observations
des nègres, l'Angleterre et les États-Unis n'y vont
pas de main morte avec ce peuple, et règlent leurs
différends la mèche au canon. Comme les Haïtiens
sont incapables de reconnaissance et ne respectent
que la force brutale, les Anglais et les Américains
sont seuls respectés d'eux; ils sont même les seuls
étrangers pour lesquels les Haïtiens professent une
certaine admiration, celle du vaurien que rosse un
solide gaillard. Un détail donnera la juste mesure
de l'attitude des puissances qui entretiennent les
rapport les plus fréquents avec Haïti : un règlement impose aux steamers étrangers l'obligation de
tirer deux coups de canon pour saluer les ports
haïtiens dans lesquels ils jettent l'ancre. Les
navires français tirent scrupuleusement les deux
coups, les Allemands un seul, les Anglais et les
Américains point du tout.

Parmi les îles voisines d'Haïti et qui font partie
de son territoire, est la Navaze, située entre le cap
Tiburon et la Jamaïque. Quelques Américains ayant
découvert dans cet îlot un riche dépôt de guano,
entamèrent des négociations avec le gouvernement

haïtien pour obtenir le droit d'exploiter ce guano. Les Haïtiens négociaient gravement, lentement, compilaient, ergotaient à l'envi sur la concession demandée; pendant ce temps, les Américains s'étaient tranquillement installés sur la Navaze, avaient construit un village d'ouvriers, établi des machines, et mis le gisement en exploitation; si bien que lorsque le gouvernement haïtien envoya des commissaires pour explorer l'ilot et apprécier ses richesses phosphatiques, ces savants aperçurent en arrivant au pied de la falaise qui ceint la Navaze, un Américain qui faisait sentinelle et leur interdit l'accès de l'île. Les diplomates se retirèrent en bon ordre, et les Américains ont depuis conservé l'île comme de véritables possesseurs.

En 1887, les Anglais furent sur le point de bombarder Port-au-Prince (ils ont déjà bombardé le Cap) et de s'emparer de l'île de la Tortue, et Salomon ne put les apaiser qu'en payant huit cent mille francs à l'Anglaise, cause de la querelle. Les Allemands, gens positifs, profitent de toutes les occasions pour acquérir de nouveaux privilèges, et semblent faire un pas en avant à chaque coup de pied qu'ils reçoivent quelque part. La France a voulu traiter Haïti en amie, en fille émancipée, et n'en a recueilli que mépris, injures, dénis de justice et vexations indignes.

Les Haïtiens n'ont encore trouvé que M. Schœlcher pour s'indigner avec eux contre les impudents et

les ignorants qui, comme Thiers, ont osé dire que
Toussaint Louverture fut un militaire médiocre,
comme Froude, d'Alaux, Spencer Saint-John autres
historiens, n'ont pas craint de décrire fidèle-
ment le caractère haïtien, les mœurs sauvages des
habitants et la félonie cruelle des chefs d'État. Les
injures que ces écrivains se sont attiré dépas-
sent en fureur et en grossièreté tout ce que les
hôtes de nos maisons centrales pourraient trouver
de plus choisi dans leur vocabulaire spécial. Il n'est
pas jusqu'à ce pauvre Cochinat, bon nègre et
ancien secrétaire d'Alexandre Dumas, qui, s'étant
hasardé à publié ses impressions sur Haïti, n'ait vu
pleuvoir sur sa tête une averse d'insultes, dont la
plus délicate était celle d'un linguiste haïtien qui
faisait dériver Cochinat du nom de l'illustre compagnon de Saint-Antoine. Un autre Haïtien, délaissant pour un moment l'injure violente, retor-
qua en ces termes le récit d'un Américain qui
avait décrit l'accoutrement grotesque des soldats
haïtiens.

« Ces shakos, ces képis défoncés, ces mou-
choirs vous ont paru ridicules ! N'en riez pas, car
ils ont assisté aux glorieuses luttes de l'indépendance, et les héros de 1802 les ont montrés à vos
pères ! »

Parbleu, je m'en doutais bien un peu ; toute la
gloire entassée sur ces couvre-chefs les a précisé-
ment aplatis, et les quatre-vingts ans d'héroïsme

qu'ils ont subi les ont quelque peu défraichis. Mais
alors, que les Haïtiens nous disent si, comme les
pèlerins musulmans qui conservent jusqu'à complète usure la schachia qui les coiffait en entrant
dans la mosquée de la Mecque, nombril de l'Isla-
misme, ils ont fait vœu de porter les coiffures et
les tuniques de leurs aïeux jusqu'à ce qu'elles les
abandonnent lambeau par lambeau.

J'attends en paix la grêle de diatribes que me
vaudra mon audacieuse sincérité : j'ai de quoi me
garantir de l'orage, et j'en avertis charitablement
les Haïtiens et leurs hôtes. Qu'ils crient à leur aise !
mais qu'ils prouvent la fausseté de mon récit, c'est
ce dont je les mets au défi. Aux exotiques, je deman-
derai préalablement, ainsi que cela se pratique, une
caution *judicatum solvi* ; mais cette caution, toute
morale, devra consister en l'exhibition du casier
judiciaire et du livret militaire. Aux Haïtiens, je déclare que j'ai impitoyablement éliminé de cet ouvrage, tout fait, tout détail qui, quoique authentique
et utile à connaître, n'était pas appuyé de preuves
matérielles et irréfutables, et que, par suite, il
n'est pas une ligne de ce livre qui ne soit confirmée
par les milliers de documents, d'origine purement
haïtienne, qui sont entre mes mains. Enfin, le lecteur reconnaîtra, je l'espère, que je me suis toujours
effacé dans cet ouvrage, laissant parler les faits,
autrement éloquents que les théories.

De ces faits, que conclure? Je laisse encore au

lecteur le soin de tirer de leur ensemble l'horoscope de la République d'Haïti. Il est évident que les Haïtiens, qui ne sont pas les habitants autochtones de cette patrie qu'ils ont miraculeusement acquise, ont sans cesse vu péricliter leur nationalité, grâce à la force d'inertie qu'ils opposent à tout progrès, à leur horreur du travail, à leur fétichisme barbare, à leur vanité ridicule, et à l'absence de toute moralité. Les cinq sens physiologiques sont fort peu développés en eux, comme dans toute la race noire, mais ils sont absolument dépourvus d'un autre sens, non moins nécessaire que les premiers : le bon sens. En somme, s'ils sont incapables de se perfectionner par eux-mêmes, les aptitudes remarquables qu'ils ont pour l'imitation pourraient, dirigées utilement, les conduire à un certain degré de civilisation, d'ordre et de prospérité. Ce pays a toujours rencontré en France les sympathies les plus sincères, les plus obstinées ; il est en république et si, de fait, il était libre , débarrassé du despotisme endémique, des superstitions sanguinaires, il prendrait une place honorable au banquet des civilisations démocratiques. Transformant son amour pour la licence en une indépendance digne et laborieuse, il acquerrait les sympathies universelles. Mais, jusqu'ici, les Haïtiens ont élevé entre eux et le monde civilisé une barrière infranchissable ; faisant allusion aux procédés de rouerie ultra-diplomatique de la Chine,

ils se sont targués d'être les Chinois des Antilles.
J'estime qu'en raison de leur oisiveté brouillonne,
de leurs fanfaronnades grotesques, ils seraient
plus justement nommés les Tartarins de la race
noire.

FIN

TABLE

7181-90. — Corbeil. Imprimerie Crété.

CALMANN LÉVY, ÉDITEUR

EXTRAIT DU CATALOGUE

Format grand in-18, à 3 fr. 50 le volume

Paris. — Imprimerie J. CATHY, 3, rue Auber.

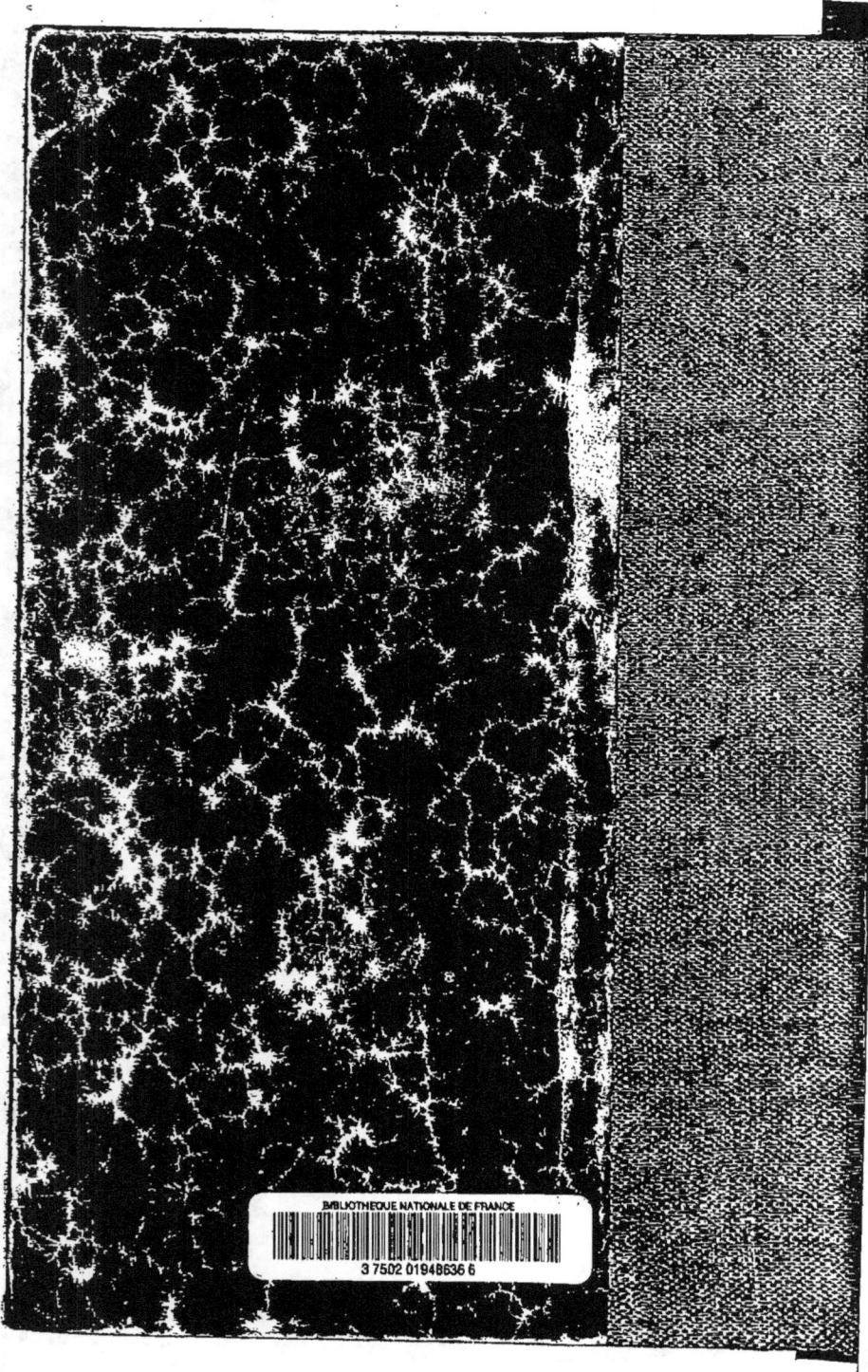

www.ingramcontent.com/pod-product-compliance
Lightning Source LLC
Chambersburg PA
CBHW070206030726
47505CB00006B/1592